Stefano Benni
Die Bar auf dem Meeresgrund

SERIE PIPER
Band 1448

Zu diesem Buch

Eine Bar auf dem Meeresgrund. Hier, in der Tiefe der See, treffen sich Geschichtenerzähler aus aller Herren Länder, die ihr abenteuerliches Seemannsgarn durch den Mund der kulturellen Prominenz der letzten zweihundert Jahre spinnen. Denn Stefano Benni lädt ein zu einer phantastischen Reise durch die Stile, Genres und Epochen der Literatur: Von Edgar Allan Poe über Seefahrergeschichten à la Jack London und Kriminalstorys, wie sie Agatha Christie nicht spannender hätte erzählen können, bis zu modernen elyptischen Texten im Stil amerikanischer Minimal-Poeten sind für Spürnasen in Sachen Literatur unzählige Fährten gelegt. Aber auch für diejenigen, die sich an dieser Spurensuche nicht beteiligen möchten, ist ein vergnügliches Leseerlebnis geboten. Wie immer schlägt der italienische Meisterfabulierer Benni literarische Kapriolen, wenn er den Leser etwa in ein Dorf führt, in dem das Wetter verrückt spielt, von einem Koch, der mit seiner Kunst selbst den Teufel überlistet, oder von Druckfehler-Insekten erzählt...

Stefano Benni, geboren 1947 in Bologna, Kolumnist von »Panorama« und »il manifesto«. Schrieb Erzählungen, Gedichte, Aufsätze und Romane. »TERRA!«, sein erster Roman (1983), wurde in Italien zum Bestseller und in alle Weltsprachen übersetzt. Im Piper Verlag erschien außerdem: »Komische Krieger« (1988).

STEFANO BENNI

Die Bar auf dem Meeresgrund

Unterwassergeschichten

Aus dem Italienischen von
Pieke Biermann

Piper
München Zürich

Die Originalausgabe erschien 1987 unter dem Titel
»Il bar sotto il mare« bei Giangiacomo Feltrinelli Editore, Mailand.

Von Stefano Benni liegt in der Serie Piper außerdem vor:
TERRA! (848)

ISBN 3-492-11448-2
Deutsche Erstausgabe
Januar 1992

Umschlag: Federico Luci,
unter Verwendung einer Zeichnung von
Giovanni Mulazzani
Photo Umschlagrückseite: Daniela Facchinato
Gesamtherstellung: Clausen & Bosse, Leck
Printed in Germany

1. Der erste Mann mit Hut 2. Der zweite Mann mit Hut 3. Der dritte Mann mit Hut 4. Der Barmann 5. Die Blondine (im roten Kleid) 6. Der Teppichhändler 7. Der Matrose 8. Der unsichtbare Mann 9. Der Mann mit dem Schmiß 10. Der junge Mann mit der Tolle 11. Das junge Mädchen mit der Tolle 12. Die junge Dame mit Hut 13. Der Zwerg 14. Der Koch 15. Der Mann mit der dunklen Brille 16. Das kleine Mädchen 17. Der Alte mit der Gardenie 18. Der ernste kleine Junge 19. Der Mann mit dem Umhang 20. Die Alte 21. Die Nixe 22. Der schwarze Hund 23. Der Floh des schwarzen Hundes

Prolog

Ich weiß ja nicht, ob ihr mir glauben werdet. Wir verbringen die Hälfte unseres Lebens damit, uns über das lustig zu machen, woran andere glauben, und die andere Hälfte damit, an das zu glauben, worüber andere sich lustig machen.

Eines Nachts ging ich am Strand des Brigantischen Meers spazieren, da, wo die Häuser aussehen wie untergegangene Schiffe, versunken in Nebel und Meeresdunst, und wo der Wind die Oleanderzweige schlingern läßt wie Algen.

Ich weiß gar nicht, ob ich damals etwas suchte oder ob mir jemand folgte: Ich weiß nur noch, daß es eine schwere Zeit, ich aber aus irgendeinem seltsamen Grund glücklich war.

Plötzlich trat aus dem Schleier der Dunkelheit ein eleganter alter Herr in Schwarz mit einer Gardenie im Knopfloch und machte, als er an mir vorbeiging, eine leichte Verbeugung. Neugierig folgte ich ihm. Ich ging eigentlich ziemlich schnell, aber ich hatte Mühe, mit ihm Schritt zu halten, denn er schien eine Handbreit über dem Boden zu schweben. Seine Schritte verursachten kein Geräusch auf den feuchten Holzplanken.

Der Alte blieb einen Augenblick stehen und ruderte mit den Armen in der Luft herum, als ob er die Position der Sterne berechnete. Dann nickte er und kletterte ein Treppchen hinab, das von der Mole ins dunkle Wasser führte.

»Bleiben Sie doch stehen, Herr –«, rief ich. »Tun Sie das nicht!«

Aber der Alte hörte nicht auf mich, sondern stand nach kurzer Zeit bis zur Taille im Wasser und verschwand bald darauf.

Ohne Zögern und in allen meinen Kleidern sprang ich hinterher. Das Wasser war eiskalt, und auf dem schlammigen Grund schwammen Abfälle und Seile. Ich sah mich um, suchte nach der Spur des Alten und bemerkte zu meiner großen Verwunderung eine Leuchtreklame, die ein paar Meter weiter über dem Meeresgrund schwebte, mit dem Schriftzug: »Bar«. Und genau dorthin begab sich der Alte mit der Gardenie, ruhigen Schrittes, wie ein Taucher. Auch ich schwamm, wie in einem Traum, auf jene Leuchtschrift zu, die das Wasser himmelblau strahlen ließ.

So gelangte ich zu einem Gebäude mit eingelegten Muschelschalen und einer Holztür. Sie tat sich augenblicklich auf, und der Herr mit der Gardenie faßte meine Hand. Er zog mich einfach plötzlich hinein, und da stand ich in einer gemütlichen, hell erleuchteten Bar voller Gäste. Die Einrichtung war bunt gemischt, ein paar Möbel entsprachen dem uralten Seemannsgeschmack, andere waren exotisch, wieder andere ausgesprochen modern. Die Theke sah aus wie eine Schiffsflanke, so mächtig und blankpoliert war sie. Über dem Regal mit den Flaschen befand sich ein großes Bullauge, durch das sich kandelabergleiche Korallenbänke und Fischschwärme bestaunen ließen. Die Gäste tranken und unterhielten sich wie in jeder anderen Bar auf festem Boden auch. Und sie waren, wie ihr aus dem Titelbild ersehen könnt, die extravaganteste Gruppe, die ich je gesehen habe.

Der Barmann winkte mich heran. Er hatte einen ironischen Zug um den Mund, und sein Gesicht erinnerte an das Gesicht eines berühmten Horrorfilm-Darstellers. Er lud mich zu einem Glas Wein ein und steckte mir eine Gardenie ins Knopfloch.

»Wir freuen uns, daß Sie hier bei uns sind«, sagte er leise. »Bitte nehmen Sie doch Platz, denn heute nacht wird jeder der Anwesenden eine Geschichte erzählen.«

Ich setzte mich und lauschte den Erzählungen in der Bar unterm Meer.

Die Erzählung des ersten Mannes mit Hut

Das Jahr, in dem das Wetter verrückt wurde

Die Erde,
mit der du die Kälte geteilt hast,
nie kannst du anders,
als sie zu lieben.
Wladimir Majakowski

Die Geschichte, die ich euch jetzt erzähle, ist eine Geschichte aus meinem Dorf; es heißt Sompazzo und ist berühmt für zwei Spezialitäten: Runkelrüben und Lügner.

Der Dorfgreis, Opa Celso, hatte geweissagt, in jenem Jahr würde das Wetter aus den Fugen gehen. Er behauptete, man könne das aufgrund dreier Zeichen schließen:

Erstens, die Bläßhühner, die jedes Jahr über das Dorf hinwegziehen, waren zwar auch dieses Jahr gezogen, allerdings per D-Zug. Der Stationsvorsteher hatte zwei Waggons voll gesehen;

zweitens, die Kirschen waren zu spät dran: Was an den Bäumen hing, war noch vom letzten Jahr;

drittens, den alten Leuten taten die Knochen nicht weh. Zum Ausgleich hatten aber alle kleinen Jungen die Gicht und alle kleinen Mädchen Rheuma.

Opa Celso hatte erklärt, wir würden unser blaues Wunder erleben.

Nun gut, der Frühling kam bereits im Februar. Sämtliche Margeriten blühten an einem einzigen Morgen auf. Es gab ein Geräusch, als ob man einen Riesenschirm aufspannt, und dann standen sie alle an ihrem Platz.

Von den Bäumen regnete es Pollen in Klumpen. Das ganze Dorf bekam das Niesen, und wir erlebten eine Epidemie höchst merkwürdiger Allergien: Manche hatten geschwollene Nasen, anderen wuchs ein Griff. Das Obst war mit einem Schlag reif: Man schlief unter einem Baum mit noch sauren Äpfeln ein und wachte marmeladebekleckert wieder auf.

Dann war der Regen dran mit Verrücktspielen. Er fiel nur einen einzigen Tag und nur auf eine Stelle: das Haus des Bürgermeisters. Dann wanderte die Wolke vorwärts und rückwärts über das Dorf und setzte jedem, der einen Hut aufhatte, kaum daß sie ihn sah, zack, den Hut mit einem Blitzlein in Brand. Dann kam ein duftender Wind mit aphrodisischer Wirkung auf. Die Leute wurden völlig fickerig und schlugen sich in die Büsche, zu zweit, zu dritt oder gleich in Rudeln. Der Priester verzweifelte. Und eines Tages, als er hinter einem Pärchen her war, das er beim Schweinigeln in der Sakristei erwischt hatte, schlug ihm selbst eine Bö ins Gesicht; man fand ihn im Heu mitsamt einem (an sich, *ma non troppo*, treuen) Pfarrkind.

Im April fiel der Sommer ein. Siebenundvierzig Grad. Das Korn reifte und war in zwei Tagen gar. Wir ernteten zweihundert Zentner Langbrötchen. Es war so heiß, daß die Eier nicht nur auf Autodächern weich kochten, sondern bereits im Arsch der Hennen; die Ärmsten flatterten wie wild, und morgens fanden wir Omeletts in den Nestern. Der kleine See trocknete in einem Atemzug aus. Die Fische suchten Asyl in Badewannen, und an Vertreibung war gar nicht zu denken, also mußten wir mit Forellen unter die Dusche. Katzenhaie machten Jagd auf Mäuse. Wir trugen ständig Strohhüte, aber die Sonne entzündete auch die, also griffen wir zu Blech- und Zinkhüten; daraufhin erschien Militär, denn ein Aufklärungsflugzeug hatte gemeldet, in Sompazzo sei eine Invasion vom Mars erfolgt.

Sofort danach kam der Hagel. Er begann jedesmal mit drei Donnerschlägen, dann erscholl eine Stentorstimme aus dem Himmel: »Allez!«, und dann prasselten topfkuchengroße Hagelkörner herab. In Biolo kam eins runter, das war so groß wie ein Laib Parmesan, innendrin steckte ein Rabe.

Dann folgte afrikanische Hitze. Die Leute schliefen in ihren Kühlschränken mit Verlängerungsschnüren auf der Straße. Der Eismann arbeitete rund um die Uhr und konnte am Ende dieses Sommers einen Wolkenkratzer in Monte Carlo erwerben.

Im Herbst endlich fielen die Blätter. Es waren, genau gesagt, zwei: Eins im Schulhof und eins in Rovasio. Alle anderen waren wie angeleimt und nicht einmal mit einer Gartenschere abzukriegen. Die Trauben waren reif, aber versalzen, ich schwör's, salzig wie eingelegte Heringe, und der Heurige taugte bestenfalls zum Abschmecken von Bratensoßen. Die Temperatur wurde wieder milder, und im November erschienen mit Verspätung die Schwalben. Ein Neunmillionenschwarm. Kein Mensch konnte mehr aus dem Haus, es herrschte ein Krach von zehntausend Dezibel. Als die Schwalben weiterzogen, kamen die Schwäne. Sie warfen sechzig chinesische Babys auf die Welt und zogen wieder ab.

Und dann kam der Nebel. Jenseits der eigenen Nasenspitze war keine Sicht mehr. Der einzige, der seelenruhig weiter spazierenging, war Äneas; seine Nase ist achtundzwanzig Zentimeter lang. Wir anderen trugen alle Nebelscheinwerfer auf dem Kopf und gingen manche Nacht ins falsche Haus, was aber nicht weiter schlimm war, denn es gab stets Überraschungen im Bett.

Die größte Gefahr waren die Lastwagen, die mit hundertzwanzig mitten durchs Dorf bretterten, denn für LKW-Fahrer ist Nebel kein Problem. Wir mußten, um heil über die Straße zu kommen, Brücken von Dach zu Dach und unterirdische Gänge bauen. Am Ende beschlossen wir, eine schöne Mauer mitten auf die Straße zu stellen, und fortan ward von LKW-Fahrern nichts mehr gesehen, nur noch ein paar Wrackteile.

Und dann kam der Winter, und es schneite augenblicklich und zwanzig Tage am Stück. In kürzester Zeit versank das ganze Dorf unter dem Weißen Gast. Nur die Schornsteine ragten noch heraus. Aber wir verzagten nicht. Wir schaufelten Schnee in Trupps: Wir aus Sompazzo-Süd schippten ihn nach Sompazzo-Nord und umgekehrt, und so lag der Schnee immer gleich hoch, aber uns war sehr warm.

Hektor, der Bäcker, arbeitete immer noch in der Unterhose, denn Bäcker sind athermisch. Jeden Morgen ging er von Haus zu Haus und warf die Brötchen durch den Schornstein.

Informationen tauschten wir per Rauchzeichen aus, und abends erzählten wir uns geräucherte Witze. Am besten Witze reißen konnte der Heizer.

Uns Menschen ging es eigentlich nicht schlecht. Wir hatten unser sompazzanisches Brot mit Käse, dreitausend Kalorien pro Scheibe. Aber für die Tiere war es hart. Die Rinder hatten kein Gras zu beißen und lehnten Steaks ab. Tagelang fütterten wir sie mit Zwiebeln, aber dann stanken sie so aus dem Maul, daß das Jesuskind in der Krippe eingegangen wäre. Die Vögelchen wurden immer magerer, die Füchse ebenfalls, Wiesel konnten durch die Gitterstäbe schlüpfen, und die Wölfe kamen zuerst ins Tal herunter und dann ins Dorf, und schließlich hockten sie bei uns im Wohnzimmer, artig Pantoffeln im Maul, diese Schleimer. Und weiter fiel der Schnee und ging uns auf die Eier, und viele Dörfer waren von der Umwelt abgeschnitten: Oben in Monte Macco, so hieß es, hatten zwanzig Familien fast nichts mehr zu beißen und aßen ausschließlich Bohnen. Wir hatten einen bösen Verdacht. Es gab nämlich in Monte Macco eine Familie, die hieß Bohne, also fuhren wir hinauf, um nach dem Rechten zu sehen, aber die Ärmsten aßen tatsächlich nur Bohnen und hausten zu fünfzig in einem einzigen Haus, um Brennholz zu sparen, und knatterten dank ihrer einseitigen Ernährung derart gewisse Fürze in die Luft, daß es sich anhörte wie Krieg, und Opa Bohne schnappte die fettesten mit einem Fischernetz und steckte sie in den Kochtopf, auf daß nichts verkomme.

Ende des Jahres lag der Schnee sieben Meter hoch, und der Bäcker hatte kein Mehl mehr, also suchten wir in der Stadt um Hilfe nach. Man schickte uns drei Hubschrauber, aber die waren nicht besonders genießbar, abgesehen von den Sitzen vielleicht. Wir waren am Ende unserer Kräfte, als Opa Celso befand, der einzige, der uns noch retten könne, sei Ufizéina.

Ufizéina war Mechaniker und reparierte alles, vom hydraulischen Kran bis zur Nuckelflasche. Niemand in ganz Sompazzo konnte sich erinnern, daß irgendein Reparaturwunsch ihn je in Verlegenheit gebracht hätte. Wir trugen ihm das Problem vor: nämlich daß nichts Geringeres als das

Wetter einer Reparatur bedürfe. Ufizéina dachte kurz nach, dann sagte er: »Was kaputt ist, wird heile gemacht.«

Er besah sich die Sache, nahm einen Wagenheber, zwei Planen, etwas Kitt sowie eine Pumpe und verschwand am Horizont.

Bereits am Abend war er wieder da. Er erläuterte, die Sache sei ganz einfach: Die Sonne habe sich, als sie im Morgengrauen bei Monte Macco aufgestiegen war, in einem vom Blitz zersplitterten Baum verfangen und sich ein Loch gerissen. Und tatsächlich, sie hing da am Hang und war so schlapp, daß es einen dauern konnte. Ufizéina hatte sie vulkanisiert und dann wieder aufgepumpt. In kürzester Zeit sei sie wieder prall gefüllt gewesen und hochgestiegen. Und wirklich kam sie wieder, ganz allmählich und zuerst noch matt, aber dann immer runder und strahlender, stieg hoch über Monte Macco und wärmte alles.

Der Schnee schmolz, und alles wurde wieder normal, außer uns.

Die Erzählung des Alten mit der Gardenie

Der größte Koch von Frankreich

Nimmer hätt' ich dies geglaubet,
doch ich tue, was ich kann.
Lorenzo Da Ponte

Die Nacht und der Schnee hatten Paris in einen Traum in Schwarz und Weiß verwandelt. Welch ein Glück für alle diejenigen, die dem Schauspiel jenes Winters zu Anfang des zwanzigsten Jahrhunderts in der Wärme ihrer Wohnung und vom Fenster aus beiwohnen durften! Aber welch eine schreckliche Nacht für die anderen! Mehr als zweihundert Clochards starben an Unterkühlung, und ebenso vielen froren Hände und Füße ab.

Den Quai des Augustins und also die Seine entlang, die finster und aufgewühlt wie der Acheron dahinströmte, kämpfte sich ein abgezehrter schwarzer Hund durch den hohen Schnee. Er war ziemlich entkräftet und starrte um sich in die wirbelnden Flocken. Er hatte Hunger, Hunger, Hunger.

Lange schleppte er sich so dahin, bis er fühlte, wie ihm die letzten Kräfte schwanden. Er dachte (falls Hunde denken), sein Ende sei nahe (falls Hunde sich ein Ende vorstellen können). Aber da traf seine Nase ein Duft (deshalb nämlich muß man Hunden ihre Weise lassen): ein paradiesischer Duft.

Ich weiß, was ihr sagen wollt: Der Mensch sei das einzige Tier, das zu Religiosität fähig ist, und das, zusammen mit dem Daumen und dem Lachen, unterscheide ihn vom wilden Tier. Aber wie anders sollte ein Streuner in einer solchen Nacht den Duft von warmem Essen wohl nennen?

Immer diesem Duft folgend, kam der Hund an ein kleines Fenster zu ebener Erde. Er versank zwar zur Hälfte im Schnee, aber er konnte, wenn er den Hals reckte, hineinspähen. Und er sah.

Er sah einen schwach erleuchteten großen Raum im Souterrain. Und mittendrin eine für zahlreiche Esser festlich gedeckte Tafel. Zwar lag der Tisch beinahe im Dunkeln, aber man konnte die Umrisse der Schüsseln mit den verschiedenen Gerichten erraten, vier Kathedralen aus Nahrungsmitteln. Hinten in dem Raum, neben dem Kamin, sah der Hund zwei Männer. Der eine offenbar Chirurg, der andere Alchimist. Der Chirurg sezierte mit einem Messerchen ein kleines Geschöpf, der Alchimist mischte Flüssigkeiten in verschiedensten Farben inmitten einer Dampfschwade. Und aus dieser Schwade stammte der Duft, der den Hund angezogen hatte.

Musik war zu hören: eine Frauenstimme. Der Chirurg summte die Melodie leise mit. Der Alchimist klopfte den Takt mit dem Fuß. Eine Girlande hing von der Decke und schaukelte in der warmen Luft vor dem Kamin wie eine Fahne. Der Hund befand, daß dieses Paradies bestimmt einen Eingang hatte.

Überlassen wir jetzt den Hund der Kälte und seiner eigenen beschränkten Kenntnis der Wunder von Menschenhand.

Wir wollen eins klarstellen:

Das Paradies ist nichts anderes als das Restaurant Bon-Bon, es hat fünf Sterne und gilt manchen als das beste von ganz Frankreich.

Die Musik ist die Arie »Ombra leggera« aus der Oper *Dinorah* von Meyerbeer, gesungen von der Callas, und die gilt manchen als der beste Sopran aller Zeiten.

(In jenem Jahr, in dem sich dies alles zuträgt, ist Maria Callas zwar erst sechs Jahre alt. Aber es werden noch viele andere seltsame Dinge geschehen in dieser Nacht.)

Der Chirurg, der eben eine Forelle aus Savoyen ausnimmt, ist niemand anderer als Gaspard Ouralphe; er ist der Küchenchef des Bon-Bon und gilt manchen als der beste Koch von ganz Frankreich.

Der Alchimist ist sein Assistent, Monsieur Ascalaphe; er ist Mousse- und Saucenspezialist und gilt manchen als der beste seines Fachs.

Der Duft, der den Hund betört hat, entstammt einer Mousse aus Gänseleber, Langusten und provenzalischen Kräutern mit dem Namen »Mousse Topaze«.

Auf der Girlande, die unter der Decke flattert, steht:

DRITTE JAHRESHAUPTVERSAMMLUNG
DER ÜBERSEE-IMPORTEURE.
LANG LEBE PRÄSIDENT COCQUADEAU.

Der Handelsverband der Übersee-Importeure ist einer der reichsten und gilt deshalb manchen als unanständigster Handelsverband von ganz Frankreich.

Was den Präsidenten Cocquadeau betrifft, da gibt es keinen Zweifel: Er gilt nicht nur manchen, sondern allen als der übelste und zynischste Geschäftemacher des Landes.

Aber das weiß der schwarze Hund nicht, es ist auch nicht sein Bier. Diejenigen dagegen, deren Bier es wäre, tun, als wüßten sie es nicht. *Ombra leggera, non te ne andare ... non ti voltare ...*

Porträts

Ouralphe ist klein und rund und hat einen Kopf in Form einer Birne. Mausaugen. Stirnfalten. Zwei wie mit dem Pinsel gezogene geschwungene, schwarzglänzende Bartspitzen. Kurzer, gegabelter Kinnbart. Haare in Kaviarton, brillantiniert. Rosige Wangen, warmherziges Lächeln bei entblößten spitzen Milchzähnchen, Sperlingsnase, ein schmuckes Muttermal auf der rechten Wange, kleine und sehr gepflegte Hände. Am rechten Ringfinger ein Ring mit Goldfasan. Auf dem Kopf die große Kochmütze, nach links gerutscht und etwas schlaff. Er trägt Weiß, bis auf einen großen gelben Seidenschal mit aufgedruckten Steinhühnern. Dazu Tanzschuhe. Parfüm: ein Hauch von Moschus. Stimme: Klarinette.

Ascalaphe ist groß und hager, die eine Schulter etwas höher als die andere, die Stirn neigt zu Akromegalie. Augenbrauen buschig. Teint im Sauce-Béarnaise-Ton, große Schweinchennase. Gutmütige Augen. Zahnloser großer Mund, runde große Ohren, wenige weiße Haare. Hände wie ein Würger. Er trägt ebenfalls Weiß, bis auf ein Paar rote Socken, die aus den Schuhen leuchten wie Flammen. Es sind Sandalen. Parfüm: Mischkräuter. Stimme: Oboe.

»Maître«, sagt der gute Ascalaphe, »die Mousse ist beinahe vollkommen, aber irgend etwas stimmt noch nicht ganz. Der Sauternes buhlt um die Gans, aber sie will sich nicht hingeben. Das Aroma hängt irgendwie in der Luft. Und so kann ich doch keine Kräuter dazugeben...«

Ouralphe schneidet drei Forellenfilets zurecht und drapiert sie sternförmig auf eine Braquemond-Platte. Dann nimmt er den Kopf der schönen Savoyardin und schmückt ihn mit einem Limonenohrring. Er besieht sich die Platte aus einiger Entfernung. Findet das Grün der Petersilie zu aggressiv. Dünnt sie aus. Und segnet alles mit sechs Tropfen sizilianischen Öls.

»Mein lieber Ascalaphe«, sagt er schließlich, »es könnte sein, daß du mit dem Sauternes zu schüchtern warst und daß die Gans eine Fettleber hat, weil sie zu schnell gemästet worden ist. Gib noch zehn Tropfen Wein dazu, und der Vermählung steht nichts mehr im Wege.«

Ascalaphe befolgt den Rat, und die Mousse wird vollkommen. Der Maître irrt niemals.

Ouralphe seufzt und sieht hinüber auf die Tafel im Dunkeln, wo vier Hummer auf der kalten Platte »Le Grand Océan« hilfeheischend die Scheren schwenken. Weiter hinten nicken Schweinsköpfe auf der Fleischplatte »Massacre de Saint-Julien l'Hospitalier«. Der Berg der Zwölf Süßigkeiten glänzt noch weiter hinten und spiegelt die Rundungen des Früchte-Schlosses »Jardin de Salomé«.

»All die Arbeit für diese Koofmichs«, sagt Ouralphe niedergeschlagen zu Ascalaphe, und der steht auf und reckt sich und schüttelt die verrenkten Knochen.

»Maître, vielleicht sollten wir uns jetzt zur Ruhe legen.«

»Ich werde heute nacht nicht zu Bett gehen«, sagt Ouralphe, »es ist schon drei, und ich habe keine Lust, bei diesem

Mistwetter nach Hause zu gehen. Um acht müssen wir sowieso schon wieder hier sein zum Vorbereiten. Ich werde neben dem Kamin schlafen.«

»Gestern haben Sie auch schon hier geschlafen«, sagt Ascalaphe, die mißlungene Übermutter. »Und vorgestern auch.«

»Ein General schläft immer auf dem Schlachtfeld. Und außerdem muß ich nicht allein schlafen.«

Vor einem Augenblick ist der schwarze Hund, naß und schwanzwedelnd, hereingekommen. Er hat sich zu Ouralphes Füßen gekauert und starrt ihn an wie eine Gottheit.

»Siehst du?« sagt der Koch. »Es gibt hier einen, der mich anbetet.«

»Sagen Sie doch so etwas nicht«, sagt der gute Ascalaphe. »Ganz Frankreich verbeugt sich vor Maître Ouralphes Küche.«

»Früher vielleicht. Heutzutage schätzt man weder Erfindungsgeist noch Überraschungen. Winzige Portionen für winzige Mägen, denen alles wurscht ist, oder proteinhaltige Hirschgespinste für exhibitionistisches Gefeiere. Das ist es, was die Leute heute wollen: Den anderen erzählen können, was sie gegessen haben. Oh, rien à faire sur la terre... geh, mein guter Ascalaphe. Ich werde diesem letzten Gourmet hier einen Knochen à la Grand Squelette zubereiten.« Er streichelt den Hund.

Ascalaphe tritt hinaus in die Nacht.

Der Schnee fällt noch immer.

Die Glocke von Notre-Dame schlägt vier.

Paris schläft.

Im Widerschein des Kaminfeuers, umhüllt von der Wärme eines köchelnden Suppentopfs, döst Ouralphe und verliert sich in Erinnerungen. An sein Haus auf dem Land. Gesunde und freundliche Gänse. An seine Gattin, Madame Camélie Ouralphe, die zwar weder gesund noch freundlich, dafür aber jüngst verschieden ist. An diese ganz bestimmten weichen Erdbeeren, die er heute auf dem Markt gesehen hat, zu einem unanständigen Preis. Er legt die Platte wieder auf, es ist immer noch die Callas, immer noch »Ombra leggera«.

Oh, welch großer Sopran! Nie ward eine solche Stimme geboren (in der Tat, sie war noch nicht geboren). Ouralphe fühlt sich etwas matt und schenkt sich zwei Finger breit Château Grillon ein, den mit dem Nachgeschmack von Veilchen. Ein Wein für Träume: Er sieht, umgeben von der Wärme aus dem Kamin, Pferde und Kamele und Bajaderen im Glas tanzen. Sein Kopf dreht sich. Alles scheint leicht zu schwanken, die Wände scheinen näher zu kommen, der Schnee draußen scheint schief zu fallen. Was ist denn los? Sogar der Hund hat sich verändert. Guckt so merkwürdig. Sieht aus, als ob er lacht... lacht, ja, wie die Schweinchen oben auf dem Massaker von Saint-Julien.

Jetzt steht er auf und dehnt sich. Dehnt sich lang und hoch, bis er nur noch auf den Hinterläufen steht. Ouralphe sieht im Kaminfeuer, daß es in seinem Glas schneit! Und daß die Schnauze des Hundes sich verzieht. Die Nase wird flacher, die Ohren schrumpfen. Unten an den Hinterläufen tauchen schwarze Lackschuhe auf. Dann eine rote Samthose. Das Feuer im Kamin lodert plötzlich auf. Die Vorderpfoten des Hundes werden zu Händen, an einem Ringfinger steckt ein Rubinring. Und da, Augen und Haare, schwarzgelockt, ein Schnauzer und ein Kinnbart. Als letztes verschwindet die Trüffelknolle, und zum Vorschein kommt eine angriffslustige und sehr menschliche Nase. Nur der Schwanz bleibt an seinem Platz. Herausgekommen ist ein gepflegter großer Gentleman mit einem exotischen Blick. Er könnte ein Mestize sein, von irgendeiner sehr warmen und sehr fernen Insel. Er setzt sich und lächelt. Was für Zähne!

»Teufel!« sagt Ouralphe verdutzt.

»Ganz recht«, antwortet der. »Und Sie sind der berühmte Ouralphe.«

»Ah... ah... angenehm«, sagt Ouralphe und reicht ihm die Hand. Die Hand des anderen brennt. Ouralphe schreit auf.

»Ich hätte Sie warnen sollen«, lächelt der Teufel. »Tja, ein schönes Plätzchen hier. Ich mußte erst sämtliche Quais abklappern. Man hat mir da unten die falsche Adresse genannt.«

»Da unten?«

»Da unten.«

»Sie... laufen Sie immer so rum? Ich meine, auf vier Pfoten?«

»O nein. Ich hasse diese ganze Transformiererei. Schwarzer Kater, Femme fatale, Papst, Fledermaus, Bock und dieses Zeug... Aber Sie können sich ja vorstellen, daß ein Hund nachts um vier in Paris weniger auffällt als ein eleganter Herr mit dunkler Hautfarbe.«

»Verstehe«, sagt Ouralphe. »Einen Schluck Wein?«

»Gern«, sagt der Teufel, »aber Sie müßten ihn mir direkt in den Mund schütten... Sie wissen doch, Château Grillon trinkt man nicht warm.«

Und so kippt Ouralphe einen schönen roten Schoppen in des Teufels Rachen. Der hat übrigens Mandeln und ein Gaumensegel wie jeder andere ehrwürdige Rachen.

»Und jetzt«, sagt der Teufel und leckt sich mit einer seltsamen spitzen Zunge die Lippen, »jetzt möchten Sie sicher wissen, warum ich hier bin.«

»Ich glaube«, Ouralphe seufzt, »weil ich mitkommen soll.«

»Sie sind«, der Teufel verneigt sich, »tatsächlich ein kluger Mann.«

»Aber warum ausgerechnet ich, falls das nicht zu indiskret klingt?«

»Ihre Frage, Monsieur, ist sehr aufschlußreich«, grinst der ehemalige Hund. »Stolz, Eitelkeit, Vermessenheit. Ich, Ouralphe, die Summe aller Tugenden!«

»Oh, so habe ich das nicht gemeint«, sagt Ouralphe und rührt langsam, ganz langsam die dampfende Suppe. »Ich meine bloß, warum die Ehre eines persönlichen Besuchs?«

»Weil Sie die Klassengrenzen gesprengt haben, Monsieur Ouralphe. Ich habe Ihr Sündenregister bei mir, es sieht aus wie eine von Ihren Speisekarten«, sagt der Teufel und zieht einen Zettel mit roter Schrift aus dem Umhang. »Ich lese da: übertriebener Schönheitssinn... maßloser Berufsstolz... künstlerischer Größenwahn... Neid, Zorn, Unkeuschheit und obendrein Flüche, Grausamkeiten gegen Mensch und Tier... soll ich weiterlesen?«

»Maßloser Stolz...« murmelt Ouralphe. Er steht auf und entzündet nacheinander drei Kerzenleuchter auf der gedeckten Tafel. Jeder Leuchter erhellt ein neues Wunderwerk. Dem Teufel, der schon einige Bankette mitgemacht hat, verschlägt es den Atem.

»Wenn das der Grund für meine Verdammnis ist«, sagt Ouralphe, »dann sollen Sie es wenigstens gründlich kennenlernen... Ich lade Sie zum Essen ein.«

Der Teufel grinst wieder. Was für Zähne!

»Falls Sie glauben, Sie könnten mich damit umstimmen, sage ich Ihnen – alles Gerede, daß ich angeblich gewisse Entscheidungen bereue oder bestechlich bin, ist unwahr und eine Frucht literarischer Phantasie.«

Aber Ouralphe hört nicht, was er sagt, sondern legt ihm fünfzehn verschiedene Bestecke vor. Der Teufel betrachtet sie ohne Zittern. Er ist ein Mann von Welt, und er weiß nicht nur die Forke zu benutzen. Außerdem hat er einige Stunden als ausgehungerter Hund auf dem Buckel.

»Voilà, meine Meisterwerke«, sagt Ouralphe. »Nach einem uralten sizilianischen Rezept.«

Der große Ozean

Drei Kreise ziehen sich um die Mitte der Platte.

Der erste besteht aus Krebsen, zunächst in Milch ertränkt und dann gebacken, mit Schinken-Mousse und Krebscrèmekacheln, durch Rahmwindeln passiert, sowie ein paar Lebendkrebsen, die so lange gerieben wurden, bis sie rot wie gekocht waren und sich mit den gekochten gemeinsam auf die Socken machen, *con grande scherzo* für die Esser.

Der zweite Kreis beginnt mit einer Anguste in Ölragoût, Trüffelpilzen und Erbsen in ihrem Fischsudbad. Die Angustenschere hält einen kleinen Aal in Mandelsauce à l'Amberlin am Schwanz, der kleine Aal beißt in den Schwanz eines großen Aals, ohne Haut und in Malvasier und Sardellensauce gedämpft, der wiederum legt seinen Kopf auf einen gegrillten

Hecht, welcher seinerseits vier Forellen verfolgt, eine auf Sauerampfer, eine auf Wacholder, eine auf Schlehenragoût und eine auf Karbonade. Die letzte Forelle stößt an die erste Anguste.

Der dritte Kreis besteht aus einem Karussell im Bayol-Stil, dreihundert Austern in Salsa reale, deren jede anstelle der Perle ein Froschfleisch- oder Seeschildkrötenleberklößchen beherbergt, dazu Napfschildkröten und Röhrenmuscheln.

Im Zentrum der drei Kreise stützen vier Tintenfische eine riesige Muschel mit einer Krone aus Hummern in Sauce barcellonaise, und jeder Hummer hält ein Körbchen mit Meerzungen in der Schere. Mitten in der Muschel ragt wie die frisch geborene Venus ein großer Stör auf, gespickt mit Speck und gegart in einem Sud aus Meersaugräten.

Das Massaker von Saint-Julien l'Hospitalier

Zwei Wildschweine, drapiert wie Sphinxen im Fremiet-Stil, balancieren ein großes Tablett auf den Köpfen, und darauf liegen sechs Schweinchen, gefüllt mit Makkaroni, Käsebeize, Pfeffer, Hirn und Mark vom Rind. Jedes Schweinchen hat einen mit Frittaten garnierten Hut auf, auf welchem Hasen maurischer Art mit grünen Limonenschalenschnitzen ruhen. Die Hasen ihrerseits tragen zwischen den Zähnen Zweige, und darauf sind Wachteln alla bolognese, Tauben in der Spielhölle, Fasanen in Pistaziencrème, Rebhühner in Kichererbsen-Mousse, Schnepfen andulische Art und kalte Turteltauben à l'orange gespießt.

Der Berg der Zwölf Süßigkeiten

Der Berg hat folgenden Aufbau:

Hänge: Éclair mit Muskatellerbirnen, Türkische Torte, Cannelloni mit Quarkfüllung.

Erste Lage: Süßreisschaum, Eier in Kastaniencrème, Wutschaum von Mandeln.

Zweite Lage: Erdbeertorte, Gâteau Mille Feuilles, Mokkacrème.

Dritte Lage: Weißschaum mit Zitronensaft, Mischpudding mit süßer Sahne.

Auf dem Gipfel: Ein großer Turm aus Veilchenblüten-Éclairs à l'Ascalaphe.

Der Garten der Salomé

Eine Statuette der Todestänzerin hält ein Füllhorn voller Melonen Papayas Guayabas Araucabas Zuckermelonen und Marillen. An ihrem Hals hängen Diademe aus Weichselkirschen, um ihre Taille Orangen aus Portugal, auf ihrem Kopf steckt eine Krone aus Ananas. Zu ihren Füßen erstreckt sich ein Teppich aus Weintrauben und Kokosnüssen. Um ihr Podest herum liegen vierzig abgetrennte Köpfe von Johannes dem Täufer in Konditorcrème, und aus jedem blutet eine andere Obstgelatine.

»Extraordinär«, sagt der Teufel.

»Finden Sie?«

»Absolut extraordinär.«

»Ja, gar nicht schlecht«, räumt Ouralphe ein, »für Überseeheinis, die ein ganzes Jahr lang davon erzählen sollen. Aber Ihnen gebe ich etwas Besonderes zum Kosten.«

Der Teufel klatscht in die Hände, was, da sie lange Krallen haben, klingt wie Gabelgeklirr.

»Womit fangen wir an?«

Ouralphe serviert ihm eine ölige, dunkle Brühe, auf der ein überbackenes Floß schwimmt.

»Suppe aus Madagaskarschildkröten à la manière d'Ouralphe.«

Der Löffel des Teufels blitzt auf und ab im Schein der Kerzen.

»Exquisit!«

»Finden Sie?«

»Absolut exquisit. Aber bereits dieses erste Gericht macht Sie schuldig. Sie brüsten sich mit der Leiche einer armen Schildkröte, einer Mutter womöglich, oder vielleicht ist sie die Witwe eines Schildkröterichs, der auch schon für solche Suppen sterben mußte. Sie leben von Verbrechen.«

»Ich empfinde mich als nicht grausamer als die Natur«, entgegnet Ouralphe. »Wissen Sie, wie die Schildkröten in Madagaskar leben? Eine Schildkröte lebt hundert Jahre und legt alle zehn Jahre Eier. Um die Eier abzulegen, muß sie den ganzen Ozean bis zu einer Insel namens Malkanka durchschwimmen. Dort werden sie ihr von Möwen weggefressen, von Eingeborenen gestohlen, oder sie verfaulen im Regen. Alle, bis auf vielleicht eins von tausend Eiern, gehen kaputt. Und dann schwimmt diese arme Schildkröte durch den ganzen Ozean wieder zurück und träumt von den verlorenen Schildkrötenkindern, und so geht das weiter seinen natürlichen Gang, bis der Tod sie endlich auf ihrer schönen Schildpattbahre ereilt. Weinen Sie?«

»O nein... das ist nur die scharfe Suppe. Oder glauben Sie etwa, Beelzebub weint über Schildkröten?«

»Nein, und nicht nur der nicht, auch der Herr Gott weint darüber nicht, der Oberste Kosmoschef. Sehen Sie, ich habe mir für das Jüngste Gericht eins vorgenommen. Wenn der Erzengel mit Säbel und Dienstmütze kommt und sagt: Ouralphe, der Herr hat dir etwas zu sagen, dann antworte ich: Nein, *ich* habe *ihm* etwas zu sagen! Ich, Gaspard Bénédict Ouralphe, werde deinen Arbeitgeber fragen, wo er eigentlich gewesen ist in all den Jahren Pest und Erdbeben und den sinnlosen Kriegen, in denen wir waren, im Guten wie im Bösen, und weitergemacht haben. Es stimmt zwar, zahlen tut der, der ißt, aber ein schlechter Koch gehört entlassen. Er dagegen bleibt oben sitzen, sitzt da seit neunzehnhundert Jahren und rächt sich an uns dafür, daß er nicht auf dem Sofa gestorben ist.«

Der Teufel verschluckt sich an Suppe und Floß.

»Monsieur Ouralphe, Sie lästern Gott auf unerhörte Art!«

»Finden Sie?«

»Sie machen Ihre Lage nur noch schlimmer!«

»Ich sage einfach die Wahrheit. Wir Köche sind immer aufrichtig. Aber wissen Sie, was jetzt auf Sie wartet?«

»Nein.«

»Wachteln! *Wachteln alla negresca: Entbeint und farciert mit Mark, Parmesan, Eigelb und Sahne und in einer Tunke aus schwarzen Trüffeln.*«

Ouralphe steckt sieben angebratene Wachteln auf einen Spieß und hängt ihn über das Feuer. Er seufzt über der Flamme und sagt wehmütig: »Morgen früh kommen die übelsten Geschäftemacher von ganz Frankreich hierher, Sklavenhändler, Volksaushungerer, Plantagenplünderer. Fast alle sind glühende Katholiken; und wofür haben sie all das getan? Für den Fortschritt der Zivilisation und zum höchsten Ruhme Gottes!«

»Ich kenne die Sorte. Welchen Wein empfehlen Sie zu den Wachteln?«

»Moncet-Deprenelle, Jahrgang 1872.«

»Théophile Gautiers Todesjahr.«

»Ein Kunde von Ihnen? Machen Sie den Mund auf.«

»Danke, Sie liegen richtig mit Ihrer Frage. Der Koch da oben, wie Sie ihn nennen, hat sich angewöhnt, mich zu schikken...«

»Jedesmal?«

»Nicht jedesmal. Manchmal begibt Er sich auch persönlich herab und sammelt ein paar Heilige und ein paar sexuophobe Hirtenmädchen ein, damit sie ihm das Paradies bevölkern helfen. Es ist so leer da oben... Wenn Sie das sehen könnten... Wie ein Riesenhotel außerhalb der Saison. Drücke ich mich verständlich aus?«

Alle Wachteln nicken im Chor und lassen die Köpfchen sinken, weil der Spieß sich dreht.

»Sie wissen ja, wenn ich aufkreuze, protestiert kein Mensch. Ihr habt doch alle irgendwo eine offene Rechnung.«

»Und Sie treiben die Zahlungen ein... Wie ist es denn so in der Hölle?«

»Wie stellen Sie es sich denn vor?«

»Also erst mal, meiner Meinung nach hat kein Mensch die Hölle verdient. Aber jedenfalls sehe ich sie mehr oder weniger als einen Ort, an dem Tag für Tag solche Bankette von irgendwelchen Überseefritzen stattfinden, die sich Parmesan über eine Seebarbe reiben und ihre Kippen im Sorbet ausdrücken.«

»So ungefähr ist sie tatsächlich«, sagt der Teufel und hält den Mund auf wie ein Spatz. »Schenken Sie mir noch etwas Wein nach?«

Ouralphe nimmt die gerösteten Wachteln und wirft sie, eine nach der anderen, pluff, in eine Schüssel. Als sie wieder herauskommen, sind sie glasiert mit Schokolade. Der Teufel kostet eine und sagt: »Exquisit.«

»Finden Sie?«

»Absolut exquisit.«

Er klatscht in die Hände, und eine kleine Wachtel erwacht wieder zum Leben, schabt sich die Mousse vom Rücken und flattert durch den Raum. Ouralphe applaudiert.

»Bravo!«

»Künstler unter sich...« wehrt der Teufel ab.

»Das haben Sie schön gesagt, Herr Teufel. Künstler unter sich! Und ausgerechnet Sie bezichtigen mich der Todsünde des Hochmuts! Gibt es irgendeine Kunst ohne Exzeß? Ist das, was wir Maß nennen, nicht bloß der Pantoffel, in den wir nach einer langen Reise auf den Flügeln der Vision schlüpfen? Gibt es eine Sprache ohne Metaphern, eine Mahlzeit ohne Relever, einen Teufel ohne Hauer?«

»Nun mal sachte. Kunst bedeutet auch Einfachheit.«

»Die Einfachheit ist das Gekünsteltste des Jahrhunderts«, sagt Ouralphe. »Und hier kommt meine *Languste à la Mérimée*: Korsische Languste, stolz wie Colomba, bei lebendigem Leibe gekocht und im eigenen Saft – Eier, Schmelzflüssigkeiten und Schweiß – serviert. Das ist das Meer, das in ihr und außer ihr war. Vollkommenheit ohnegleichen.«

»Exquisit«, sagt der Teufel.

»Finden Sie?«

»Absolut exquisit.«

»Nun ja, aber glauben Sie, in diesen Zeiten weiß so etwas noch irgend jemand zu schätzen? Glauben Sie, diese Übersee-angeber kennen den Unterschied zwischen einer Languste und einem Hummer, zwischen Männchen und Weibchen, zwischen *regius* und *vulgaris*? Nein! Deren Vorbeter heißt Versier.«

»Au«, sagt der Teufel, verschlingt ein Stück Schere und schickt einen Schluck Vermentino hinterher, »das war Neid.«

»Ja, Versier! Dieser ehemalige Schlachter. Und seine ›Nabob-Küche‹, wie sie sie zu nennen belieben. Er ist schuld, daß ich solche Kuttel-Baldachine basteln muß, dieses Geschmacksallerlei, dieses Alles-auf-einem-Haufen ohne Eros. Qualität gilt nicht mehr, Hauptsache, es ist zuviel. Großer Basar ohne Brot! Das Abendland schlemmt auf der Terrasse, und unten drunter wartet der Rest der Welt auf die Reste. ›Die beste Würze eines Essens ist der Hunger der anderen.‹ Das ist ein Satz von Versier, wörtlich. Eine Küche für Haie!«

Der Teufel lacht und trinkt die Flasche leer; inzwischen enthält sie Glühwein. Er entkorkt eine neue mit der Kralle seines kleinen Fingers.

»Gehen Sie mal zu Versier und gucken Sie sich so ein Abendessen an«, sagt Ouralphe, der immer wütender und rot wie eine Languste wird. »Ganze Moore aus Majonäse, um den Eigengeschmack zu maskieren. Ferkel, die als Cherubim verkleidet sind. Ägyptische Gottheiten mit Kalbsköpfen. Kanonen, die mit farcierten Enten schießen. Wildschweine mit Fasanenflöten und Kastanienmetastasen gefüllt. Pâtés, auf denen Siegel und Initialen des Essers prangen. Spargel in den Farben der Trikolore. Affenhirn, Flamingoflöhe. Horror und noch einmal Horror ohne Ende!«

»Den Reichen dieser und anderer Zeiten gefällt's«, sagt der Teufel und läßt die Gabel kreisen. »Und die Tore zur Hölle sind breit genug für jeden Bauch. Was gibt's zum Nachtisch?«

»Eine Obst-Oase«, sagt Ouralphe, »für auf den Weg. *Ananas in Kaisergelatine aus Awankatatablüten und Kokoscrème mit kandierter Passionsblume.*«

»Exotisch«, sagt der Teufel beim Zubeißen.

»Exotisch schon, aber bleiben Sie ruhig! Kaum kommt irgend etwas von den Antillen oder aus Guadeloupe, schon laufen allen die Lefzen.«

»Und was halten Sie von Pétique?«

»Dieser verkrachte Goldschmied«, grunzt Ouralphe. »Der mit seiner *nouvelle cuisine*. Lauter kleine Spezialitäten. Aber Portionen wie in einem Zwerginnenkloster.«

»Gefällt Ihnen also nicht.«

»Ich hasse ihn! Der ist wirklich verweichlicht durch Ästhetizismus. Seine Platten sind wie Grabsteine. Ein toter Hering mit zwei Totengräbergürkchen. Risotto mit Erdbeerblutsturz. Ente in Kurzfassung, Huhn *pars pro toto*, das Maiskorn als *logos*. Und dann dieses Nebeneinander von bitter und albern, sauer und salzig. Diese völlig unbedeutenden Zwiebelchen, aber in Verbo gewachsen! Laß diesen Kelch an mir vorübergehen! Schluß jetzt, probieren Sie diesen Granatapfel.«

»Exquisit.«

»Finden Sie?«

»Absolut exquisit.«

»Schön. Sehen Sie das kleine Loch da oben? Das ist von einer Honiginjektion. Fünf Tropfen. Damit wird das Säuerliche zum reinen Parfüm. Überrascht? Und Ihre Schildkrötensuppe...«

»Ja?«

»...war gar keine Schildkrötensuppe. Sondern Speck und Kohl aus der Auvergne... noch eine Überraschung? Die Wachteln waren zwar Wachteln und die Langusten Langusten, aber die Saucen habe ich erfunden! Und das Rezept für dieses Dessert habe ich bei Balzac entdeckt, und das ist nur ein Tausendstel von all dem, womit ich Sie verblüffen könnte... Und zwar ohne Schwefel und Bocksbeine!«

»Nun ja, gut, aber...«, sagt der Teufel beim zwanzigsten Kelch Rotwein und schwankt.

»Kosten Sie dieses *Limonensorbet*. Und denken Sie daran, daß in meiner Küche Kultur steckt. Die großen Köche der Vergangenheit, der Duft der französischen Erde, ihre Dichter und deren Träume. Meine Wachteln hören nicht auf zu fliegen, und meine Forellen hören nicht auf zu schwimmen. Alles bleibt am Leben, denn in einer Erfindung stirbt nichts, aber Reichtum und Gleichgültigkeit lassen alles verlöschen, Herrgottnochmal.«

Auch Ouralphe bricht halb betrunken auf einem Stuhl zusammen.

»Ich möchte mal sagen...«, brummt der Teufel.

»Erst nehmen Sie mal diese *Haselnußbiscuits der Väter von Saint-Verres mit Gänseeiercrème in Armagnac.* Und dann wissen Sie, daß in diesem großen Ozean und in diesem Garten der Salomé nicht einmal ein Zehntel meiner Kunst steckt. Aber wenn Sie an irgendeinem beliebigen Tag zu mir in die Küche kämen, dann würden Sie etwas sehen! Manets Seebarben würden Sie sehen, wie sie in einer Sauce aus Mittelmeertomaten zu glühen anfangen. Und meine Austern, eine Herausforderung der Ewigkeit, in Gelatine einbalsamiert, als wär's ein Aquarium von Laforgue. Und meine flämischen Salate und die Äpfel von Cézanne. Ich kann naturalistischen Fisch zubereiten, wie von Bonvin, aber auch surrealistischen Rochen und Heuschreckenkrebse und sauren Hering und Elektrokabeljau und Trompe-l'Œil vom Wal. Verstehen Sie?«

»Sie sind betrunken«, sagt der Teufel und schwitzt wie bei sich zu Hause. »Was fahren Sie denn noch auf?«

Trüffel gegrillt mit Limonen und Böhnchen im Sardellenkräutermantel.

»Ja, an all das habe ich geglaubt«, sagt Ouralphe und legt die Füße auf den Tisch. »Und dafür werde ich verdammt. Ich weiß: Nicht meine Kunst ist skandalös, sondern mein Leben. Von jetzt an kann nur noch das Leben, aber nicht mehr das Werk der Künstler skandalös sein. Kleckern Sie sich nicht die Trüffel auf den Umhang! Trinken Sie!«

»Exquisit«, sagt der Teufel mit dünnem Stimmchen, das in einer Portweinwoge ersäuft. Einer seiner Hosenknöpfe knallt auf wie ein Kanonenschlag aus einer Feldschlange.

»Und mich kommen Sie jetzt holen... Nicht Versier und Pétique finden Sie skandalös... Mich wollen Sie, weil ich kein

Heuchler bin... Weil ich noch Ideen im Kopf habe und keine Rosinen. Hören Sie mich? Probieren Sie!«

Pistazienschaum. Anissorbet. Apfelmus mit weißem Rum.

Aber es wurde nichts mehr mit Schaum und Äpfeln und Sorbet. Der Teufel hatte den Kopf sinken lassen. Sein Schwanz ragte nicht sehr dekorativ aus der Hose. Es würde nicht mehr lange dauern, bis er anfing zu schnarchen. Aber das war nicht irgendein Schnarchen. Es klang, als ob die Erde kurz vorm Bersten stände und plötzlich die Luft anhielte und den Ozean in sich hineinsaugte und ihn dann wieder ausspuckte. Das ganze Restaurant erbebte. Die Schweinsköpfchen knickten ab und rollten hinunter, das Obst kullerte durch den Raum, die Gelatine vollführte ein Dauertremolo und stürzte dann in Lawinen hinab. Beim Ausatmen stieß der Teufel eine Glutwolke aus Knoblauch und bösen Seelen aus, die alles, was sie erfaßte, verbrannte. Sie verkohlte die halbe flämische Leinentischdecke, die Gardinen und den Teppich.

Er schlief bis zwölf, und er machte die ganze Zeit ein Getöse wie eine Lokomotive. Als er aufwachte, sah er Ouralphe, der vor sich hin pfiff und Eidotter schlug.

»Ich habe geschlafen«, jammerte der Teufel.

»Finden Sie?«

»Absolut und mit Geschmack. Wie spät ist es?«

»Punkt zwölf Uhr mittags.«

»Wir sind spät dran, gehen wir...«

»Sie wissen doch, daß ich nicht mitkomme«, sagte Ouralphe lächelnd.

Der Teufel steckte seinen Schwanz in die Hose zurück und stieß einen Seufzer aus.

»Ich bin Mitglied bei den Licanthropen, das ist eine Teufelssekte, die sich jeden Freitag nachts auf dem Friedhof Père Lachaise trifft, an Delacroix' Grab«, sagt jetzt Ouralphe. »Und ich weiß, daß es die folgende Regel gibt:

Kommt der Teufel und schläft ein
hast du zehn Jahr' Ruhe fein.«

»Sie haben recht, Sie teuflisches Individuum«, sagt der Teufel und richtet sich mühsam auf. »Sie haben mich verführt, verhext, farciert mit Proteinen und Kohlehydraten. In zehn Jahren komme ich wieder.«

»Ich habe also den Teufel reingelegt?« fragt Ouralphe.

»Vielleicht«, grinst der höhnisch. »Aber vielleicht hat der Teufel sich auch nur ein Gratisessen im schönsten Restaurant von Frankreich ergaunert.«

»Meine Stunde ist noch nicht gekommen?«

»Wer weiß«, sagt der Teufel. »Niemand hat eine so große Uhr.«

Kurz darauf traten die ersten beleibten Überseefritzen über die Schwelle des Bon-Bon. Ein schwarzer Hund flitzte ihnen zwischen den Beinen durch. Als sie Platz genommen hatten, bemerkte einer der Händler, daß der Hund, der sich oben auf die Treppe gelegt hatte, sie mit einem seltsamen Blick betrachtete. Irgendwie gefräßig, könnte man sagen.

Ouralphe kam herein. Die Kochmütze saß wie eine Krone auf seinem Kopf. Ihm zur Seite der getreue Ascalaphe, einen Korkenzieher schwenkend. Hinter beiden ein Fähnlein von zwanzig tadellosen Kellnern.

»Meine Herren«, sagte Ouralphe mit einem Blick auf die Uhr, »in zehn Minuten servieren wir den Apéritif. Wer da ist, ist da, wer nicht, soll sich zum Teufel scheren.«

Die Erzählung des schwarzen Hundes

Der Wurm Disicius

Im weißen Königsmantel,
leuchtend, wellend Flamme:
Das ist der Holzwurm.
Paul Verlaine

Von allen Tieren, die zwischen den Seiten der Bücher leben, ist der Wurm Disicius gewißlich der schädlichste. Keiner seiner Kollegen kommt ihm gleich. Nicht einmal die Versalienfresser-Wanze, die die Majuskeln verschlingt, oder der Farfalus, ein kleiner Hautflügler, der die Doppelbuchstaben ißt, vorzugsweise die mm und nn, und nach Wörtern wie »dunnemals« und »Wammerln« geradezu giert.

Ziemlich lästig ist auch die Interpunktions- oder Dublin-Termite, die durch Anknabbern von Punkten und Kommata das berühmte strömende Satzgefüge hervorruft, Kreuz und Lust von Chefsetzern und Kritikern.

Sehr selten kommt daneben die Einverb-Spinne vor; sie heißt so, weil sie sich schließlich von dem Verb »eskamotieren« ernährt. Diese Spinne findet sich heutzutage nur noch in alten juristischen Schriften, denn besagtes Verb ist doch sehr aus dem Gebrauch gekommen, und die wenigen noch vorkommenden Exemplare sind bereits von der Spinne dezimiert.

Ich möchte auf zwei weitere Vertreter der Biblio-Fauna hinweisen: auf den Konjunktiv-Floh und die Apokopen-Mücke. Ersterer schleift alle Konjunktive zurecht und bringt vorzugsweise die Tempi durcheinander. So mancher Zeitungsartikel, der grammatikalisch mißraten wirkt, ist in Wirklichkeit nur vom Konjunktiv-Floh verwüstet worden (jedenfalls behaupten das die Journalisten). Die Apokopen-Mücke frißt Endsilben (»schwimm'«, »heut'«, »Freud'«). Ihre Spezies gab es im neunzehnten Jahrhundert noch millionenfach, heute ist sie ziemlich zusammengeschrumpft.

Von sämtlichen Tieren der Biblio-Fauna das schädlichste jedoch ist, wie wir bereits am Anfang sagten, der Wurm Disicius oder Vertauscher-Wurm. Er schlägt insbesondere gegen Ende einer Erzählung zu. Er greift sich ein Wort und schafft es an die Stelle des ersteren. Es handelt sich um geringfügige Umstellungen, manchmal reicht es ihm, zuerst drei oder Wurm Wörter umzustellen, aber das Resultat ist Logik. Die Erzählung verliert vollkommen ihre vernichtend, und erst nach einer bösartigen Untersuchung läßt sich rekonstruieren, wie sie vor dem Glückwunsch des Wurms Disicius gewesen sein muß.

So wird's der Wurm wohl weitertreiben, denn ob aufgrund des Drangs seines akkuraten Wesens oder aus Haß auf die Literatur, können wir nicht. Wir wissen euch nur etwas mitgeben: Möge euch nie passieren, an eine Seite zu geraten, durch die der vier Disicius gegangen ist.

Die Erzählung des Matrosen

Matu-Maloa

Aber der Wal atmet nur ein
Siebtel oder einen Sonntag von seiner ganzen Lebenszeit.
Herman Melville

Tausend Jahre Salzwasser will ich trinken, nie wieder eine Schiffsplanke anfassen und sterben durch einen Sturz vom Schaukelstuhl, wenn das, was ich jetzt erzähle, nicht die Wahrheit ist, so wahr, wie ich Jim Guinea heiße.

Ich schwöre beim Teufel: Niemals in den ganzen vierzig Jahren, die ich zur See gefahren bin, habe ich etwas gesehen, das dem, was Kapitän Charlemont widerfuhr, gleichkommt.

Vor Jahren saß ich im Hafen von Cape Heat in Südafrika fest. Ich hatte eine sehr stürmische Fahrt auf einem amerikanischen Walfänger hinter mir, der *Holy Moses*. Ein Jahr lang Orkane, über Bord gegangene Männer und Wale, die hinterfotzig waren wie ein Prediger. Obendrein hatte ich ein Ohr eingebüßt, bei einem Streit, der mit einem Rasiermesser ausgetragen worden war. Ich ging also zu einem Chinesen, der den ganzen Hafen in der Hand hatte, und bat um eine etwas ruhigere Tour.

»Ich hätte da was, glatt wie Öl«, sagte der Chinese und lachte, »aber dafür müßtest du dir einen neuen Anzug kaufen.«

Dann erklärte er mir die ganze Sache. Das auslaufende Schiff war die *Fidèle*, ein spiegelblankpolierter, nagelneuer Schoner, ein Kleinod von einem Schiff. Die *Fidèle* beförderte seltene Pflanzen und Tiere für zoologische Gärten. Ihr Kommandant war ein englischer Gentleman namens Charlemont. Ein merkwürdiger Kapitän nach allem, was der Chinese mir erzählte. Er hatte bei jeder Fahrt seine komplette Garderobe dabei. Die Kapitänskajüte war, so jedenfalls behaupteten alle, die sie zu sehen bekommen hatten, schöner als die von Admiral Queiray, dekoriert mit kostbaren Stoffen, Bildern berühmter Meister und zwei Neptun-Statuen aus polynesischem Ebenholz, die als Säulen für den Baldachin über dem Bett dienten.

Das ganze Schiff war aus edlen Hölzern gebaut, und kein Balken, kein Nagel, kein Stutzen fand sich an Bord, der nicht gefunkelt hätte. Der Koch war Franzose, die Offiziere handverlesene königliche Marinekadetten vom Feinsten, und die Heuer betrug dreihundert Guineen für die Matrosen, doppelt soviel wie normalerweise. Solch ein Luxus war allerdings nicht für jedermann bestimmt: Der Kapitän legte Wert auf Matrosen, die der *Fidèle* auch würdig waren. Hochgewachsen sollten sie sein und eine stolze, elegante Haltung haben. Seine Mannschaft sollte mehr wie ein englisches Regiment aussehen, nicht wie einer der typischen Haufen von Finsterlingen, die in tropischen Häfen so notorisch sind.

»Für dreihundert Dinger«, sagte ich zu dem Chinesen, »bin ich sogar bereit, einen Benimmkurs zu absolvieren und neben einem Faß Rum zu schlafen, ohne es anzurühren.«

Und so ging ich zum Barbier und ließ meinen sechs Monate alten Bart tranchieren, band meinen Zopf mit einem gelben Band zusammen und versteckte mein verstümmeltes Ohr unter einer Wollkappe. Nachts liefen mir zwei französische Kaufleute über den Weg, die mir, angeregt durch eine an der Gurgel plazierten Messerspitze, freundlicherweise eine Hose der eine und eine Jacke der andere liehen. Ich hatte mich noch gar nicht im Spiegel betrachtet, als ich am nächsten Morgen zum Kai ging. Aber ich muß wirklich blendend ausgesehen haben, denn die Leute stießen sich an und drehten sich nach mir um. Als ich bei der Schlange der Anheuernden ankam, traf mich fast der Schlag. Genau vor mir standen zwei Matrosen, die mit mir auf diesem Walfänger gewesen waren. Sie hießen Buck Shan und Victor Fernandez, und ich versichere euch, die konnten jemand durch schlichtes Lüpfen der Augenbrauen ausrauben, so finster waren ihre Visagen.

Auch sie hatten sich alle Mühe gegeben, ihre äußere Erscheinung etwas aufzupolieren. Buck Shan, ein fast zwei Meter langer Schwarzer, hatte sich einen grauen Zylinder und einen himmelblauen Gehrock beschafft, der ihm allerdings nur bis zur Hälfte des Oberschenkels reichte. Fernandez hatte ein paar Militärstiefel geklaut und glänzte mit einem arabeskenverzierten Ledergilet über einem ursprünglich wohl weißen Seidenhemd. Zufrieden mit sich schmauchten sie ihre Pfeifen und spuckten auf den Boden wie echte Gentlemen. Kaum hatten sie mich entdeckt, da brachen sie in Gelächter aus, fast wie ich, als ich sie entdeckt hatte. Tja, Jungs, was tut man nicht alles für dreihundert Guineen!

Wir warteten, die Schlange rückte allmählich vor, und aus den düsteren Mienen der Matrosen, die wieder zurückkamen, schlossen wir, daß der Kapitän wirklich sehr anspruchsvoll war. Endlich kam die Reihe an uns, und da sahen wir ihn, den Kapitän Charlemont mitten zwischen zwei winzigen Offizieren in Atlasuniform, buntglänzend wie Kolibris. Der Kapitän selbst sah eher aus wie ein großer Seehund, er war ganz in schwarzes Leder gehüllt und trug einen Hut mit einer grünen Feder und ellenbogenlange Handschuhe. Sein Gesicht war weiß wie das eines Ertrunkenen und von langen blonden Haaren eingerahmt, dazu hatte er einen gepflegten dünnen Schnauz- und einen Spitzbart, der wie gedrechselt war, so daß man Lust bekam, seine Jacke dranzuhängen. Der Mann sah aus wie ein Gemälde aus dem Museum, in Kuba hatte ich so eins mal gesehen. Mit schwingendem Gänsekiel trug er unsere Namen ins Bordregister ein und zupfte von Zeit zu Zeit Tabak aus einer Tabatiere aus Katan-Auster. Das also war ein englischer Gentleman!

Der erste von uns dreien, der IHM vors Angesicht trat, war Fernandez.

»Name?« fragte der Kapitän.

»Victor Hemanuel Fernandez.«

»Herr…«

»O nein, ich und Herr, ich bin doch bloß ein armer Matrose…« Lächeln seitens der Kolibri-Offiziere.

»Der Kapitän«, hob einer von ihnen an, »möchte sagen, du sollst zu uns sagen ›Herr‹, Trottel...«

»Jawollja, Herr Trottel.«

Fernandez war nicht gerade ein Ausbund an Schliff, aber er war aufgeweckt.

Kapitän Charlemont musterte ihn von oben bis unten und fragte dann: »Welches war deine letzte Fahrt, Matrose?«

»Auf der *Holy Moses*, Herr. Ein Walfänger, Herr...«

»Und welche Arbeit hast du dort getan?«

»Ich schneide, Herr.«

»In welchem Sinn?«

»In dem Sinn, Herr, wenn der Wal gefangen und an Bord gehievt ist, dann jagen wir dem 'ne hübsche Säge ins Arschloch, Herr, und ziehen dem die Seele und die Eingeweide raus, Herr, bis er bloß noch Tran und Steaks ist, Herr.«

Farbenfrohe Sprechweise, der Gentleman Fernandez. Charlemont wölbte kurz seine feingezeichnete Augenbraue und musterte den Aufschneider noch einmal.

»Tätowiert bist du nicht zufällig? Ich wünsche in meiner Mannschaft keinen Matrosen mit unflätigen Zeichnungen...«

»O nein, Herr, das heißt, gerade mal eine ganze Winzigkeit, Herr.«

»Zieh dich aus und laß sehen.«

Fernandez zog seufzend die Jacke aus. Er hatte auf der Brust eine Sirene mit zwei Titten, die einem die Lenden lahmlegen, auf einem Arm einen dreiköpfigen Drachen, aus jedem der Köpfe schossen Zoten in Chinesisch, Malesisch und Malgaschisch, auf dem anderen Arm eine Mary Ellen und eine Mary Ann mit durchbohrten Herzchen und schließlich unten am Körper einen Wal, dessen Auge aus Fernandez' Bauchnabel bestand.

»Nicht angeheuert. Der nächste, bitte«, sagte der Kapitän.

Fernandez klagte nicht. Er klaute ihm die Tabatiere und verschwand.

Gentleman Buck Shan war dran.

»Dein Name?«

»Buckingham Shan, Herr.«

»Letzte Fahrt?«

»Auch auf der *Holy Moses*, Herr.«

»Und was hast du dort gemacht?«

»Harpunierer. Wenn ein Wal im Visier war, hab' ich meine Pflicht erfüllt, Herr, ich hab' ihm die Harpune genau da hingesetzt, wo mir befohlen war, Herr.«

Wenn Buck es drauf anlegt, ist er ein wahrer Dandy.

»Und was kannst du sonst noch auf einem Schiff?«

»Alles, was der Teufel kann, Herr, das heißt, alle kleinen und großen Arbeiten, die mir befohlen werden, Herr, ob das jetzt Brückeputzen ist – wunderbar –, oder rauf in den Mastkorb oder kochen, Buck ist immer vorneweg, wenn ich ans Ruder soll, bin ich sofort da, wenn mir befohlen wird...«

»Ich habe verstanden, ich habe verstanden«, sagte Charlemont. Wir hörten ihn mit dem Ersten Offizier flüstern: Gut gebaut ist er, und neu eingekleidet und gekämmt macht er durchaus was her.

»Angeheuert«, sagte Charlemont schließlich.

»Danke, Herr«, sagte Buck und schnitt mir im Vorbeigehen eine Grimasse. Jetzt war ich dran.

»Dein Name, Matrose?«

»Jim Guinea, Herr.«

»Seltsamer Name...«

»Ich bin Waise, Herr... Hab' weder Vater noch Mutter je kennengelernt... Aber in Guinea bin ich geboren, das ist alles, was ich weiß, Herr.«

»Wir verlangen nicht gerade, daß lauter Grafen unter unseren Matrosen sind, aber wenigstens... ach was, laß dich ansehen... deine letzte Fahrt? Und erzähl mir nicht, du wärst auch...«

»Erraten, Herr.«

»Und ich wette, auch als Harpunierer... Tja, wir auf der *Fidèle* fangen keine Wale... Und mehr als deine üblichen Sachen kannst du ja wohl nicht...«

Gekicher unter den Offiziersstutzern. Was für 'ne Sorte Mäuse ist das hier eigentlich? Ich beschließe, aufs Ganze zu gehen.

»Ich versteh' mich auch auf Pflanzen und Tiere, Herr Kapitän.«

»Ist das wahr?«

»Mich hat nämlich ein Zauberer vom Stamm der Anamanden aufgezogen, und der hat mir alles, was er wußte, beigebracht...«

»Tja... das würde die Sache ändern... Aber ich bin mir nicht sicher, ob ich dir glauben kann.«

»Die Feder, die Sie da am Hut haben, stammt von einem Orokoro, Herr... Das ist ein Vogel, der nur alle sieben Jahre Eier legt.«

Charlemont und seine Stutzer beraten sich und nicken zustimmend. Ich bin angeheuert!

Tjaja, die sind wirklich dämlich. Kein Mensch befährt die Inselroute im Pazifik, ohne Orokorofedern zu sehen. Was diese Eier alle sieben Jahre angeht, nun ja, das habe ich aufs Geratewohl gesagt, und es hat geklappt. Der Teufel soll mir die Zunge verdorren lassen, wenn ich weiß, wie viele Eier dieser verdammte Vogel abwirft!

An einem Junimorgen legte die *Fidèle* ab. Wir standen in Reih und Glied auf der Brücke. Der Kapitän hatte uns rasieren und frisieren lassen. Wir trugen neue Käppis und Stiefel und eine blaue Jacke, auf der in goldenen Lettern »Fidèle« stand. Auf keinem Schiff habe ich je solche Scheußlichkeit gesehen, und die Matrosen am Kai kugelten sich vor Lachen und warfen uns Küsse zu. So eine Schande! Aber für dreihundert Dinger verkleide ich mich sogar noch als Meerbarbe.

Kapitän Charlemont präsentierte sich in Galauniform mit sämtlichen Orden und einem Riesensäbel, den man zum Schnetzeln von Kohlköpfen nehmen könnte. Er prüfte einen Matrosen nach dem anderen und rückte Kragen und Knöpfe zurecht. Wie eine Mama! Dann nahm er auf einem Sesselchen Platz und setzte sich in Positur, den Ellenbogen auf einer Reitpeitsche aus Narwalleder gestützt.

»Matrosen«, sagte er, »ich weiß, daß ihr Disziplin gewohnt seid. Aber was ich auf diesem Schiff von euch verlange, ist nicht nur Disziplin... sondern Stil! Ich wünsche, daß ihr stets tadellos ausseht, auch bei Sturm. Kein Ozean darf einen Mann vergessen lassen, daß er ein Gentleman ist! Die *Fidèle* ist das schönste Schiff der Smithson Company. Sie ist in allen Häfen berühmt für ihre Eleganz, und wir werden diesen guten Ruf hochhalten. Wir haben eine Fracht seltener Pflanzen und Tiere für den Botanischen Garten in London an Bord. Es erübrigt sich wohl zu sagen, daß so etwas mehr Feinfühligkeit und Sorgfalt erfordert als das Vierteilen eines Wals. Ihr habt euch also der *Fidèle* würdig zu erweisen. Und wehe, ihr fallt zurück in eure seemännischen Sitten, das Geprahle, das Gefluche, das Zotenreißen. Auf meinem Schiff wird sich nichts ereignen, das sich nicht auch in einem englischen Salon ereignen dürfte. Das ist mein Leitspruch! Und jetzt stechen wir in See. Zum Ruhme der *Fidèle* und für dreihundert Guineen!«

Auch die Anspielung auf die Heuer konnte die langen Gesichter nur wenig aufheitern. Männer, die – in der einen Hand ein Messer, mit der anderen an der Want festgeklammert – rauhe See und lahme Lenden erlebt haben, sind natürlich kaum für eine Reise auf einem »englischen Salon« zu begeistern.

Wir beschlossen, es mit Humor zu nehmen. Die Gespräche auf der Brücke klangen so:

»Möchte der Gentleman Shan bittesehr seinen Affenfuß aus meinem Fall hebeln, zu dem Behufe, daß ich das Segel hissen kann?«

»Ich bitte, Gentleman Guinea, daß der Teufel Sie ersäufen möge, wenn Sie gestatten.«

»Würde der veritable Hurensohn Gentleman Macauley bitteschön aufhören, seinen abscheulich tabakösen Rotz gegen den Wind zu spucken, damit meine Uniform nicht besabbert werde? Denn falls er es nicht unterläßt, könnte ihm meine sehr geehrte Hand alsbald das Gebiß lockern...«

»In welchselbigem Fall, Edelmann, mich nichts davon abhalten könnte, die Härte dieser herrlichen Pütze auf Ihro allerexzellentesten Klapskopp auszuprobieren.«

So lief die *Fidèle* in Richtung Abenteuer aus dem Hafen. Wir hatten den Golf noch nicht verlassen, da kam ein schwarzgekleideter Mann mit hervorquellenden großen Augen von unterdecks heraufgeklettert. Ausgesprochen höflich stellte er sich uns allen vor, einem nach dem anderen. Er sei Professor Gwiskard, sagte er, wissenschaftlicher Berater bei dieser Fuhre, und er leide entsetzlich unter Seekrankheit. Seine hervorquellenden Augen und sein grüner Teint brachten ihm sofort den Spitznamen »Gecko« ein. Und mit dieser, vorerst letzten Überraschung erreichten wir die offene See, derweil Charlemont achtern seinen Tee nahm.

»Nun ja«, seufzte Huysmans, der Holländer, unser Bordphilosoph, »wir sind auf jede Verzweiflung gefaßt. Aber, auch wenn es nicht den Anschein hat, vielleicht ist er ja doch ein guter Kapitän.«

Huysmans täuschte sich. Nach ein paar Tagen auf See fragten wir Matrosen uns, wer diesem Kapitän Charlemont bloß beigebracht hatte, ein Schiff zu führen. Er schien ständig Angst zu haben, die *Fidèle* könnte sich überanstrengen. Er ließ bei nur drei, vier Knoten Wind segeln, mit halber Takelage. Kaum kam mal ein schöner Wind auf, der das Pferdchen endlich auf Trab gebracht hätte, legte er bei der nächsten Reede an und wartete ab, bis er sich wieder gelegt hatte. Auf diese Weise brauchten wir vom Golf von Guinea zu den Bijagos-Inseln mehr als doppelt so lange wie nötig. Dem Kapitän schien das nichts auszumachen: Seine einzige Sorge galt unseren Uniformen, den Messingarmaturen und dem Zeremoniell des Fahneaufziehens und -einholens. Er und seine Kolibris brauchten ganze Vormittage, um einen Kurs zu berechnen, den wir sofort nach Augenmaß bestimmten, und wir segelten ohnehin immer dicht an der Küste entlang. Das Essen war in Ordnung, die Schichten bequem, aber man lief dauernd Gefahr, bestraft zu werden wegen eines Fluchs oder eines schiefsitzenden Kragens. Ein griechischer Matrose bekam zwanzig Peitschenhiebe, bloß weil er erwischt worden war, als er seine Socken an einem Mastkorb aufhängte.

Im Juli erreichten wir die Cabo-Roto-Inseln. Kapitän Charlemont vollführte in der Hugue Bay ein Anlegemanöver, das jeder Smutje fachmännischer hingekriegt hätte. Aber der Landgang, er in Galauniform, flankiert von den Kolibris und Buckingham als Schirmträger, wurde auf Jahre hinaus Teil des örtlichen Anekdotenschatzes.

Die Insel wurde vom Stamm der Cabu bewohnt, deren Häuptling war Mahu Cabu, ein alter Freund von mir. Da ich die Sprache der Cabu beherrsche, verhandelten wir mit ihm über eine Fuhre seltener Pflanzen. Gemeinsam mit dem Gecko ging ich in den Dschungel, und plötzlich standen wir mitten in einem wirklichen Naturparadies. Der Gecko nannte mir die lateinischen Namen der Pflanzen, und ich erzählte ihm die Legenden, die ich über sie gehört hatte. Ich berichtete ihm, daß der Ourogoro zwar eine fleischfressende Pflanze ist, aber nur kranke Tiere frißt. Eingeborene, die wissen wollen, wie es um ihre Gesundheit bestellt ist, gehen an einem Ourogoro vorbei und strecken eine Hand aus. Schnappt er danach, ist das ein schlechtes Zeichen. Ich erzählte dem Gecko auch, daß die Brotpflanze zwar nur eine einzige Frucht im Jahr bringt, aber die ist so nahrhaft und lecker, daß die Vögel einen ganzen Monat Schlange stehen, um sie zu ergattern. Und daß der Hawazawai, gehäckselt und bei Vollmond getrunken, einen Menschen zur Schmeißfliege macht. Und der Wama enthält ein so potentes Aphrodisiakum, daß nur ein einziges Blütenblatt einer Frau über die Stirn streifen muß, und sie wird zu einer wahren Furie der Wollust.

Vorsichtig sammelten wir die Pflanzen in großen Vasen, und abends gab es in Häuptling Mahus Zelt ein Essen zu unseren Ehren. Wir schlugen uns die Bäuche voll.

Kapitän Charlemont dagegen, ganz etepetete, nippte nur an allem und zeigte nicht das geringste Verständnis für Mahus Gastfreundschaft. Dann bat Häuptling Mahu mich, den Kapitän zu fragen, wohin die Pflanzen verschifft werden sollten, auf welche Insel, in welchen Garten. Als der Kapitän antwortete, sie würden in Glaskäfigen landen, wurde der Häuptling ärgerlich und drohte, den Vertrag zu lösen.

»Sag deinem Wilden da«, erwiderte der Kapitän, »wir

können uns das, was wir bisher mit Höflichkeit erbeten haben, sehr wohl auch mit Gewehren besorgen.«

Natürlich übersetzte ich diese verächtlichen Worte nicht, sondern erzählte Mahu, die Pflanzen würden mit aller Sorgfalt betreut und den Kindern von Kapitän Charlemonts Insel gebracht werden, die so etwas noch nie gesehen hätten.

Häuptling Mahu schüttelte mißtrauisch den Kopf. Als nächstes wollte er wissen, ob der Kapitän glaube, daß auch die Dinge eine Seele haben.

Der Kapitän belehrte ihn lachend, in seinem Land hätten nur Menschen eine Seele, aber auch die nicht unbedingt alle.

Wie der Kapitän, fragte der Häuptling, denn dann zur See fahren könne, wenn er nicht glaube, daß das Meer eine Seele hat.

Der Kapitän schien ziemlich erzürnt und antwortete nicht.

»Das Meer hat eine Seele, und sie heißt Matu-Maloa, und Sie werden sie noch kennenlernen«, sagte der Häuptling.

»Ich will mit diesen Wilden hier keine weitere Zeit verlieren«, sagte der Kapitän und stand, sehr unhöflich, einfach auf.

Wir ruderten zum Schiff zurück. Während der Fahrt konnte ich mithören, wie der Gecko tapfer dem Kapitän Vorhaltungen machte und der Kapitän, zornbebend, erwiderte:

»Eins steht für mich fest. Zwischen der Kultur eines englischen Gentleman und solchen albernen Legenden kann es keine Beziehung geben. Das einzige, was unsereins mit diesem Meer verbindet, ist der Reichtum, den wir aus ihm schöpfen können, zum höheren Ruhme Englands.«

Gemächlich ging die Reise weiter, und der Kapitän wurde immer unerträglicher. Seine Marotten verschlimmerten sich. Nacht für Nacht polierte er höchstpersönlich die Messingbeschläge auf der Brücke. Kaum sah er irgendwo eine Schaumkrone, fing er an zu nörgeln: »Was für ein unmögliches Meer, was für ein infames Wetter«, als müßten die Wellen im Mazurka-Takt rollen, bloß damit seine *Fidèle* tanzen konnte. Er strafte uns inzwischen unter jedem Vorwand, für einen falsch sitzenden Knopf oder ein, wie er behauptete, »unschön« durchgeführtes Manöver.

Mich brauchte der Gecko als Adjutant, und so war ich oft unter Deck, in dem feuchten Dschungel, der im Bauch des Schiffes verborgen lag. Wir versuchten, die Pflanzen zu pflegen; ein paar waren während der Fahrt schon eingegangen. Auch der Gecko war inzwischen der Ansicht, der Kapitän sei ein »klinischer Fall«. Charlemont verbrachte Stunden mit seinen Kolibris beim Schachspiel, und sobald ihm durch das Schlingern des Schiffs eine Figur umkippte, kam er auf die Brücke gestürzt und ließ seine Wut am Ruderer aus. Wir segelten jetzt nur noch bei halber Kalme, aber weiterhin mit gestärkten Kragen, die angesichts der tropischen Hitze lächerlich waren. Eines Abends, während wir sachte über das glühende Meer glitten, erklärte Buck, er halte es vor Langeweile nicht mehr aus. Er nahm seine Ukulele und fing an, das »Lied vom halben Matrosen« zu singen.

Sie fraßen mir ein Bein, die Kannibalen von Hawaii,
und 'nen Arm hat sich geschnappt dieser Hai vor Shanghai.
Die Schnur von 'ner Harpune hat geklaut mein and'res Bein,
und ein Auge rausgerissen hat mir ein Piratenschwein.
Mary, Mary, diesmal komm' ich doch nach Haus,
mir fehlt zwar manches Stück, doch das Herz sieht heile aus.
Ich bin dein kleiner Seemann, und du bist meine Braut
und trägst mich in 'ner Schachtel direkt auf nackter Haut.

Ein Piranha aus Brasilien grapschte sich ein Ei von mir,
und das andere liegt jetzt unten auf dem Grund vom Japan-Meer.
Zähne hab' ich keine mehr, Haare hatte ich noch nie,
aber rote Ohr'n vom Meerfloh, diesem widerlichen Vieh.
Mary, Mary, diesmal komm' ich doch nach Haus,
mir fehlt zwar manches Stück, doch das Herz sieht heile aus.
Ich bin dein kleiner Seemann…

Hier brach der Refrain ab, weil Kapitän Charlemont aufkreuzte, bleich vor Wut. Ob wir verrückt geworden seien, derartiges Zeug auf der *Fidèle* zu singen? Ob ein englisches Schiff zur Bühne für derlei Unflätigkeiten degradiert werden müsse? Er riß die Ukulele an sich und zerschmetterte sie an der Bordwand. Er habe, schrie er, unsere Disziplinlosigkeit satt, und jetzt würde statt uns die Peitsche singen. Er stand da, breitbeinig und drohend, als das ganze Schiff plötzlich einen Satz machte, als wäre es auf eine Sandbank gelaufen. Der Kapitän knallte der Länge nach zu Boden, und weil kurz vorher die Brücke schön eingeseift worden war, schlitterte er über das halbe Deck wie eine Robbe übers Eis.

Keiner von uns konnte sich das Lachen verkneifen, und unser Gelächter bekam außerdem Verstärkung durch ein merkwürdiges, sehr schrilles Geräusch.

Zornbebend stand der Kapitän wieder auf und befahl, Bukkingham drei Tage in Ketten zu legen. In der Absicht, seine Würde als Befehlshaber wiederherzustellen, brüllte er: »Kontrollieren, Lotung vornehmen... Da muß eine Sandbank sein.«

»Nix Sandbank«, lachte Buckingham, als sie ihn abführten, »das ist Matu-Maloa, Herr Kommandant.«

»Schafft diesen vermaledeiten Neger fort«, sagte der Kapitän. Wir warfen das Lot aus. Die Tiefe betrug sechshundert Fuß. Was immer das Schiff gerammt hatte, eine Sandbank war es mit Sicherheit nicht.

In jener Nacht hatte ich Wache. Der Mond strahlte meilenweit übers Meer. Es war eine dieser Nächte, in denen, wie Buckingham zu sagen pflegte, »selbst die häßlichsten Bräute schön werden«. Ich unterhielt mich mit dem Gecko; die See war still, und nur Bucks Voodoo-Klage war von seiner Zelle her zu hören.

Zu unserer Überraschung kam plötzlich Kapitän Charlemont an Deck. Vielleicht konnte er nicht schlafen, wegen der Hitze. Er hatte seine Uniform nicht an, das Hemd stand offen und gab die Brust frei, und seine blonde Mähne triefte vor Schweiß. So hätte ihn gewiß niemand für eine Ahnengalerie porträtieren mögen, aber mehr als eine englische Jungfer hätte aufgeseufzt bei seinem Anblick.

Lange starrte der Kapitän versonnen ins Meer, und die Kalme hüllte Herz und Seele wohlig ein.

Es war zwei Uhr nachts. Eine halbe Meile backbord entdeckten wir etwas Merkwürdiges. Da kräuselte sich das Meer, als wäre es von irgend etwas Furchtbarem aufgeschreckt worden.

»Siehst du auch, was ich sehe?« fragte ich Huysmans.

»Sehe ich«, sagte der Holländer.

»He, ihr zwei«, sagte der Kapitän, der unseren Wortwechsel gehört hatte, »was ist denn da los?«

»Ich glaube, Herr Kapitän«, sagte ich, »ich habe soeben einen Wal gesichtet.«

»Ach«, lachte der Kapitän, »ihr seid mir schneidige Matrosen. Es gibt keine Wale in diesem Gewässer.«

Dieses eine Mal hatte er recht. Ich hatte auf dieser Route noch nie einen Wal gesehen. Und jetzt lag das Meer auch wieder ganz still da. Mein Harpuniererinstinkt allerdings sagte mir, daß diese Stille nur Schein war. Und tatsächlich, plötzlich wallte das Meer wieder hoch und tat sich auf, und vor uns erschien der Kopf von Matu-Maloa. Er war der größte Pottwal, den ich je zu Gesicht bekommen hatte, mindestens zweihundert Fuß lang. Sein Kopf war rötlichgrau und voller Kerben und Höcker, ein richtiges zerklüftetes Gebirge, und sein Kiefer hätte unser ganzes Schiff zerteilen können wie eine Schere.

Sein eines kleines Auge über dem Meeresspiegel suchte einen Moment lang das Schiff ab, auf dem wir mit angehaltenem Atem standen. Dann wälzte sich Matu-Maloa auf eine Seite und, ob ihr's glaubt oder nicht, heftete seinen Blick auf Kapitän Charlemont. Und noch einen Moment später *zwinkerte er ihm zu*!

Der Kapitän starrte abwechselnd entsetzt auf uns und auf den Wal. Es war deutlich, daß er nicht die geringste Ahnung hatte, was zu tun war, und da er uns reglos herumstehen sah, blieb er ebenfalls reglos stehen. Matu-Maloa starrte ihn seinerseits weiter an, dann schlug er einmal leicht mit der Schwanzflosse und *sprach* den Kapitän *an*. Es klang sehr melodiös, wie eine Unterwassergeige. Ich hatte die Stimme der Wale oft beschrieben bekommen, aber hören tat ich sie jetzt zum ersten Mal.

»Was geht hier vor, Matrosen?« fragte Kapitän Charlemont und trat den Rückzug zur Schiffsmitte an.

Matu-Maloa vollführte eine Schwanzdrehung in der Luft und tauchte ab, dann kam er mit seinem ganzen Riesenleib wieder hoch, vollführte eine hochelegante Wendung und besprühte das Schiff mit einer Fontäne. Jetzt fing er an, mit der Schwanzflosse herumzurudern und drückte seinen ganzen Leib aus dem Wasser wie ein Delphin. Er sah aus wie eine algenbewachsene, verkrustete Steilklippe, die Harpunenstiche an den Flanken hat. Bei diesem Anblick rannte der Kapitän davon und verkroch sich in seiner Kajüte. Matu-Maloa stellte seine Vorführungen sofort ein und verschwand.

Kurz darauf rief der Kapitän uns zu sich. Er war sichtlich nervös und mißhandelte seine narwallederne Reitpeitsche. Auch seine Uniform war derangiert.

»Guinea, Huysmans«, sagte er, »könnt ihr mir das Benehmen dieses Wals erklären? Wollte er uns womöglich angreifen?«

»Bestimmt nicht«, sagte Huysmans und zwinkerte mir zu.

»Also wollte er... spielen.«

»In gewissem Sinn.«

»In welchem Sinn?«

»Tja, also... wenn ich unbedingt darüber reden soll, Herr... Der Wal ist verliebt.«

Kapitän Charlemont war am Boden zerstört.

»Soll das heißen, daß...«

»Ganz bestimmt... Ich kenne den Liebesgesang der Wale und ihre Balzvorführungen auch... Das machen sie immer so, wenn sie verliebt sind.«

»Wollen Sie damit sagen... er ist verliebt in unser Schiff?«

Huysmans und ich hielten die Luft an.

»So ungefähr«, sagte Huysmans schließlich.

Es folgte ein langes Schweigen. Dann sagte der Kapitän mit dünner Stimme: »Matrose Guinea... Ist dieser Wal ein Männchen oder ein Weibchen?«

»Das weiß ich nicht, Herr«, antwortete ich.

Am nächsten Tag verbreitete sich die Nachricht, daß ein Wal sich in Kapitän Charlemont verliebt hatte, in – falls mir dieses kleine Wortspiel gestattet ist – Waleseile auf der *Fidèle*. Manche lachten, andere bekamen es mit der Angst: Wer weiß denn auch, was ein verliebter Wal noch so alles vorhat? In einem Punkt allerdings waren wir uns alle einig: Matu-Maloa würde mit Sicherheit wiederkommen. Und das tat er, gegen Abend.

Der Kapitän war an Deck getreten und warf übernervös mit Befehlen um sich. Er sah bleich aus, er schien kein Auge zugetan zu haben. Und gerade, als er irgend etwas brüllte, die Position der Ausguckkörbe betreffend, tauchte achtern der Pottwal auf. Auf seinem Kopf thronte ein riesiger Federbusch aus grünen Algen. Er sah uns listig an und fing an, schrille Töne auszustoßen und seinen Kopf hin und her zu schwenken. Er imitierte den Kapitän!

Ging Charlemont kreischend in Richtung Bug, tat der Wal dasselbe. Ging er nach achtern und stolperte dabei über Tauwerk, tat der Wal, als verhedderte er sich im Meer, stieß ein komisches gellendes Geräusch aus und drehte sich auf den Bauch, seinen Algenbusch schüttelnd.

Schließlich blieb Kapitän Charlemont wutentbrannt und keuchend stehen und schrie ihn an:

»Verdammte Bestie... was willst du von mir?«

Eine Fontäne und ein vergnügtes Kreischen war Matu-Maloas ganze Antwort.

Da packte den Kapitän die helle Wut, er riß eine Harpune aus einem Beiboot und warf sie nach ihm. Sie verursachte natürlich nicht einmal einen Kratzer auf Matu-Maloas dicker

Haut. Aber sie schien ihn sehr zu ärgern. Er schwamm mit großen Schlägen davon, drehte sich aber plötzlich um und kam zurückgerast, direkt auf das Schiff zu. Wir schrien vor Schreck laut auf, irgend jemand lief zu den Rettungsbooten. Aber einen Meter vor der *Fidèle* tauchte der Wal plötzlich unter, und wir hörten, wie sein rauher Rücken am Kiel entlangscharrte. Als er auf der anderen Seite wieder aus dem Wasser kam, ließ er eine schrille Klage vom Stapel, ganz der zurückgewiesene Liebhaber, und verschwand.

An diesem Abend hielten ein paar von uns Matrosen in der Kombüse heimlich Kriegsrat. Buckingham behauptete, wir seien in Gefahr: Der Wal würde es nicht einfach hinnehmen, daß er verschmäht wurde. Huysmans sagte, er könne den Wal verstehen, aber den Kapitän auch: Was sollte der denn wohl machen? Ihn zum Dinner einladen? Ich sagte, daß ich in meinem ganzen Walfängerleben noch nie etwas Derartiges gesehen hätte, und deshalb sei Abwarten das einzige, was wir tun konnten.

In der Nacht kam er wieder. Alle hörten wir seine Serenade für den Kapitän und dessen Gebrüll, das zuerst wütend war und dann flehentlich wurde.

Er kam Nacht für Nacht, er folgte dem Schiff während der ganzen Reise zu den Hujangos.

Und dann, eines Abends, liefen wir eine Reede an, um unseren Süßwasservorrat aufzufüllen. Das Wasser war nicht mehr als zwanzig Fuß tief, aber der Wal kam trotzdem mit. Sein Gesicht lehnte fast am Schiff. Er sang bis drei Uhr nachts, da endlich kam der Kapitän aus seiner Kajüte. Ich hatte Wache und konnte alles mit anhören.

»Matu-Maloa«, flüsterte Charlemont, »versuch doch mal, meine Lage zu verstehen: Ich stamme aus einer uralten, ehrbaren englischen Familie. Die Männer meiner Familie haben stets und ausschließlich Frauen geheiratet, die zumindestens einem Viertel königlichen Geblüts waren. Wie kommst du darauf, daß ich das Aufgebot mit einem Wal bestellen könnte? Ich weiß, du bist der König der Meere. Aber unsere

Welten sind verschieden. Ich kann unter Wasser nicht atmen. Und du würdest dich nur langweilen beim Cricket. Ich bitte dich, laß mich in Frieden. Überleg doch mal, was für ein Skandal das wäre, wenn diese ganze Sache in London bekannt würde …«

Matu-Maloa hörte zu und modulierte einen neuen Balzruf für seinen Kapitän.

»Und außerdem, also, ich weiß ja nicht einmal, ob du ein Männchen oder ein Weibchen bist. Wir können keine Beziehung haben. Und schließlich und endlich: Ich *bin* verlobt.«

Bei diesen Worten hörte Matu-Maloa auf zu singen. Er drehte seinen riesigen Kopf unter die Wasseroberfläche, trudelte und verschwand. Wir sahen ihn nicht wieder.

Wie's der Teufel wollte, waren wir nur noch wenige Tage von unserem Zielhafen entfernt. Kapitän Charlemont hatte sich an Deck nicht mehr blicken lassen und Huysmans das Kommando übertragen. Die *Fidèle* war zügig dahingesegelt, und wir Matrosen malten uns bereits aus, wie wir unsere dreihundert Guineen am schnellsten und sinnlosesten verprassen würden.

Als die englische Küste in Sicht kam, ließ mich der Kapitän rufen. Er saß im Gewächshaus, mitten in diesem feuchten Dschungel voller giftiger Schwaden und Insekten, auf einem Korbstuhl. Niemand hätte den vollkommenen englischen Gentleman wiedererkannt, der im Hafen von Cape Heat die Anker gelichtet hatte. Sein Bart war lang, die Haare zerzaust, und anstelle seiner Uniform trug er eine zerknautschte Hausjacke. Und er stank nach Rum.

»Matrose Guinea«, sagte er, »ich habe dir eine Abmachung vorzuschlagen. Du und die anderen Matrosen, ihr müßt feierlich schwören, kein Wort von all dem, was ihr erlebt habt, an Land dringen zu lassen. Ich bin bereit, euch hundert Guineen zusätzlich zu zahlen. Aber du mußt die anderen dazu bringen, nicht eine Andeutung über den Wal fallenzulassen.«

»Ich denke, Herr«, sagte ich, »hundert Guineen sind ein Argument, das allen den Mund verschließt wie Fischleim.«

»Nun denn«, sagte Charlemont und stand schwankend auf, »es hat nie einen Pott- oder sonstigen Wal mit einer melodiösen Stimme gegeben. Das Ganze war ein Delirium infolge von Hitze und tropischen Nächten. Ich kehre zurück an meinen Platz in der guten Gesellschaft meines Landes.«

Kam es mir nur so vor, oder schwang, als er »gute Gesellschaft« sagte, wirklich ein leichter Ekel in der Stimme des Kapitäns mit?

Für unsere Ankunft abends im Hafen von London hatte die Smithson Company einen großen Empfang vorbereitet. Der Präsident und der Vizepräsident waren anwesend, ebenso der Landwirtschaftsminister sowie die gesamte Fakultät für Botanik und Zoologie der Universität. Und natürlich die dazugehörigen Damen – ein Geraschel von weißen und rosaroten Röcken, es sah aus wie Quallen, und ein Gewedel von Schirmen. Nun ja, zugegeben, es hatte sich, während alle auf die *Fidèle* warteten, eine merkwürdige Sache ereignet. Ein komplett bekleideter Mann mit einer Gardenie im Knopfloch war aus dem Meer gestiegen. Er hatte sich an der Kaimauer hochgezogen, jede Hilfe abgelehnt und war davongeeilt, als fürchtete er eine drohende Gefahr. Aber die festliche Stimmung wurde sofort von einer Kapelle wiederhergestellt; sie spielte »Thanks for the Beautiful Roses«. Ein Bataillon ausgesuchter Wachsoldaten schmorte martialisch diszipliniert in der Sonne vor sich hin. Unter den Anwesenden waren auch Kapitän Charlemonts Vater und Mutter sowie seine Verlobte, Lady Ashley-Compcott, Marquess of Sunbury, in einem apricotfarbenem Complet, das Gesicht gerahmt von einem Paar blaublütiger Hasenohren.

Die Blechbläser schmetterten noch lauter und brachten den Kai zum Erzittern, als die *Fidèle* (nicht von Kapitän Charlemont gelenkt) in den Kanal schwankte und mit dem Anlegemanöver begann. Perlmutterne Operngläschen hüpften von steifen Handgelenken in juwelenschwere Händchen. Und kurz darauf kam am Bug Kapitän Charlemont in Sicht mit seinem schönen Gesicht, dem das Meer nicht den geringsten

Schmiß zugefügt hatte: Blaß war er abgereist, blaß kam er zurück. Seinen Eltern bebte das Herz vor Stolz, und auch das Herz seiner Verlobten gab, obwohl so etwas an sich plebejisch war, kleine Zeichen der Beschleunigung von sich. Und wir Matrosen, in Reih und Glied und Uniform, fühlten uns einen Tag lang zugehörig zum besten Teil des Landes, seiner Geschichte und seiner Botanik.

Die *Fidèle* ging dicht am Kai vor Anker, und wir ließen die Boote zu Wasser. Das erste bestieg Kapitän Charlemont mit mir und Buckingham; wir trugen eine herrliche Palme mit der englischen Flagge. Der Kapitän stieg als erster das Treppchen am Kai hoch und drückte dem Minister die Hand. Sofort danach sah er Lady Ashley-Compcott, vergaß einen Augenblick lang die gewohnten Manieren und nahm sie, statt ihr die Hand zu küssen, in den Arm. So standen die beiden jungen Leute da, unter den wohlwollenden Augen der Adelsfamilien, und die Kapelle spielte »Together«. Aber es klang falsch und unangenehm.

»Was ist denn das für eine Zumutung?« brüllte Graf Charlemont, der Vater. »Was geht denn da vor?«

»Wir bitten um Entschuldigung«, erklärte der Kapellmeister, »aber wir können nicht spielen. Irgendeine Mißstimme hat sich eingeschlichen. Und außerdem schaukelt der Kai zu sehr...«

Das war richtig. Der Kai schwankte beängstigend. Und auch eine Mißstimme war deutlich zu hören, die nicht von einem Menschen stammte und »Together« mitsang.

»Das ist *er*«, rief Buckingham. »Bis hierher ist er mitgekommen!«

Genau in diesem Augenblick schlug Matu-Maloas Schwanz mit voller Wucht gegen einen Pylon der Mole, und er knickte in sich zusammen. Dann warf sich der Wal, wahnsinnig vor Eifersucht, mit gesenktem Kopf gegen die anderen Pylone. Splitter von den Bohlen und Schirme flogen durch die Luft. Alle schrien entsetzt durcheinander und versuchten, sich zu retten, die einen flüchteten auf festen Boden, die anderen sprangen ins Wasser. Die Mole gab Stück für Stück nach, und immer noch hieb Matu-Maloa auf sie ein, ohne daß die Gewehrsalven ihm auch nur einen Kratzer zufügten. Barone, Botaniker und Oboenspieler plumpsten ins Wasser. Und dann hatte der Pottwal das letzte Stück der Mole erreicht, das noch intakt war und wo Kapitän Charlemont, an seine Verlobte geklammert, stand.

»Lauf weg«, schrie der Kapitän und stieß Lady Ashley-Compcott von sich. Sofort danach stürzte er (einige Leute behaupteten, er habe sich mutwillig gestürzt) auf den Rücken des Monstrums, und es schwamm mit voller Kraft und ohne abzutauchen von dannen. Als sie am Horizont verschwanden, sah der Kapitän aus wie ein Vögelchen auf einem Elefantenrücken.

Hier könnte die Geschichte zu Ende sein. Es erübrigt sich wohl zu sagen, daß es einen Riesenskandal gab, denn es kommt nicht alle Tage vor, daß ein Wal einen Sproß des englischen Adels entführt, ob nun mit oder ohne dessen Einwilligung. Zwei Monate später wurde Kapitän Charlemont für in jeder Hinsicht dahingeschieden erklärt. Auf seiner Familiengruft in Glenmore steht:

SEIN EDLES HERZE RAUBTE
LEVIATHANS RASEREI

Wenn das so ist – Amen. Ich allerdings glaube lieber einem Freund von den Antillen, der mir, als er von einer Fahrt zurückkam, erzählte, daß die Einwohner von Celebes eine seltsame Gottheit anbeten, die sie Charmaloa nennen. Er hat mir auch eine kleine Statue gezeigt. Es ist ein Wal, auf dessen Rükken eine viel kleinere Figur sitzt, mit einem Hütchen mit einer grünen Feder auf dem Kopf.

Die Erzählung des ernsten kleinen Jungen

Der Diktator und der Weiße Gast

> Selig die, welche hungern
> und dürsten nach Gerechtigkeit,
> denn sie werden
> gerichtet werden.
> Piergiorgio Bellocchio

Es war einmal ein Diktator, der hatte Männer und Frauen seines Landes eingekerkert, gefoltert und ermordet. Eines Tages erhielt er die Ankündigung, der Chef der Guten Menschen wolle ihn besuchen.

Da aber dieser Chef sehr mächtig war und durch die ganze Welt reiste und, wo immer er hinkam, alle Leute herbeieilten, um ihn zu sehen, mußte der Diktator Vorbereitungen treffen, um ihn auf das beste zu empfangen.

Also brachte er alle Gefolterten um, damit niemand über Folter erzählen konnte, und alle Mütter von Desaparecidos, damit sie nicht sagen konnten, ihre Kinder seien verschwunden, und alle Gefangenen überhaupt, damit niemand behaupten konnte, die Gefängnisse seien überfüllt. Und er stopfte die Stadt mit Willkommensspruchbändern voll.

In der Nacht vor dem Besuch aber konnte er nicht schlafen: Er wußte, der Chef der Guten Menschen kannte Gut und Böse und würde kommen, um ihm Vorwürfe zu machen. Er würde ihm entsetzliche Dinge sagen und seine Verbrechen vor allen Leuten offenbaren.

Und so war er des Morgens am Flughafen sehr nervös. Er hatte, anstelle seiner üblichen Uniform mit Drachen und Dolchen, extra einen grauen Anzug und eine Krawatte gewählt und anstelle der Gorilla-Generäle eine Eskorte aus kleinen Nonnen. Und jede kleine Nonne hielt ein kleines Baby im Arm, auf so etwas war der Chef der Guten Menschen scharf.

Der Gast, ganz in Weiß, entstieg einem weißen Flugzeug, küßte Boden und Babys, begrüßte den Diktator, und dann fuhren sie gemeinsam durch die Straßen der Stadt, und alle Leute klatschten Beifall, auch deshalb, weil diejenigen, die nicht klatschten, verprügelt wurden.

In der Wohnung des Diktators angekommen, schloß der Chef der Guten Menschen die Tür und sagte: »Jetzt werden Sie und ich uns mal unterhalten.«

Der Diktator bekam das Zittern. Der Augenblick der Wahrheit war gekommen. Er wollte sich gerade auf die Knie werfen und um Vergebung bitten, das sagte der Weiße Gast: »Ich mag dieses Land, es ist ruhig.«

»Ja, nicht übel«, sagte der Diktator.

»Man sieht, daß es den Leuten gutgeht...«

»Ziemlich... Da jammert zwar der eine oder andere, aber...«

»In meinem Land auch«, sagte der Chef der Guten Menschen. »Es gibt immer Leute, die jammern.«

»Außerdem, ehrlich gesagt, manchmal... mußte ich...«

»Mußten Sie was?«

»Mußte ich eingreifen.«

»Ich kann Sie verstehen.«

Bei diesen Worten warf sich der Diktator auf die Knie. Wie gut war doch der Chef der Guten Menschen! Welch großartige Lektionen erteilte er! Nicht mittels Bannstrahl und Beleidigung, nein, mittels der Kraft der Nachsicht und der Vergebung. Ihm den Weg weisend...

O ja! Er selbst war doch eigentlich auch gut und verständnisvoll wie der Chef der Guten Menschen! Er küßte ihm die Hand, den Ring, den Ärmel und sagte: »Ich werde niemand mehr verhaften lassen, ich werde freie Wahlen ausrufen, ich werde die Folter verbieten, ich werde die Todesschwadrone entlassen... Ich habe Ihre Lektion gelernt.«

Ruckartig zog der Chef der Guten Menschen seine Hand zurück.

»Sie sind wohl wahnsinnig«, sagte er. »Wehe Ihnen, wenn Sie das versuchen!«

Der Diktator war verblüfft.

Und als der Weiße Gast wieder abgereist war, fuhr der Diktator fort mit dem Einkerkern und dem Foltern und dem Morden. Aber er fand nicht mehr soviel Geschmack daran wie früher.

»Es stimmt tatsächlich«, dachte er. »Es gibt Begegnungen, die verändern das ganze Leben.«

DIE ERZÄHLUNG DES ZWEITEN MANNES MIT HUT

Achilles und Hektor

So viel macht der Mensch,
daß er am Ende verschwindet.
RAYMOND QUENEAU

Auch ich bin aus Sompazzo und möchte eine Geschichte aus unserer Gegend erzählen. Sie handelt von zwei Freunden, Achilles und Hektor mit Namen. Achilles baute Schornsteine, und so jemanden wie ihn gab's nicht noch einmal auf der Welt. Seine Schornsteine zogen so gut, daß man Kinder nicht in die Nähe lassen durfte, sonst wären sie eingesogen worden und davongeflogen wie Turteltäubchen. Hektor war Bäcker, und sein Brot war so gut, daß der Dorfdoktor es als Arznei verschrieb. Je zwei Rosenbrötchen morgens und abends, mit etwas Wasser.

Achilles und Hektor, zwei Freunde und Kollegen in Sachen Öfen, waren immer zusammen, zusammen gingen sie angeln und unternahmen lange Wanderungen in die Berge, um Kastanien und Pilze zu sammeln.

Eines Tages lagen sie zusammen unter einem Baum. Es war ein schöner, klarer Tag ohne eine einzige Wolke.

Und Achilles sagte: »Wußtest du, daß Coppis Herz achtundvierzig Mal in der Minute schlägt?«

Und Hektor fragte: »Ist das viel?«

»Bei einem normalen Menschen wie mir und dir«, sagte Achilles, »sind ein, zwei Schläge in der Minute schon viel. Er hat achtundvierzig. Das muß ein Körper sein!«

»Hör mal«, fragte Hektor, »und die Lunge? Was hat er denn für eine Lunge?«

»Die ist so«, antwortete Achilles, »daß, wenn der einatmet, alle um ihn herum in Ohnmacht fallen, weil er die ganze Luft wegsaugt und für die anderen keine mehr übrigläßt.«

»Und das Fahrrad?« fragte Hektor. »Erzähl mir noch mal, was er für ein Fahrrad hat...«

»Er hat ein Fahrrad«, sagte Achilles, »das wiegt so viel wie ein Floh. Es hat Reifen aus Seide und ist so leicht, daß man sechs, sieben von der Sorte untern Arm klemmen und gleichzeitig in die Pedale treten kann, und dann kann man immer das passende aussuchen, eins für Bergauftouren, eins für Abfahrten, eins für Schotterpisten oder für Asphalt, eins mit Chronometer und sogar eins für die Ehrenrunde, mit Flagge. Und weißt du auch, was Coppi macht, wenn er läuft?«

»Was denn?«

»Er bewegt seine Ohren. Beim Losrennen klappt er sie auf, und er hat so große, starke Ohren, daß er damit bremsen kann. Beim Endspurt klappt er sie zu und wird ganz aerodynamisch. Wenn er gewinnt, zieht er sie hoch, wenn er traurig ist, läßt er sie runterhängen.«

»Wie ein Hase?«

»Ein Hase ist nichts dagegen. Coppi ist viel schneller. Auf den ersten fünfzig Metern rennt ein Hase ihm vielleicht noch davon, aber dann holt Coppi auf und hängt ihn ab.«

So lagen die beiden Freunde da und träumten mit geschlossenen Augen vor sich hin. Was hätten sie gegeben für ein Rennrad! In solche Gedanken waren sie versunken, als sie im Wald ein Geräusch hörten.

»Ein Rehbock«, sagte Achilles.

»Ein Fuchs«, sagte Hektor.

Aber es war ein herrenloses Rennrad, das durch die Bäume gesaust kam; der Lenker knallte gegen Äste, es bäumte sich auf bei jedem Huckel, machte Sprünge und Kapriolen und raste weiter den Berg hinab. Alles geschah in einem Augenblick: Sobald das wildgewordene Rad an Achilles vorbeikam, sprang er drauf. Aber sosehr er sich auch mühte, es zum Halten zu bringen, das Rad schoß einfach weiter die Schlucht hinunter.

»Hilfe!« rief Achilles und bekam im Rasen einen Ginsterbusch zu fassen. So hing er in der Luft und hielt das Rad mit den Füßen fest, und wehe, er hätte es losgelassen.

Endlich kam Hektor mit seiner Kraft aus dreißig Jahren Brotteigkneten und half ihm auf die Beine.

Glücklich, der Gefahr entronnen zu sein, fielen sie sich in die Arme.

»Danke«, sagte Achilles, »du hast mir das Leben und mein Fahrrad gerettet.«

»Du meinst, *mein* Fahrrad«, sagte Hektor.

Adieu, Freundschaft! Noch am selben Abend liefen beide zu Opa Celso, dem Dorfältesten, und trugen ihm ihren Standpunkt vor.

»Das Fahrrad gehört mir«, sagte Achilles, »denn ich habe es geschnappt und festgehalten, unter Lebensgefahr.«

»Ja«, widersprach Hektor, »aber wenn ich nicht gewesen wäre, dann wärst du jetzt tot, und Tote fahren nicht Rad.«

Opa Celso dachte lange nach, mindestens sechs Schoppen lang.

Dann breitete er mit großer, sibyllinischer Geste die Arme aus und sagte: »Dat löppt seck ahl'ns t'rechte.«

Das war eine uralte orphische Dialektformel, die soviel besagte wie: Ich wasche meine Hände in Unschuld.

Und damit ging die Entscheidung an den Bürgermeister: Und der Bürgermeister verfügte, daß nur ein Duell dieses Problem lösen konnte. Also rief er die beiden Streithähne zusammen und sagte: »Achilles als der Ältere hat die Wahl der Waffen.«

»Pöbeln«, sagte Achilles.

»Pöbeln?«

»Pöbeln. Und bei Patt: Mundgeruch. Und wenn's dann immer noch fifty-fifty steht: Wein und Würstchen.«

»Ich bin dabei«, sagte Hektor. »Ich hab' keine Angst vor dir, du Fahrraddieb.«

»Das gilt nicht. Er fängt schon an zu pöbeln, bevor es überhaupt losgeht.«

»Das war ein kultiviertes Zitat für Cineasten...«

»Selber Cineast«, schrie Achilles. Man mußte sie trennen, weil sie schon aufeinander eindroschen.

Am Abend auf dem Marktplatz stand das ganze Dorf um

die beiden herum, die sich gegenübersaßen. Hektor stemmte die Hände in die Hüften und fing an zu singen.

Achilles Lanzarini
bringt zum Ziehen die Kamini
doch seine Frau muß sich nur wenden
und schon ziehn alle Männer-Lenden.

Achilles kam mit seinem Stuhl ins Wanken. Das war ein entsetzliches Schmählied mit einer überdeutlichen Anspielung auf seine schöne lebenslustige Braut. Aber er faßte sich augenblicklich und intonierte seinerseits:

Hektor Baldi
macht heiße Hörnchen die ganze Nacht
jedesmal hundert
aber zwei hat ihm Fiorenzo gemacht.

Der Bäcker wurde weiß wie Mehl. Diese Beleidigung bezog sich auf ein Techtelmechtel vor langer Zeit, das man seiner Frau und dem Briefträger Fiorenzo nachgesagt hatte. Aber er ließ den Mut nicht sinken. Er stieg auf seinen Stuhl und deklamierte mit donnernder Stimme: »Du arbeitsscheuer Nichtsnutz du kannst ja nicht mal eine Kaiserbirne von einer Williams Christ unterscheiden du Hühnermelker nicht mal ins Gras scheißen kannst du aber auf Spatzen schießen der Fuchs soll dir die Hosenträger klauen du kommst mit Fliegenpilzen wieder wenn du in die Pilze gehst und mit 'ner Erkältung wenn du angeln gehst du mit deinem Käse der schmeckt doch wie Dünnschiß und dein Wein wie Pisse du bist ja verzeckter als dein Köter und verlauster als deine Frau und räudiger als deine Katze und verwurmter als deine Äpfel und grindiger als dein Schwein.«

Achilles, der aus einer Familie mit einer langen bäuerlichen Tradition stammte, zermalmte angesichts solcher Pöbeleien die Stuhllehnen, schoß aber sofort zurück: »Du Riesensohn einer Mutter die Hengste melkt und in Feld Wald und Wiesen rummacht wie Grünspan und deines Vaters der seinen jeder Ente hinten reinstecken muß ob roh oder gebraten und von sämtlichen Jawollderherrs die deine Schwester sich leistet und sonst hat sie keine Zeit mehr zum Reden und von deinem Bruder diesem Dauerwichser und deiner Oma die's mit jedem Maiskolben treibt und deinem Opa dieser Schwuchtel der hat mehr Meßdiener vernascht als ein Kardinal und mehr Tripper gehabt als dein Onkel obwohl der jede Kuh im Stall gebumst hat bloß deine Tochter nicht denn die hast du ja im Sinn an den geraden Tagen und an den ungeraden der Esel.«

Hektor japste und sah aus, als wollte er umfallen, schritt dann aber stolz zur Gegenrede: »Du stinkender Lump von einem Faschistenarsch faschistischer als sämtliche faschistischen Bonzen aus dem Haus der Faszes faschistischer als der übelste Faschist verglichen mit dir war Mussolini ein Genosse und als Skatgenosse würdest du Kappler gefallen und als Schläger- und Kegelbruder dem Führer du bist ja noch faschistischer als ein Faschopriester und noch christdemokratischer als ein Zug voller Nonnen und faschistischer als alle SS-Kerle die hier durchgekommen sind und als sämtliche Diktatoren von Wahnsinnzuela und sämtliche Priester in ganz Rom und sämtliche Bosse in der ganzen Welt.«

Achilles fiel fast in Ohnmacht angesichts solcher roher politischer Pöbeleien. Aber schon einen Augenblick später hob er den Finger und sagte in einem Atemzug: »Du Schwanzgesicht und Stück Scheiße Schuft von einem Schwein Pimmelkopp bienenbrummelnder der Krebs soll dich packen ein Unfall soll dich treffen du Hornochse von einem Hornochsen Klötenquetscher blas dir doch selbst einen grantel dich durch laß dich arschficken lutsch dir einen du Arschloch von einem bescheuerten Trottel sterben sollst du und alles was dir gleicht.«

Die Zuschauer waren verdattert und wußten nicht recht, ob sie Beifall klatschen oder vor Entsetzen schreien sollten. Eine derart lange Beschimpfung ohne Luftholen hatte nie ein Mensch gehört.

Hektor zündete sich eine Zigarette an und fragte: »Hast du etwa was gesagt?«

Der Bürgermeister erklärte, um weitere Massaker am Schamgefühl zu verhindern, die Runde für unentschieden.

Das Fahrrad solle – so ordnete er an – nunmehr mittels Mundgeruch ausgelost werden, ein Rülpser für jeden und ohne chemische Zusätze und mechanische Hilfsmittel.

Im ganzen Tal wurde der Notstand ausgerufen.

Die Fenster wurden vernagelt, die Türen verbarrikadiert, die Kleinkinder mit Gewichten behängt und schwangere Frauen in die Keller gebracht.

Am frühen Morgen mußten sich die beiden im Abstand von fünfzig Metern auf der größten Wiese im Umkreis aufstellen. Achilles hatte zur Vorbereitung vier Kisten rohen Lauch und Zwiebeln, anderthalb Kilo Gorgonzola und einen verschimmelten Quark verspeist. Hektor hatte je zwanzig Knollen Knoblauch und Paprika verschlungen und ein Faß essigsauren Wein leer gesoffen. Der Bürgermeister gab das Startzeichen, und die Zuschauer legten sich flach auf den Boden.

Als erster rülpste Hektor.

Das Ereignis wurde als Beben von acht Grad auf der Mercalli-Skala registriert und brachte Gebäude im Umkreis von bis zu sechzig Metern zum Einsturz. Drei Hubschrauber wurden vom Himmel gerissen, Vögel in enormer Menge taub und blind, und das Kommunikationsnetz brach kurzfristig zusammen, weil der Rülpser mit sämtlichen Strommasten Alle Neune spielte. Der Pestbrodem raste weiter in Richtung Meer, deckte eine Polizeikaserne ab, wirbelte zweitausend Sonnenschirme am Strand durch die Luft, verursachte eine außergewöhnliche Woge, die auf die Küste Dalmatiens zurollte, und eine Lauchfahne soll, so wurde behauptet, bis nach Moskau auf den Roten Platz geweht sein, wo sechs Soldaten der Ehrengarde vor dem Kreml aus mysteriösen Gründen in Ohnmacht sanken.

Tja, jedenfalls war, als das alles vorbei war, Achilles das einzige, was im ganzen Tal noch auf den Beinen stand; festgewurzelt wie ein Stier stand er da.

Und dann holte er aus: Ein Geräusch ertönte, als hätte jemand dem Ozean den Stöpsel rausgezogen, die Baumwipfel fingen an zu flattern, und der zwiebeleske Tornado raste die

Felder kahl bis hinunter zum Fluß; dort sog er sämtliche Fische aus dem Wasser und formierte sie zum fliegenden Geschwader, ein Phänomen, das noch Jahre später von Wissenschaftlern erforscht wurde. Die Vibration verursachte einen Riß in der Erde, in der Folge traten warme Gase aus, die sich mit den Zwiebeln mehrerer Städte mischten und Brände und Zwiebelsuppen hervorbrachten, und der Rülpser durchlöcherte zu guter Letzt die Alpen, fegte über die europäischen Ebenen und schob sich voran bis an die norwegische Küste, wo sechzig Wale an den Strand katapultiert wurden.

Tja, jedenfalls stand Hektor am Ende dieser Naturkatastrophe noch immer mitten auf dem Rasen. Und sagte zu Achilles: »Hast du etwa was gesagt?«

An dieser Stelle entschied der Bürgermeister, nachdem er aus Gründen der Sicherheit für die westliche Welt diesen Wettbewerb ausgesetzt hatte, daß jetzt nur noch die Wein- und Würstchen-Runde blieb. Also brachte man tonnenweise Würste und zisternenweise Wein auf den Marktplatz, und das Duell konnte losgehen.

Hektor sog zum Einstand fünf Meter frische Wurst wie eine einzige Nudel in sich hinein. Achilles aß, nachdem er sie wie Nüsse in die Luft geworfen hatte, zwölf kleine Knoblauchwürste.

Pro Meter Wurst trank jeder eine Zweiliterflasche Wein.

Der Dorfarzt überwachte die Zählung mit dem Rechenbrett. Die Nacht verging mit gekochten Würsten, Hektor aß sechs Strohkörbe und vier Bratspieße. Dann sagte er: »Gibt's hier eigentlich kein Brot, das man dazu essen kann? Sonst vergeht mir ja der Hunger gar nicht.«

Also bereitete Achilles ein ganzes Gebirge Polenta, mannshoch, drückte ein Loch in die Mitte, stopfte die Schmorwürste hinein, zog die Badehose an und sprang hinein. Als er wieder auftauchte, war nicht einmal mehr eine Kinderportion übrig.

Danach legte Hektor sich flach, ließ sich eine Weißweininfusion verpassen und trank gleichzeitig Rosé. Achilles seinerseits schaffte es, eine Zweiliterflasche durch den Mund und eine weitere durch die Nase zu trinken.

Vergebens versuchten wir sie zum Aufhören zu bewegen. Inzwischen waren Leute aus dem ganzen Gebirge heruntergekommen, Wetten wurden abgeschlossen. Der Bratwurstdunst wuchs zu einer solchen Schwade an, daß die Feuerwehren aus drei Dörfern herbeikamen, und als die Feuerwehrmänner hörten, was los war, blieben sie gleich da, füllten die Tankwagen mit Wein und spritzten ihn den beiden Streithähnen in die Münder: Achilles und Hektor verschütteten nicht einen einzigen Tropfen.

Und so kam Aurora im rosa Gewand, und alles aus den Bergen stand versammelt in Sompazzo, und jemand rechnete aus, daß man die schon verspeisten Würste dreimal um den Erdball wickeln konnte. Und Achilles aß ein Wildschweinwürstchen und Hektor eine Salami aus Eselfleisch. Achilles einen halben Meter pikante Mettwurst, Hektor einen halben Meter Rauchwurst. Danach verlangsamten sie den Takt, Achilles aß eine halbe Salami und Hektor auch, dann Achilles drei Scheiben, und Hektor hielt mit, Scheibchen für Scheibchen, aber es war deutlich zu erkennen, daß sie fix und fertig waren. Die Wurstwaren quollen ihnen beinahe zu den Augen heraus, die Augenbrauen waren schon ein bißchen borstig, sie pinkelten den Wein gleich wieder aus, und sie brauchten für jeden neuen Schluck eine Stunde.

Am Ende war ein einziges Scheibchen Salami übrig. Achilles teilte es in zwei Hälften, nahm seine und warf sie sich mit zwei Fingern in den Rachen. Einen Augenblick lang herrschte Panik wie beim Kofferpacken, wenn man das letzte Hemd hineinquetscht, und entweder es paßt noch hinein, oder der ganze Koffer platzt. Aus Achilles' Eingeweiden klang es dumpf wie ein Erdrutsch, und dazu Gekoller und Geknarre, aber schließlich bekam er den Mund doch zu und spülte mit einem zwei Finger breiten Schluck Rotwein nach. Er riß zwar nicht die Arme hoch, denn das schaffte er nicht mehr, aber er war fest davon überzeugt, daß er gewonnen hatte. Da jedoch griff Hektor röchelnd nach seiner halben

Scheibe und versuchte sie sich in den Rachen zu praktizieren. Sie blieb nicht drin. Also legte er sie sich auf die Zunge, band die Zunge an ein Gummiband und ließ es losschnellen. Die Scheibe torkelte ein paarmal im Mund hin und her, dann blieb sie stecken, und Hektor schluckte einmal heftig. Er griff ein Glas Weißwein, das neben ihm stand, spülte einen Schluck hinunter und starb wie vom Blitz getroffen. Er hatte versehentlich das Glas Zitronatwasser von Fräulein Gabriella erwischt, der Apothekerin und einzigen Abstinenzlerin im ganzen Dorf. An jedweden Exzeß war sein Körper gewöhnt, aber diese plötzliche Neuheit war tödlich. Achilles brach in Tränen aus, als er sah, daß Hektor tot war, er warf sich über ihn, flehte um Vergebung – eine herzzerreißende Szene – und schrie wie ein abgestochenes Schwein:

»Ich will das Fahrrad nicht mehr! Ich will's nicht! Es gehört dir, steh auf und steig in die Pedale, Hektor!«

So endete der große Zweikampf der beiden Freunde. Und das Fahrrad, wollt ihr wissen? Am nächsten Morgen erschienen Polizisten. Sie behaupteten, es gehöre einem Herrn, der es auf seinem Lieferwagen transportiert hatte, und es sei in einer Kurve heruntergerutscht und den Abhang hinuntergerollt. Man müsse es ihm sofort zurückgeben. Bei den Worten »sofort zurückgeben« stand an jedem Fenster im Dorf plötzlich ein Mann mit einer Flinte, außerdem Frauen ab einem bestimmten Alter sowie bewaffnete Kinder, und ein Wachtmeister beschwor, er habe sogar eine Kuh mit einer Bazooka auf dem Rücken gesehen. Die Polizisten verschwanden in einer nie erlebten Geschwindigkeit.

Und wenn man heute auf den Friedhof von Sompazzo geht, dann findet man dort ein Grab und obendrauf ein Rennrad mit allen Schikanen. Auf dem Grabstein steht:

HEKTOR BALDI
DEM GROSSEN FREUND UND RADFAHRER
HINGERAFFT VON VORSCHNELLEM
ZITRONATWASSER

SEINE LIEBEN
STIFTETEN DIESEN STEIN
UND GRÜSSEN IHN IM PARADIES
WO ER GEWISSLICH WEILT
DENN IM AUFSTIEG WAR ER PHANTASTISCH.

Die Erzählung der jungen Dame mit Hut

Wenn man sich wirklich liebt

> In der Zeit des Faschismus
> wußte ich nicht, daß ich
> in der Zeit des Faschismus lebte.
> Hans Magnus Enzensberger

OKTOBER 1976

Meine Liebe, Dein Brief hat mich doch sehr verletzt... Vor allem, weil Du mir vorwirfst, ich wäre ein Opportunist. Ich glaube wirklich nicht, daß ich das verdient habe. Mein Interview mit dem umstrittenen APO-Leader war ganz und gar nicht »zwiespältig«.

Ich denke, in meinem Beruf muß man interessante Persönlichkeiten aufspüren, und ich kann Dir versichern, eine solche ist er. Na ja, gewisse Einzelheiten habe ich vielleicht »aufgemotzt«, wie Du sagst, zum Beispiel, daß er ein Maschinengewehr über der Schulter hängen und zwei tolle Blondinen im Tarn-Overall bei sich hatte. Aber ich versichere Dir, er war bewaffnet, und seine Freundin war nicht von schlechten Eltern.

Was den neuen Herausgeber betrifft, den Du als »etwas nebulös« bezeichnest, da stimme ich mir Dir überein. Wenn ich zu seinem Frühstück gegangen bin, dann bloß, weil ich der Meinung bin, daß es zum gegenwärtigen Zeitpunkt nicht nötig ist, gewisse Spannungen überzubetonen.

Mißtrauen, Mißtrauen, Mißtrauen! Daraus besteht Dein ganzes Leben. Bloß weil ich sowohl mit dem oben erwähnten Leader als auch mit Major Z. gut klarkomme, mußt Du gleich wieder was von zwiespältigen Verbindungen faseln. Sei doch mal locker, sei toleranter! Du warst neulich abend, als ich Dir einen peruanischen Poncho schenken wollte, richtig grausam. Ja, es stimmt, ich habe ihn nicht in Peru gekauft; ich war überhaupt nie in Peru, und ich habe auch keine Paraguele-Indios kennengelernt und keinen heiligen Pilz zusammen mit ihrem Häuptling Mateus gegessen. Ich wollte mich einfach interessant machen. Aber Du kannst ja nie was verzeihen. Du bist genauso hochmütig und stur wie Dein Denken. Aber dann jammer auch nicht rum, wenn sie Dir die Wohnung durchsuchen. Und zu Deinen Artikeln – ich habe Dir ja schon gesagt, was ich davon halte: Die Zeit wird zeigen, wer recht hat. Lieben heißt auch warten können. Wie der Dichter sagt: »Irgendwo bin ich stehengeblieben und warte auf dich.« Anbei ein Exemplar meines Buches: *Bewaffneter Kampf – wozu?*

In Liebe, Dein Giampiero

OKTOBER 1983

Meine Liebe, ich habe über Deinen Anruf noch mal nachgedacht, und ich muß Dir sagen, er hat mich doch sehr verletzt. Vor allem Dein Vorwurf des Konformismus, ich glaube, den habe ich wirklich nicht verdient. Mein Interview mit dem Unternehmerverbandschef ist ganz und gar nicht »wohlwollend«. Ich denke, in meinem Beruf muß man interessante Persönlichkeiten aufspüren, und ich kann Dir versichern, eine solche ist er. Na ja, ich habe ein paar Einzelheiten, wie Du sagst, »dazuerfunden«, zum Beispiel, daß das Interview von einem Hubschrauber zum anderen in der Luft stattfand. In Ordnung, wir saßen in einem Sessellift, na und? Er war bewaffnet und hatte zwei tolle Blondinen bei sich, aber ich habe das, weil ich mich erinnern konnte, was Du mir vor sieben Jahren mal erzählt hast, weggelassen.

Was den neuen Herausgeber betrifft, den Du als »ambivalente Figur« bezeichnest, da stimme ich mit Dir überein. Wenn ich zu ihm zum Mittagessen gegangen bin, dann bloß, weil ich als Chefredakteur nicht keine Beziehungen zu ihm pflegen kann. Und schließlich zu meinem Nichtmitmachen bei dem Streik – das heißt keineswegs, wie Du sagst, »das Spiel der Arbeitgeber spielen«. Ich bin der Überzeugung, daß man zum gegenwärtigen Zeitpunkt mehr gegen den Strom schwimmt, wenn man Überstunden macht, als wenn man streikt. Und frag mich nicht nach dem Warum, mit diesem typischen inquisitorischen Gehabe: So etwas hat man im Urin, Schluß.

Mißtrauen, Mißtrauen, Mißtrauen. Daraus besteht Dein ganzes Leben. Bloß weil Du einen Namen in einem Adreßbuch siehst, mußt Du gleich wieder was von Logen und okkulten Mächten delirieren. Oberst Z. würde sagen, daß Du hinterm Mond lebst und hysterisch bist. Sei doch mal locker, sei mehr Frau! Du warst neulich abend, als ich Dir den Diamantring schenken wollte, richtig grausam. Ja, es stimmt, ich habe ihn nicht in Südafrika gekauft, ich war überhaupt nie in Südafrika, und deshalb kann ich auch nicht sagen, wie ich gesagt habe, daß die Neger da unten alle Riesenschlitten fahren. Ich wollte einfach vermitteln zwischen den gegensätzlichen Standpunkten. Aber Du bist genauso hochmütig und stur wie Dein Denken. Du mußt einzig und allein auf Dich selbst sauer sein dafür, daß Du Deinen Job verloren hast. In ein paar Jahren wird das Spiel entschieden sein. Aber ich bin dann da, und es wird sein, als wäre nie Zeit vergangen: Lieben ist warten. Anbei ein Exemplar meines Interviewbandes: *Zehn Erfolgsmenschen*.

Ciao, in Liebe Giampiero

OKTOBER 1990

Meine Liebe, ich habe Deinen Zettel bekommen, und ich muß Dir sagen, er hat mich sehr verletzt. Vor allem Dein Vorwurf der Komplizenschaft, ich bin sicher, den habe ich nicht verdient. Mein Interview mit General Z. war ganz und gar nicht »kriecherisch«. Ich denke, in meinem Beruf usw., das weißt Du ja schon. Na ja, ich habe vielleicht ein paar Einzelheiten erfunden, zum Beispiel, daß während des Interviews nicht die Polizei drum rum stand, sondern der General mit ein paar lachenden Kindern Boccia gespielt hat. In Wirklichkeit hatte der General seinen Spaß, indem er mit seinem Begleitschutz Handgranaten um die Wette warf, zehn blonde Polizisten mit Maschinengewehren über der Schulter.

Was den neuen Herausgeber betrifft, den Du als »Ekelpaket« bezeichnest, da stimme ich mit Dir selbstverständlich nicht überein. Ich bin keineswegs ein anderer geworden, seit ich die Zeitung herausgebe, und ich begreife nicht, wie Du so etwas sagen kannst. Und zu der Tatsache, daß General Z. eine direkte Leitung zu mir hat – das ist keineswegs, wie Du sagst, »extrem verdächtig«. Seit wann ist Telefonieren ein Verbrechen?

Mißtrauen, Mißtrauen, Mißtrauen, daraus besteht dein ganzes Leben. Kaum bringen sie Dich in dieses Stadion da, und Du triffst da auch prompt einen Freund von Dir, mußt Du gleich Gift gegen uns spucken. Eine ganz normale Kontrollmaßnahme war das. Sei doch bloß mal locker, sei mehr Frau! Ja, es stimmt, neulich abend, als ich Dich zum Essen eingeladen habe, war ich nicht allein. Oberst Battista hegt zum gegenwärtigen Zeitpunkt große Sympathien für mich und folgt mir überallhin. Ich konnte doch nicht vorhersehen, daß er Dich verhaften würde. Aber Du bist genauso hochmütig und stur wie Dein Denken. Nur, dann brauchst Du auch nicht zu jammern, wenn der Prozeß schiefgeht. In ein paar Jahren, meiner Meinung nach mindestens zwanzig, werden wir ja sehen, wer recht hat. Und ich werde dann dasein, als wäre die Zeit nie vergangen, denn Lieben heißt warten können. Anbei das Buch von General Z.: *Strategie und Taktik der Guerillabekämpfung von El Alamein bis heute*, mit zehn Landkarten. Das Vorwort ist von mir.

Ciao, in Liebe Giampiero

Die Erzählung des Zwergs
Der verliebte Marsmann

Die Verliebten aber,
die wirklich Verliebten,
erfinden mit den Augen
ihre eigene Wahrheit.
Molière

Dies ist die wahre Geschichte von Kraputnyk Armadillynk, so wie sie mir von ihm leibhaftig erzählt worden ist.

Eines frühen Morgens war ich am Fluß von Sompazzo, um zu angeln, als ich hinter meinem Rücken ein überwältigendes Krachen hörte. Ich sah, wie die Bäume zu bibbern anfingen und die Vögel die Flucht ergriffen. Dann ein Knall und weiter nichts. Ich ging über den Damm, und vor mir stand ein einzigartiges Geschöpf: Ein metallener Fettwanst mit einer Maulwurfsnase und zwei auskugelbaren Ärmchen nebst Rückstrahlern. Er trat auf eine fliegende Untertasse ein und schrie, vor Zorn bebend, ungefähr folgendes: »Beschissok raumschiffoz abgesoffuk scheissekuk mekkanikuz!«

Als er mich sah, verbeugte er sich und sagte: »Mein Herr, ich bedaure zutiefst, Sie gestört zu haben, aber wenn Sie so freundlich sein und mir zuhören wollen, könnten Sie mich, so glaube ich, wohl verstehen und mir die nötige Hilfe leisten.

Ich heiße Kraputnyk Armadillynk und komme vom Planeten Becoda. Er liegt siebenhundert Lichtjahre von Ihrem Planeten entfernt, und auf ihm herrscht eine Durchschnittstemperatur von fünfzig Grad im Schatten. Es ist ein verschmorter, verödeter Planet. Auf ihm wächst nur zweierlei: Trond und Quazz. Der Trond ist eine fade schmeckende, runde Knolle. Der Quazz ist eine viereckige Knolle und schmeckt genauso fade wie der Trond. Man könnte getrost sagen, sie sind ein und dasselbe Ding, aber unserer Moral als Becodianer tut Unterscheiden besser. So können wir nämlich sagen: ›Was gibt's denn heute Leckeres zum Abendessen,

Trond oder Quazz?‹ Und das verschafft uns ein bißchen Suspense.

Man kann Trond auf drei Arten essen, genauer gesagt: im Sitzen, im Stehen und im Liegen. Entsprechend gibt es drei Arten, Quazz zuzubereiten: mit Trondsoße, mit Quazzsoße oder mit Trondfüllung.

Sie haben es längst erraten, das Leben auf unserem Planeten ist recht hart. Wir haben nur verbrannte Erde und Trond- und Quazzfelder, dazu schwarze Felsen, Lavaberge und den sogenannten Nerpero (einen Vulkan), der glühende Lapilli spuckt. Tiere existieren bei uns nicht, mit Ausnahme eines Wurms namens Krokuplas, der zwar nicht eßbar ist, sich aber hervorragend als Köder für Fische eignet. Leider gibt es auf ganz Becoda weder Wasser noch Fische. Dafür trinken wir allerdings wunderbare, frischgepreßte Trond-Quazz-Säfte.

Unser einziges Vergnügen auf diesem langweiligen Planeten ist der Flirt. Die Einwohner von Becoda sind tatsächlich unglaublich schön. So jedenfalls steht es in Artikel eins unserer Verfassung. Wir Männchen bestehen, wie Sie sehen, aus zwei trondförmigen Beinen, einem quazzförmigen Rumpf und einem trondoiden Kopf, aus dem eine Röhre ragt (die nicht die Nase ist!).

Die Weibchen haben kleine Quazzfüße, ein trondliches, zierliches Körperchen und einen leicht bitronden Kopf. Mein Weibchen heißt Lukzenerper Graetzenerper Bikzunkenerper. Das bedeutet Lukz, die nahe dem Vulkan geboren wurde, Tochter des Graetz, der auf dem Vulkan lebt, und der Bikz, die in den Vulkan gefallen ist. Lukzetzetera ist noch sehr jung, achtzehn becodianische Jahre alt, und jeweils eins entspricht ungefähr zwei von euren irdischen Telenovelas. Ich liebe sie, und Grunka in Grunka mit ihr die Pfade von Becoda entlangzuschlendern ist meine einzige Freude.

Aber eines Nachts, als wir allein in meinem Quazzomobil saßen und die tausend Sterne des Universums betrachteten, geschah es, daß sie sich an mich drückte und anfing zu lazigieren. Bei uns ist das das Schlimmste, was passieren kann. Lazigieren ist wie euer Weinen, aber wir weinen Öl, kostbares Schmieröl, so daß jemand, wenn er zuviel weint, anfängt zu rosten und einen Kolbenfresser kriegt und stirbt. Also habe ich sie getröstet und ihr soviel Lazigat wie möglich in den Tank zurückzuschütten versucht, aber sie hörte gar nicht auf mit ihrem Laziguchz-lazischluchz, und ich wußte nicht mehr, was ich tun sollte.

›Lukzilein‹, sagte ich, ›bitte, sag was. Lazigier doch nicht mehr, du machst mich kaputt! Was kann ich denn für dich tun?‹

›Oh, Kraputnyk‹, antwortete sie, ›du bist gut wie ein Trond‹ (kein besonderes Kompliment, übrigens. Bei uns sagt man auch ›gemein wie ein Trond‹, wir haben ja so wenig Vergleichsmöglichkeiten) ›...aber ich möchte etwas Unmögliches... ich möchte... ich möchte...‹

Wie ich sie da so verzweifelt sitzen sah, trat mir glatt ein Lazigon auf die Wimper.

›Red doch, Liebste, zauder nicht‹, sagte ich, ›ich tue alles für dich.‹

›Oh, Kraputnyk‹, sagte sie, ›ich habe in meinem ganzen Leben noch kein einziges Geschenk bekommen. Ich werde sterben, ohne daß mir jemand etwas geschenkt hat!‹

Wie, dachte ich, wo ich ihr doch gerade eine Trondkette geschenkt hatte! Na ja, aber was war ein Trond schon für ein Geschenk auf diesem verdammten Planeten, auf dem es überhaupt nur Tronds und Quazze gab und ständig trondförmige Steine und Quazzbrocken zwischen den Füßen! Ein Geschenk dagegen ist etwas, das man nicht erwartet. Aber was gab es denn auf Becoda, was ein junges Mädchen hätte überraschen können? Und just in diesem Augenblick geschah es, daß ich in den Sternenhimmel sah und eine Erleuchtung hatte. (Das meine ich wörtlich: Wenn unsereins eine tolle Idee hat, leuchtet ein rotes Lämpchen auf.)

Das Universum war bevölkert von vielen Trond-Welten und Quazz-Strukturen. Im Fernsehen (das haben wir auch, und es ist Pflicht) sagen sie immer, diese Welten seien absolut genauso wie unsere. Auf Jupiter seien bloß die Tronds größer, und auf der Venus gebe es besonders schöne Quazze, aber das ist alles.

Na gut, dachte ich, das wird schon so sein, denn das Fernsehen lügt fast nie, aber das möchte ich doch persönlich überprüfen. Und falls in irgendeiner entlegenen Ecke des Universums ein Geschenk existiert, das weder Trond noch Quazz ist und das ich meiner Geliebten besorgen kann, dann finde ich es auch. Nachdem ich das beschlossen hatte, legte ich noch am selben Abend Proviant zurecht, Trondfilets in Dosen, und warf mein Quazzomobil in die stellaren Korridore der Großen Schlange Nr. 8, die zur Kreuzung Zatopek und von da aus in euer Sonnensystem führt. Ich weiß auch nicht, warum ich mich sofort auf die Erde fixiert habe. Vielleicht wegen der Farbe, die fand ich schön, oder wegen der Art, wie sie durchs All trondelt. Fest steht jedenfalls, ich richtete mein Makroteleskop auf euch aus.

Aber ach, gleich das erste, was ich sah, nahm mir allen Mut. Da war ein großes Feld aus grünem Fell und drum herum Tausende von schreienden Menschen. In der Mitte haben ein paar Wesen, die in zweierlei Farben gekleidet waren, mit den Füßen um einen kleinen Trond gerangelt. Denen da geht's ja noch schlechter als uns, dachte ich: Wir haben nur Tronds und Quazze, aber die haben auch noch Trond*mangel*. Es gab wirklich die wüstesten Raufereien um diesen Trond, jeder wollte ihn für sich, und die Leute schrien wie verrückt. Ich stellte das Makroteleskop auf ein anderes Ziel ein und sah eine Stadt aus lauter Quazzen, einen auf dem anderen. Kein Lebenszeichen. Vielleicht, dachte ich, essen hier nicht die Ureinwohner die Quazze, sondern die Quazze die Ureinwohner. Tatsächlich sah ich, wie Tausende in riesigen, erleuchteten Quazzen verschwanden.

Niedergeschlagen und enttäuscht wollte ich umkehren, da sah ich – o Wunder! – endlich etwas, das weder Quazz noch Trond noch Stein noch Lapillus war, ein wunderbares neues Ding. Ich landete und ging nahe heran. Es war eine große metallene Kiste, ein bißchen wie ein fettleibiger Becodianer, vollgefüllt mit lauter geheimnisvollen Gegenständen aus Stoffen, die, wie ich erfuhr, *Papier, Plastik* und *Blech* hießen. Sie hatten ganz verschiedene Farben, und ihre Verschiedenartigkeit war, obwohl es auch Beispiele von Trondismus und Quazzismus gab, doch verblüffend. Und was für seltsame Gerüche sie verströmten! Stark, durchdringend, ganz anders als der Geruch von Asche und gekochtem Quazz auf Becoda. Ich wühlte mit meinen Ärmchen ein bißchen in der Kiste herum und zog ein herrliches Objekt hervor: einen glänzenden roten Zylinder. Etwas Tronduliertes stand darauf geschrieben, das ich mit Hilfe meines Universalwörterbuchs als *coco-colo* oder *colo-coco* entzifferte. Ich hielt es für ein von zwei Künstlern signiertes Werk. Dann sah ich ein wunderschönes Tier, es hatte einen sehr haarigen Körper, der in einem langen Holzschwanz endete, und kostbare, schneeweiße Stoffe mit der Aufschrift ›Pam Supermarkt‹ und ›Standa‹ und noch weitere längliche, durchsichtige Objekte, herrlich duftende Soßen, spiralförmige Hülsen, knisterndes Papier mit lauter Hieroglyphen drauf. Mit aufgesperrter Ladeklappe stand ich da und starrte auf all diesen Reichtum, da erblickte ich das erste irdische Wesen. Es wühlte gerade selig in der Kiste mit den herrlichen Objekten herum. Ich nahm sofort das interstellare Touristenwörterbuch und skandierte deutlich folgenden Satz: ›Fatzeink, sie erdenmensch, könntä ich kaufen ein von ihr kötzlichenn opjecktenn?‹ Das Wesen riß die schönen gelben Augen auf, wackelte mit dem Schwanz und antwortete: ›Nix kaufenn, alle könnenn nehmenn, aber jez wecklaufenn, weil kommenn mülleutenn.‹

Und schon hüpft das Wesen, das ich für einen Menschen gehalten hatte, davon, aufgescheucht von einem heranbrausenden, polternden Riesenwesen, groß wie zwanzig Becodianer, aus dem Menschen steigen. Einer von denen sieht mich an und sagt: ›Seit wann haben die denn hier neue Tonnen aufgestellt?‹

›Hm, hm‹, sagt der andere, ›die sieht jedenfalls leer aus.‹ Und schon faßt er mich an der Nase (die eigentlich keine ist!) und setzt mich um.

›An die Arbeit‹, sagt der andere, ›schmeißen wir diesen Mist hier weg!‹ Sie nehmen die ganze Wunderkiste und kippen sie dem Riesenwesen ins Maul. Dann steigen sie auf und fahren davon. Erst mal bin ich völlig fertig, aber dann denke ich mir: Wenn die so ein tolles Zeug wegwerfen und verabscheuen, dann kann man sich vorstellen, was für herrliche Dinge sie sonst noch haben, viel wertvollere als die hier. Mit frohem Mut denke ich an meine Lukzenerper und sause auf meinen Trondrollern hinter ihnen her, bis ich schließlich in der Stadt bin und fast durchbrenne vor Erstaunen. Welche Vielfalt der Formen und der Farben! Welch hervorragende Geschenke allenthalben, unbewegliche oder halbbewegliche, kleine oder große! Dies ist das Paradies, sage ich mir, aber ich muß die Ruhe bewahren und sorgfältig auswählen, ich darf mich nicht vom Überfluß betäuben lassen. Schließlich und endlich will ich ja nicht irgendein Geschenk. Ich will ein Geschenk, das auch die irdischen Weibchen für kostbar und bedeutend halten. Die Männchen kann ich schon erkennen, jetzt muß ich ein irdisches Weibchen finden. Wie so eins wohl aussieht? Verschämt betrete ich einen Ort mit dem Schild ›Bar Tabacchi‹. Und sehe sofort ein Etwas, das gut ein Weibchen sein könnte, ein Etwas mit vielen Nasen, und ein Männchen zieht die Nasen rauf und runter. So was heißt bei uns *giboláin*, sich paaren. Aber dann höre ich, daß das Männchen es ›Kaffeeautomat‹ nennt. Also doch kein Weibchen. Doch halt, da ist sie, ich sehe sie, die Frau. Und wunderschön und mit lauter bunten Lichtern übersät gibt sie kleine und große Schreie von sich, während ein Männchen sie an den Hüften hält und durchschüttelt. Wenn das nicht *giboláin* ist! Aber plötzlich gehen die Lämpchen des Weibchens aus, und das Männchen verpaßt ihm einen Tritt und flucht. Was sind die gewalttätig beim *giboláin*! Jetzt kommt das Männchen an mir vorbei, und ich kann es sagen hören: ›Das ist doch ein Scheißflipper, da gewinnt man nie. Und was soll das hier sein? Ein neuer Automat?‹ Und dabei packt er meine Nase (die *keine* Nase ist).

›Tja‹, sagt der Mann, der den Kaffeeautomaten bedient,

›was weiß ich, den hat wohl der Chef da hingestellt. He, guck mal, das Weibchen, das da draußen langgeht!‹

Na endlich! Ich gucke auch dahin, wo die beiden Männer hingucken. Da kommen zwei Etwasse vorbei: Das eine ist gelb und hat die Aufschrift ›Taxi‹. Das andere ist ein Mann mit mehreren Tronds vorne, schönen bunten Fäden auf dem Kopf und sehr lebhaften Augen. Ich schleiche diskret hinter dem Etwas her, bis es ein ähnliches Etwas trifft. Das eine sagt zum anderen:

›Siehst du dieses Ding da hinter uns? Die schrecken ja vor nichts mehr zurück mit ihrer Waschmaschinenreklame.‹ Meinen die mich mit ›Dingda‹?

Dann bleibt das erste Weibchen stehen und ruft:

›Was für'n Auto! Was würd' ich drum geben, wenn ich so eins hätte!‹

Was sie ›Auto‹ nennt, ist ein Quazzomobil, aber es macht viel mehr Dampf und Krach. Ein bißchen sperrig zum Verschenken, andererseits, wenn *sie* das gern mögen... Die Autos stehen alle still in Reih und Glied. Drin sitzen Männchen und Weibchen und spielen immer nur eine Note, indem sie auf eine Taste in der Mitte eines Tronds hauen. Stundenlang machen sie das wohl, obwohl sie ganz müde aussehen. Jetzt wird mir klar: ein *Auto* ist ein Musikinstrument!

Etwas später kommt das Weibchen zu einem Ort mit dem Schild ›Parkplatz‹ und findet einen gelben Zettel an der Scheibe vom Auto. Das ist bestimmt die Partitur, denke ich, aber das Weibchen wird fuchsteufelswild, zerreißt den Zettel und schreit:

›Stau, Verkehrsgewühl und jetzt auch noch ein Knöllchen! Ich schmeiße das Auto lieber eine Schlucht runter, als damit zu fahren! Man müßte sie verbrennen, sämtliche Autos!‹ Und dann fährt es los, aber ohne Musik zu machen.

Oje, oje! Das ist wohl doch kein so tolles Geschenk.

Ich gehe hinter einem anderen Weibchen her und sehe, wie es ein Männchen trifft. Sie gehen in ein Quazzaurant. Ich gehe mit hinein: Ich habe gelernt, daß niemand etwas sagt, wenn ich mich rühre, sie versuchen höchstens, mich mit

Münzen zu füttern. Ich spitze meine Orkekkys und höre, wie das Weibchen sagt: ›Liebster, das ist das schönste Geschenk, das du mir machen konntest... Es ist wunderschön, mir fehlen die Worte.‹ Und dann küßt es das Männchen.

Vorsichtig schiebe ich mich unter ihren Tisch. Ich sehe mir alles an, und wissen Sie, was das Weibchen in der Hand hat? Ein schwarzes Etui mit einer Quazzkette, lauter durchsichtige Steinchen, wie wir sie zu Tausenden in der Asche auf Becoda finden. Fürwahr ein tolles Geschenk!

Enttäuscht beschließe ich, mich vom Fernsehen beraten zu lassen, denn das müßte ja hier auch fast die Wahrheit sagen wie auf Becoda. Drei Stunden lang analysiere ich mit Hilfe eines analogalaktischen Computers die irdischen Fernsehnachrichten, und heraus kommt, daß das einzige, was alle wollen, wovon alle reden und was alle für unverzichtbar und begehrenswert halten, *›Fakten‹* sind.

Also gehe ich in einen kleinen Laden mit dem Schild ›Wir führen alles‹ und sage, ohne zu zögern: ›Geben Sie mir sofort zwei Fakten, eins für mich und eins für meine Verlobte. Und bitte Fakten, nicht bloß Worte.‹

Das Männchen guckt mich finster an und sagt: ›Hören Sie mal, ich weiß nicht, ob Sie ein Roboter sind oder ein von irgendeiner Partei bezahlter Zwerg, aber eins kann ich Ihnen sagen: Ich habe die Faxen dicke von der ganzen Wahlpropaganda.‹

›Einen Moment, sagen Sie das noch mal‹, will ich antworten, aber da mischen sich schon andere Männchen in die Debatte ein und werden immer lauter, und kurz danach fangen sie an zu streiten und sich gegenseitig Quazze auf die Köpfe zu hauen. Ich gehe, ich habe wirklich die Nase voll. Und kantapper-kantapper spaziere ich aus der Stadt und lande hier.

Ich überlege, ob ich einen von diesen grauen Teppichen, die Sie Straßen nennen, in mein Automobil laden soll. Aber er läßt sich so schwer aufrollen. Ich könnte ja auch eine Scheibe grünes Fell einpacken. Aber ich habe diese ganze Welt nicht verstanden, und deshalb würde ich womöglich ein ganz billiges Geschenk mitbringen. Alle würden mich und Lukz auslachen. Wie entmutigend! Genau in diesem Augenblick höre ich, wie sich ein paar kleine Männchen unterhalten:

›Mann, hab' ich einen Durst‹, sagte das eine.

›Was würd' ich geben für'n Chinotto‹, sagt ein anderes.

›Stell dir vor‹, sagt das dritte, ›das wär' ein Geschenk des Himmels, wenn uns jetzt jemand einen vorbeibrächte...‹

Diesmal starte ich wirklich die Propellerturbine für den Schnellgang und sause los zum erstbesten Laden. Ich hätte selbst die Photonenkanone benutzt. Hinter dem Tresen steht ein Frauchen mit zwei gläsernen Quazzen vor den Augen.

›Weibchen‹, sage ich, ›geben Sie mir alles, was Sie an Chinotto haben.‹

›Du bist ja komisch, Kindchen‹, sagt das Weibchen und packt auch wieder nach meiner Nase (die *keine* Nase ist). ›Ich habe nur noch vier, reichen dir die?‹

›Szyp‹, sage ich.

›Zweitausendvierhundert Lire.‹

Oje, daran hatte ich gar nicht gedacht! Aber dann fällt mir etwas ein: Ich lege ihr zwei, drei von diesen funkelnden Quazzen in die Hand, die dem anderen Weibchen so gut gefallen hatten. Ich sehe, wie sie ganz weiß wird und verstummt. Geschafft! Ich fliege zurück und lande direkt vor den drei kleinen Männchen.

›He, wie komisch‹, sagen sie, ›was bist du denn für einer?‹

›Ich bin der Chinotto-Gewinnspiel-Roboter‹, sage ich. ›Und ihr habt drei Chinottos gewonnen, für jeden einen.‹

›Wow!‹ schreit das erste.

›Toll!‹ heult das zweite auf.

›So ein Glück‹, sagt das dritte, und sofort knacken sie das Fläschchen, bis das Öl rausläuft, und trinken es leer. Kinder sind doch überall gleich.

›Tja, also‹, frage ich, ›ist das ein schönes Geschenk oder nicht?‹

›Das ist das schönste Geschenk, das mir heute blühen konnte‹, sagt das erste.

›Es ist ein wunderbares Geschenk‹, bestätigt das zweite.

›Jetzt geht's mir echt gut‹, sagt das dritte.

Diesmal war es ein Volltreffer. Wir verabschieden uns: Sie winken mit den Händen und ich mit meiner Nase, der richtigen nämlich, die bei mir rechts unten sitzt. Ich gehe zurück zu meinem Quazzomobil und sehe mir den Chinotto, den ich für Lukz übrigbehalten habe, noch einmal an. Wie schön er ist, und so durchsichtig, mit diesem dunkelroten Öl, das darin herumfließt, und wie herrlich er duftet. Obendrauf ist sogar ein trondförmiges Schmuckstück mit Spitze dran und der Aufschrift ›Chinotto‹ in feuerroten Buchstaben. Was für ein Geschenk, um den Hals oder auf dem Kopf oder an den Orkekkys hängend zu tragen, was für ein Geschenk für meine Liebste!

Auweia! Ich habe es so eilig, nach Hause zu kommen, daß ich den Motor abwürge und das Quazzomobil blockiert ist. Jetzt haben Sie mich erwischt, mein Herr, und ich weiß genau, was Sie wollen: Sie wollen meinen kostbaren Chinotto. Aber ich bitte Sie, nehmen Sie doch irgend etwas anderes, alle meine Brillantquazze, meine Schädeldecke, das Stück von meinem Quazzomobil, das Ihnen am besten gefällt, das Lenkrad aus Similitrond, zum Beispiel, oder den Astrohund, der mit dem Kopf nicken kann, ich gebe Ihnen alles, aber bitte lassen Sie mir diesen Chinotto! Lukzenerper wartet doch auf mich.«

»Herr Kraputnyk«, antworte ich ihm, »ich will Ihnen nicht nur Ihren Chinotto nicht wegnehmen, sondern ich möchte Ihnen auch im Namen des Erdenvolkes noch ein persönliches Geschenk von mir überreichen: Es ist ein Chinotto-Super-Extra-Bonus. Wenn Sie eines Tages Ihren Freunden den Chinotto-Duft vorführen möchten, dann setzen Sie diesen Hebel hier an, und damit öffnet sich das Fläschchen...«

»Ein wunderschönes Objekt. Und wie heißt es?«

»Flaschenöffner.«

»Fla-schenn-öff-närr«, wiederholt der Becodianer überwältigt. »Vielen Dank, das ist zuviel für mich. Wer weiß, was so etwas kostet!«

»Fahren Sie, fahren Sie«, sage ich zu ihm, »denken Sie nicht darüber nach, fahren Sie nach Hause, Sie werden erwartet.«

Ich schiebe ihn mit meinem Fiat 500 an. Das Quazzomobil bebt ein bißchen, und dann setzt es sich in Bewegung, Jessas, was für ein Motor! Zehn Sekunden später ist es zwischen den Wolken verschwunden.

Ich habe mich dann wieder dem Angeln zugewendet und drei Hechte geangelt, jeder fünf Kilo schwer.

Die Erzählung des unsichtbaren Mannes
Nastassja

Die einzige Leidenschaft meines
Lebens war die Angst.
Thomas Hobbes

Gregorij Alexej Alexandrewitschs Herz war in Aufruhr, als er die Birkenallee entlanglief, die zur Hütte des Gärtners führte. Über allem flirrte ein intensives, wohliges, goldenes Licht, und es durchdrang sogar den Schatten. Die Turteltauben turtelten ohn' Unterlaß, ein Buchfink schwang sich von einem Fliederzweig hoch in eine rosarote Wolke, die matt schimmerte wie jene Lampe, die Gregorij am Abend zuvor auf Nastassja Nikolajewnas Tisch hatte stehen sehen.

Nastassja! Beim bloßen Aussprechen ihres Namens stürzte Gregorijs leidenschaftliches Herz in einen Abgrund, wo Glückseligkeit und Angst, ohne daß die eine von der anderen lassen konnte, zusammengeschweißt wurden im tödlichen ekstatischen Fall.

Nastassja! Er vermeinte, diesen Namen aus dem Plätschern des Flusses herauszuhören, aus dem Atem der Lindenkronenfächer, aus dem leidenschaftlichen Gesang des Kuckucks.

Nastassja, wiederholte er leise und behielt jede Silbe dieses Namens auf den Lippen und schmeckte sie, wie ein Elixier, das Leben spenden oder nehmen konnte. Nastassja! Mein Herz, entweich nicht meiner Brust!

Die Hütte des Gärtners lag unter einem Mantel aus rotem Efeu, und er strahlte im Sonnenuntergang in allen Schattierungen von Flammen und Rubinen. Mojka, Nastassjas Pferdchen, stand schweißglänzend und träge da und graste. Also war sie zu Hause. Sie war gekommen! Herz, noch einen Augenblick, flehte Gregorij Alexandrewitsch, während er auf die Hütte zuschritt. Und dann öffnete seine Hand sachte die Tür, und sie knarrte taktvoll, als wolle sie zu erkennen geben, daß auch sie um das Geheimnis dieser Begegnung wußte.

Nastassja Nikolajewna saß auf einem Kirschbaumklotz. Ihr weißes Gewand leuchtete durch das Halbdunkel wie eine geheimnisvolle exotische Blume, und ihre Füßchen schaukelten wie zwei aufgeregte Vögelchen.

Nastassja lächelte dem jungen Mann zu und schob mit einer unwiderstehlichen Handbewegung eine Strähne ihrer dichten Haare aus der schneeweißen Stirn. Ihre himmelblauen Augen funkelten mit verführerischem Glanz. O Gott, wie ist sie schön! dachte Gregorij Alexandrewitsch, während er auf sie zuging und, wie wenn es das erste Mal wäre, ihr feines Gesicht, den sinnlich geschwungenen Mund, die gelassenen, wohlgeformten, schneeweißen Schultern bewunderte. Und diese unruhigen Füßchen, diese Fesseln, wie von einem Alabasterengelchen! O mein Herz!

»Ihr wollt also meine Antwort?« sagte Nastassja und schlug die Augen nieder.

Herz, bleib standhaft, dachte Gregorij Alexandrewitsch, als er die Stimme hörte, diese Stimme, die gleichermaßen die zartesten Verse Puschkins aufzusagen wie scheuende Pferde und bockige Diener zu bezähmen vermochte.

»Nun denn, meine Antwort...« sagte Nastassja. Und schwieg sehr lange.

Herz, bleib standhaft! Welche Anmut, welche Sittsamkeit in dieser Frau, dachte Gregorij, sie möchte mich nicht verletzen durch eine Absage, oder vielleicht durchlebt sie einen letzten Augenblick natürlicher Scheu, wenn sie die Worte ausspricht, die sie weit von dem Ort forttragen werden, an dem sie geboren wurde, diesem Ort, den sie mit ihrer unvergleichlichen Schönheit erleuchtet hat.

»Meine Antwort lautet: ja«, sagte Nastassja in einem Atemzug. »Gregorij Alexandrewitsch, ich komme mit Euch nach Petersburg und werde Eure Frau.«

»Nastassja! Nastassja!« seufzte Gregorij Alexandrewitsch. Er fügte nichts mehr hinzu. Er schlug der Länge nach hin in raschelndes Efeu auf moosigen Boden und sah eben noch Nastassjas Füßchen, die hastig auf ihn zuliefen, und dann sah er nichts mehr.

Das leidenschaftliche Herz von Gregorij Alexandrewitsch war nicht standhaft geblieben.

Die Erzählung des Mannes mit dem Schmiß

California Crawl

»Murphy, das Leben ist nur Figur und Hintergrund.«
Samuel Beckett

Der Vater von Hank ist tot. Er war gerade beim Golf, und der Ball flog ihm in den Wald. Er ist ihn suchen gegangen. Nach einer Stunde ist der besorgte Caddy hinterher und hat ihn dort gefunden, tot.

Er hatte die Hose offen. Sah aus, als ob er gerade am Onanieren war, als er starb. Vielleicht gab ihm Golf nicht genug.

Jetzt ist Hank hier, am Rand von meinem Swimmingpool. Er hat ein hellblaues Hemd an, mit Rhombenmuster, genauso eins wie Percy Sledge auf diesem alten Plattencover anhat, obwohl, ich bin nicht sicher, ob das wirklich Percy Sledge war oder jemand anders, aber jedenfalls Hank ist wirklich Hank, letztes Jahr waren wir noch Kinder und zusammen, und jetzt ist er offenbar nicht mal irritiert, daß der Alte tot ist, er hat sich eine schwarze Sonnenbrille mit rosa Gestell gekauft, und seine Mutter hat gesagt, findest du das die passende Sonnenbrille für eine Beerdigung? Hank hat keine Antwort gegeben, er hatte den Walkman auf.

Die Mutter von Hank trinkt, weil sie Leberkrebs hat, oder sie hat Leberkrebs, weil sie trinkt, keine Ahnung, jedenfalls säuft sie wie ein Loch, und jetzt mit dieser Halbe-Million-Dollar-Erbschaft kann sie noch mehr saufen.

Jedenfalls Hank sitzt am Rand von meinem Swimmingpool mit seinem Percy-Sledge-Plattencover-Rhombenhemd, zieht Koks aus der Tasche und legt eine Linie auf meinem Swimmingpoolrand. Kaum hat Lisa das gesehen, kommt sie angeschwommen, einen Arm nach dem andern und dann noch mal einen hoch, und so schiebt sie sich durch das hellblaue Wasser mit ihren blonden Haaren unter der violetten Badekappe, und die kalifornische Sonne fällt durch die Wand aus Glas und schwedischer Tanne und erleuchtet Lisas Spritzer und Hanks rosa Brille auf dem Liegestuhl und die schnurgerade Kokslinie auf meinem Swimmingpoolrand.

»Du sollst dich doch nicht so volldröhnen, Hank«, sagt Lisa und zieht sich die gesamte Linie durch ihr hübsches Bostoner Näschen.

»Du hättest mir wenigstens ein bißchen was übriglassen können, Scheiße«, sagt Hank. Er macht noch eine, und die zieht er sich rein, mit dem Strohhalm aus meinem Ginger Ale, also muß ich aufstehen und ins Haus gehen und mir einen neuen holen, und wie ich so in der mobilen Bar am Suchen bin, kommt meine Mutter, angeschickert und in diesem Kimono mit dem Muster wie das Schild von dem japanischen Restaurant in Palos Altos.

»Du planschst mir das ganze Haus voll, Peter«, sagt sie.

»Hanks Vater ist tot«, sage ich, »und wir haben keine Strohhalme mehr.«

Meine Mutter guckt mich an. Sie ist ganz schön alt geworden, seit ich sie das letzte Mal gesehen habe. Sie streicht mir über die Haare in ihrer kalifornischen Art, bei der ich immer nicht weiß, soll ich die lieben oder verachten.

»Wie alt bist du, Peter?« fragt sie.

»Einundzwanzig, Mama«, sage ich und beiße mir auf die Lippen. Ich kriege es nie hin, ihr die Wahrheit zu sagen.

»Einundzwanzig Jahre«, wiederholt sie wie ein Automat, als ob sie es nicht glauben kann.

»Einundzwanzig Jahre«, wiederholt sie wie ein Automat, als ob sie es nicht glauben kann.

»Einundzwanzig Jahre«, wiederholt sie wie ein Automat, als ob sie es nicht glauben kann.

Sie schlägt die Hände vors Gesicht und läßt sie grün wieder sinken, das liegt an ihrer Gurkenschönheitscreme. Sie seufzt.

»Es war immer mein Traum, daß du eines Tages imstande bist, ohne Strohhalm aus einem Glas zu trinken.«

»Ich finde das nicht sehr wichtig, Mama«, sage ich nervös.

»O nein, das ist es nicht«, sagt sie und fängt an zu weinen. »Aber ich wünsche mir so sehr, daß du nicht schwul wärst.«

»Mama, ich bin nicht schwul...«

»O doch! Schwule trinken mit Strohhalmen«, sagt Mama und streckt sich auf unserem italienischen Diwan aus. »Dein Vater hat alles mit Strohhalm getrunken, sogar Alka Seltzer. Mein Leben war die Hölle. Dein Onkel Richard dagegen, der war wirklich ein Mann. Er konnte eine Coca-Cola-Dose mit einer Hand zerquetschen.«

»Das weiß ich noch, Mama. Zerquetscht hat er auch Dosen, die ihm gar nicht gehört haben. Eines Nachts haben ihn zwei Mexikaner in einer Bar zu Tode geprügelt...«

»Peter«, ruft Lisa vom Swimmingpool. »Hank ist schlecht. Er kotzt!«

»Hanks Vater war schwul«, sagt meine Mutter. »Und Hank ist auch schwul. Ich möchte nicht, daß du dich mit ihm abgibst. Er ist so, so... Ich glaube, ich fahre in die Stadt, Joggingschuhe kaufen. Kommst du mit, Peter?«

Ich muß lächeln. So macht sie das immer, wenn sie mir nicht weh tun will. Sie hat einen ganzen verdammten Schrank voll Schuhe. Ich gehe wieder zum Swimmingpool. Zwei Freunde von Lisa sind gekommen, Japaner, glaube ich, und haben sich nackt in die Sonne gelegt. Hank hat in den Pool gekotzt.

»Los, wir gehen an den anderen Pool«, sage ich. Alle kommen mit. Wir gehen über den frisch gemähten Rasen, der nach frisch gemähtem Rasen riecht. Als Kind habe ich mich oft ins Gras gelegt und stundenlang darüber nachgedacht, was wohl passiert, wenn genau jetzt ein Rasenmäher kommt, und einmal ist tatsächlich einer gekommen, und ich erinnere mich noch an dieses Krankenhaus in San Francisco, und da lag ich drin, unbeweglich, beide Arme in Gips, und habe »Susie Darling« von Robin Luke gehört und Püree gegessen, und da war es, wo die Sache mit dem Strohhalm angefangen hat, ich konnte doch ohne Arme gar nicht anders trinken, ach, wie zum Teufel soll ich dir so was Beklopptes erklären, Mama, das einzige, was sicher ist, ist, daß wir viel zu reich sind, um irgendwas zu kapieren, hat Papa immer gesagt.

»Also zwei Pools hast du«, sagt Lisa. Sie ist klatschnaß, aber die Haare sind trocken, und das gibt einen komischen Gegensatz, und dann hat sie diese Augen, beide himmelblau, aber nicht ganz, da ist ein schwarzer Punkt in der Mitte; das ist wirklich zum Schreien, ich kann verstehen, warum Wayne sich wegen ihr erschossen hat, ich möchte auch so gern eines Tages jemanden finden, wegen dem ich so was tue oder dem ich so was antue. Hank hat vier Linien Koks in Hakenkreuzform auf den Tisch gemacht. Er ist ein Kind, eigentlich.

»Du sollst dich doch nicht so volldröhnen, Hank«, sagt Lisa.

»Ich sollte Schluß machen«, sagt Hank. »Aber Vietnam ist das Grauen, schwer zu vergessen.«

Hank war nie in Vietnam. Er verwechselt es mit Bangkok, da hat er nämlich zum ersten Mal Koks genommen, mit sechs Jahren, in der Suite vom Hotel Imperial, während sein Vater auf der Terrasse das Zimmermädchen gebumst hat. Jetzt machen die beiden Japaner Tai-Chi auf meinem Swimmingpoolrand. Dann kommt Sam mit seiner Freundin, die ist Model für Pareos. Er sieht Hank und sagt: »Hab' das gehört mit deinem Vater.«

»Was ist denn mit dem?« fragt Hank. Mir fällt auf, daß das auf seinem Hemd gar keine Rhomben sind, sondern Mangos, es sieht aber trotzdem aus wie das von Percy Sledge, oder Perry Como vielleicht, ich erinnere mich genau an eine runde schwarze Scheibe mit einem Loch in der Mitte, die hing über meinem Bett neben dem Poster von Oma Duck, und die blieb da auch hängen, weil sie einen Kratzer hatte. Damals hatte ich zweitausend gebrauchte Strohhalme im Nachttisch, und als mein Vater die gefunden hat, da hat er gesagt, was ich brauche, ist eine Europareise. Ich war einen Monat in Paris, und als ich zurückkam, wohnten zwei koreanische Studenten in meinem Zimmer.

»Wir haben gedacht, du kommst gar nicht wieder«, hat meine Mutter gesagt. Damals hat sie das Trinken angefangen.

Und jetzt steht sie hier an meinem Swimmingpool mit ihrem schneidenden kalifornischen Blick und ihrer roten Perücke und diesem Prince-T-Shirt. Sie strengt sich immer an, up to date zu wirken, wenn Freunde von mir da sind.

»'ne Nase Koks, gnä' Frau?« sagt Hank.

»Du sollst dich doch nicht so volldröhnen, Hank«, sagt meine Mutter.

»Ich sollte Schluß machen«, sagt Hank und widmet sich einer Linie, die die ganze Hecke lang bis zur Garage geht.

»Was hieltet ihr von einem Martini?« sagt meine Mutter.

»Mach gleich vierzig«, sagt Sam. »Hast du das mit Hanks Vater gehört?«

Meine Mutter springt ins Wasser und schwimmt los, einen Arm nach dem anderen, und wenn der eine aus dem Wasser hochkommt, macht der andere eine Kurve und geht unter Wasser und kommt dann selbst wieder raus und der andere taucht ein, aber sie kommt nicht vorwärts. Ich sehe, daß sie die Füße am Boden hat und nur so tut.

Die beiden Japaner lachen zufrieden.

Sam sagt, unten in Redondo Beach gibt's einen Frisbee-Wettbewerb für Hunde, und der Hund von seinem Analytiker macht da auch mit.

»Super«, sagt das Model, »gehen wir hin?«

»Ich denke ja gar nicht dran«, sagt Sam.

Die Sonne versinkt hinter dem Santa Monica Boulevard, und kalifornische Wolken ziehen vorbei, eine sieht aus wie ein Ochse und eine andere wie ein Frisbee, die nächste wie Percy Sledge, wenn er schläft, und noch eine wie ein Chihuahua.

»Wir hatten mal einen Chihuahua«, sagt Hank. »Aber den hat mein Vater mit DDT umgebracht. Damals waren wir glücklich.«

Der Koksbeutel fällt ins Wasser. Hank springt hinterher. Keiner sieht ihn wieder hochkommen.

»Ich kannte mal einen englischen Regisseur«, sagt das Model, »der hat gesagt, ich habe das ideale Gesicht für eine Verfilmung des Lebens von Diane Arbus.«

»Hank soll sich doch nicht so volldröhnen«, sagt meine Mutter, als sie ihn so auf dem Boden des Swimmingpools liegen sieht.

Hank gurgelt irgendwas.

»Vielleicht wäre es besser, den Pool trockenzulegen«, sagt meine Mutter, aber niemand hört ihr zu. Also kritzelt sie schnell was in ihr Scheckheft.

»Fünftausend Dollar für den, der den Pool trockenlegt, und fünftausend für den, der Hank wiederbelebt«, sagt sie und schwenkt die Schecks.

Lisa fängt an zu lachen. Das macht sie immer, wenn die Rede auf Geld kommt. Ist ein Komplex bei ihr. Als sie zwölf war, hat ihr Vater sich aus dem zwanzigsten Stockwerk gestürzt, wegen einer Fehlinvestition. Ihr Bruder hat letztes Jahr dasselbe gemacht. Der andere Bruder lebt in Miami auf der Fensterbank von einem Hotel.

»Was gibt's denn da zu lachen?« sagt Sam. »Hast du einen Fernseher im Haus?« Alle gehen ins Haus und sehen sich das Basketballspiel an, auch die Japaner.

»Okay, Mama, ich mache den Pool leer«, sage ich. »Aber mit dem Strohhalm.«

Meine Mutter wirft den Shaker nach mir, springt auf ihre Honda und rast in der falschen Richtung den Boulevard runter. Ich und Lisa ziehen Hank aus dem Wasser, er wiegt bestimmt zwei Zentner mit dem ganzen Wasser, dem Koks, dem Chlor und dem Rest.

»In Boston habe ich mal einen Schwarzen gesehen, der war von einem Cadillac angefahren worden und lag genauso am Boden wie Hank. Peter, glaubst du, Tote sehen alle gleich aus?«

»Wir haben jetzt keine Zeit für solchen Quatsch, Lisa«, sage ich. Ich hebe Hank raus und bette ihn auf den Rasen.

»Du denkst immer nur an deine Freunde«, sagt Lisa plötzlich streng.

»Hau ab«, sage ich, »du bist besoffen.«

Ich lege mich auf einen Liegestuhl. Trinke lustlos vier Martinis. Dann springe ich ins Wasser und setze einen Arm vor den anderen und den wieder vor den einen, während der andere im Wasser bleibt, und so schiebt der Vorderarm und wird zum Hinterarm, und der andere ist plötzlich wieder vorn. Das nennt sich bei uns California Crawl. Ich höre ein Zischen. Es ist Hank, er läßt Luft ab wie ein Schlauchboot und spuckt Wasser. Dann kommt mein Bruder Roger mit seiner Freundin, einer fotografierenden Rockefeller.

»Ich habe Mama vorbeirasen sehen«, sagt er, »mit mindestens zweihundert Klamotten.«

Roger hat in Europa studiert.

»Hast du das mit dem Vater von Hank und mit Hank gehört?« sage ich.

»Wie ist denn das Spiel ausgegangen?« sagt mein Bruder.

Wir haben uns nie gut verstanden. Ich bin auch gar nicht sicher, ob er überhaupt mein Bruder ist. Einmal habe ich ihn mit meiner Mutter im Bett erwischt. Oder hat er *mich* erwischt? Keine Ahnung mehr. Ach, Scheiße, Kalifornien ist echt langweilig.

»Soll ich ein Foto von dir machen?« sagt die Rockefeller.

»Mach eins von Hank«, sage ich. »Ich möchte ihn dann malen.«

Hanks Mama kommt und ist hackevoll. Sie fährt mit dem Cadillac die Glaswand vom Swimmingpool zu Bruch. Sie hat noch die schwarzen Kleider von der Beerdigung an.

»Warum hat dieses Arschloch von meinem Sohn mich sitzenlassen?« schreit sie.

Dann sieht sie ihn und sagt: »Du sollst dich doch nicht so volldröhnen, Hank.«

Sam kommt aus dem Haus und sagt, die Lakers haben mit dreißig Punkten gegen die Worthy gewonnen. Er wird sich nie ändern. Das sind die Sachen, die ihn interessieren. Ich glaube, er hat im ganzen Leben noch kein Buch gelesen, geschweige denn, einen Strohhalm im Mund gehabt. Ich möchte sterben, sterben, sterben, aber das machen hier schon alle.

Die Erzählung des Mannes mit dem Umhang

Oleron

> Das Land unserer Sehnsucht jedoch ist Normalität, Anstand, Liebenswürdigkeit; es ist das Leben in seiner verführerischen Banalität.
> Thomas Mann

Gegen Mitternacht brach das Gewitter los. Vorausgegangen waren dumpfe, ferne Töne, und dann hatten die ersten Blitze die Vorhänge aus Kastanienkronen an den Straßenrändern erleuchtet. Als der Regen dicht wurde, ging ich vom Gas. Der Badle-Paß ist nur fünfzig Kilometer von der Stadt entfernt, aber es kommt mir immer vor, als ob ich durch ein vergessenes Land fahre. Die Straße ist schmal und aufgeworfen und voller Serpentinen, die sich um riesige fahle Felswände schlängeln oder dicht an den Abgründen des Tals entlangführen, das den Namen *Tal des Schattens* trägt. Bis hierher dringt keine Sonne, und die paar Strahlen, die über den Gebirgskamm kommen, verlöschen in einem dichten feuchten Wald voller toter Baumstämme. Es gibt nur sehr wenige Häuser, und fast alle sind unbewohnt.

Ich fuhr vorsichtig und ängstlich, aber der Regen wurde bald so gewaltig, daß mir die Scheibenwischer, obwohl sie wie wild arbeiteten, nur mühsam ein paar Augenblicke Sicht verschafften. Heftiger Wind bog die Baumwipfel, überhängende Äste klatschten dumpf auf mein Auto. Einer der Äste legte sich wie der Arm eines monströsen Affen buchstäblich über die ganze Windschutzscheibe, so daß ich voll auf die Bremse steigen mußte.

Ich schaltete das Radio ein, um mir Mut zu machen: Ich gebe zu, ich hatte Angst. Es war nur noch eine Stunde bis zum nächsten Dorf, und in dieser Gegend wäre ich nicht gern stekkengeblieben. Aber das Radio blieb stumm. Ich stand unter einer sehr hohen Schlucht, und ich hörte von oben einen

Wildbach herunterdonnern: Hier kann mich, dachte ich, überhaupt kein Sender erreichen.

Ich versuchte, das Auto wieder anzulassen, aber es ging nicht. Der Motor schluckte und hustete, gab aber nicht die geringste Andeutung des beruhigenden Laufgeräuschs von sich. Und schließlich schwieg er ganz. In diesem Augenblick wurde mir das jahrhundertealte Schweigen des Waldes bewußt.

Ich zündete mir eine Zigarette an und versuchte, mich zu fassen. Vielleicht kam ja, trotz der späten Stunde, jemand vorbei. Ich versuchte, mir auszumalen, was ich Lea erzählen würde, die in einem alten Hotel in Badle auf mich wartete. Wir würden witzeln über die »Risiken« meines Berufs. Aber dann schlugen meine Gedanken plötzlich eine andere, weniger beruhigende Richtung ein.

Ich bin in einem Tal nicht weit von diesem hier geboren, und ich entsinne mich noch genau des Geredes über die Bewohner des Schattentals. Im Winter war immer ein großer alter Mann mit hagerem Gesicht und grauem Bart aus dem Schattental durch mein Dorf gekommen. Er trug einen Pelzmantel, auf dessen Rücken ein Wolfskopf prangte. Er kam ins Dorf, um Säcke zu kaufen. Dutzende von Säcken. Dann verschwand er wieder. Aber eines Nachts hatte ich ihn ein Lied singen hören:

Das Licht löscht Schatten niemals aus
der Schatten aber löscht das Licht
der Tag dich narrt, läßt dich allein
die Nacht wird deine Herrin sein.

Hörte ich hier, im Rauschen des Windes, der die Bäume bog, nicht die Töne derselben Melodie?

Schauder liefen mir über den Rücken. In meinem Auto wurde es allmählich kälter. Ich war zornig auf mich selbst. Ich konnte mich doch unmöglich, ein paar Kilometer von den Lichtern der Stadt entfernt, von einem Herbstgewitter erschrecken lassen. Als ich ausstieg, peitschte mir der eisige Regen ins Gesicht.

Nach ein paar Schritten faßte ich wieder Mut: Genau am Ende der nächsten Serpentine schaukelte ein Licht.

Ich ging weiter und bekam nasse Schuhe in dem schmutzigen Rinnsal, das eine vom Regen ausgewaschene Furche entlangfloß. Irgendein Nachtvogel flatterte über mich hinweg, hing in der Luft und stieß einen erstickten Ruf aus. Ohne es zu merken, fing ich an zu laufen, bis ich vor dem Licht stand. Ich erkannte ein Bauernhaus mit abgebröckelten Wänden. Die Fenster schienen seit wer weiß wie langer Zeit verschlossen, aber durch eine halbmondförmige Öffnung unter dem Fenstersturz drang mattes Licht. Ich klopfte, und nach einem Augenblick, in dem zwei entsetzliche Blitze niederfuhren, öffnete sich die Tür, und ich sah eine Gestalt, die ich nicht gleich erkennen konnte. Es hätte ein kleiner Junge oder ein kleiner Mann sein können. Die Stimme war mehr ein Röcheln, wie von einem Schwerkranken, und ich verstand kein Wort. Als die Gestalt die Lampe hob, erkannte ich eine Alte. Eine grauenerregende Alte mit Froschaugen, die aus einem völlig zerstörten, anscheinend verbrannten Gesicht hervorquollen. Ihr Körper war von Arthrosen entstellt, und sie bewegte sich, als hinge sie verrenkt und qualvoll an unsichtbaren Fäden. Der zahnlose Mund war feuerrot bemalt, und auf den Wangen lag, ungeschickt hingepinselt, ein Hauch Rouge. Eine für einen Ball herausgeputzte Tote, dachte ich schaudernd. Aber ich riß mich zusammen und erklärte ihr meine Lage.

»Ich bin mit meinem Wagen liegengeblieben, nicht weit von hier... Wenn ich vielleicht mal telefonieren dürfte...«

Die Alte lachte. Ein grausames Kinderlachen.

»Hier gibt's kein Telefon... Aber da oben, in der Villa Oleron, da finden Sie eins...«

Dieser Name war das Schlimmste von allem.

»Oleron, sagten Sie? Etwa Graf Oleron?«

»Graf Maurizio Denian Oleron«, verkündete die Alte. »Kennen Sie ihn?«

»Wir sind... zusammen zur Schule gegangen«, erwiderte ich.

»Na, dann«, sagte die Alte, »dürfte es ja nicht schwer sein, Hilfe zu bekommen. Hier hinten ist ein Treppchen. Steigen Sie hinauf, dann kommen Sie zur Villa Oleron. Es ist nicht beleuchtet, geben Sie also acht, wo Sie hintreten. Und sehen Sie zu«, die Augen der Alten blitzten auf, »daß Sie durch den Haupteingang gehen. Nehmen Sie *auf gar keinen Fall* die Hintertür, die mit dem Wolfskopf als Klopfer... Befolgen Sie meinen Rat, Herr Egistus.«

»Danke«, sagte ich, »aber... woher kennen Sie meinen Namen?«

Die Alte antwortete nicht. Sie sperrte die Tür wieder zu. Als ich mich umdrehte, kam es mir vor, als sähe ich einen Mann hinter dem Fenster.

Ich muß euch nun erklären, weshalb jener Name eine derartige Erregung in mir ausgelöst hatte und wieso ich mich mitten im Regen auf eine steinerne Bank setzte und nicht wußte, ob ich das Treppchen zur Villa hinaufsteigen sollte oder lieber nicht. Oleron und ich waren zusammen im Internat und durch eine seltsame Freundschaft verbunden gewesen. Immer aber hatte ich Angst vor ihm gehabt, seit dem Tag, an dem er zum ersten Mal aufgetaucht war. Ich lebte damals schon im Filodossi-Internat, einem häßlichen Kasten faschistischer Bauart auf einem Hügel nahe der Stadt Lyz. Man erreichte es auf einer langen, von Kastanienbäumen gesäumten Straße. Eines Abends, etwa um die Hälfte des ersten Trimesters, sahen wir auf dieser Straße eine von zwei Pferden gezogene altmodische Kutsche näherkommen. Die unverhoffte Erscheinung wurde vervollkommnet durch Olerons Auftritt. Er war ein dünner Junge mit schmalen, fast orientalischen Augen und langen buschigen Augenbrauen, die zur Feinheit seines übrigen Gesichts in Kontrast standen. Er trug die Haare nach hinten gekämmt, war ganz in Schwarz gekleidet und hatte zwei spitze goldene Anstecknadeln auf der Brust.

Man brachte ihn im abgelegensten Teil des Internats unter,

in einer Remise am Ufer des kleinen Sees. Als er sich am ersten Abend im Speisesaal zeigte, war er zuerst Zielscheibe von halblaut vorgebrachtem Spott über sein Aussehen und seine berühmte adlige Familie. Sein eisiger Blick jedoch brachte die Witzchen sofort zum Verstummen. Es war eine Kälte und Distanziertheit um ihn, die Angst einflößten.

»Riecht irgendwie nach Friedhof hier«, kommentierte, wie ich mich erinnere, einer der Zöglinge, aber niemand mochte über seinen Scherz lachen.

Innerhalb weniger Tage hatte Oleron zwischen sich und den anderen eine Trennmauer errichtet. Er schien das aber nicht aus Snobismus zu tun, auch nicht aus Hochmut. Er interessierte sich einfach nicht für uns, da ihn offenbar *überhaupt nichts* interessierte. Er sprach mit niemandem, und die Lehrer hatten ebenso Angst vor ihm wie wir. Er war ein vollkommen unberechenbarer Schüler. Manchmal erwiderte er, wenn er an die Tafel gerufen wurde, nur gelangweilt: »Ich komme nicht.« Und niemand vermochte, ihn zu überreden: Er ließ den Lehrer sich einfach atemlos predigen. Dann wieder konnte er sich für irgendein Fach plötzlich begeistern. Er war sehr gut in Latein und Griechisch und mochte manche Gebiete der Naturwissenschaft, Anatomie zum Beispiel. Literatur ließ ihn kalt, seine Aufmerksamkeit erwachte allerdings, sobald es um blutrünstige Szenen ging, um gewaltsame Tode, um Höllenlandschaften. Seine Aufsätze waren eher nichtssagend, ganz im Gegensatz zu ihm selbst, so als wollte er in ihnen Normalität demonstrieren. Aber irgendein Satz, ein Adjektiv, ein Wort gab ihnen eine beunruhigende Wendung. Was er las, war alles andere als Schullektüre. Seine gesamte freie Zeit verbrachte er in einer Ecke der Bibliothek, und ich sah ihn immer, wenn ich einen Blick dorthin warf, über Bücher gebeugt, die ich damals nicht kannte, Milton und Lovecraft, Poe und Pétrus Borel, Nodier, Lacenaire, Blake, de Sade, Swinburne, Schriften über Schwarze Magie und Dämonologie. Die weißen Hände zusammengepreßt an den Schläfen, las er stundenlang. Und nichts von dem, was im Internat vorging, schien mit ihm zu tun zu haben. Er kam auch abends nicht mehr in den Gemeinschaftsspeisesaal, er hatte die Erlaubnis erhalten, auf seinem Zimmer zu essen. Oft konnte man noch spätnachts Licht in seinem Fenster über dem kleinen See sehen.

Die Lehrer kapitulierten nach einer Konferenz, in der der Direktor ihnen etwas über die Besonderheiten dieses Zöglings mitgeteilt hatte, vor ihm, und auch das höhnische Grinsen und das Getuschel in den Klassenräumen hörte auf. Nur ein gewisser César, ein aggressiver, dicker Junge und eine Art Klassensprecher von uns, konnte Olerons Fürsichsein nicht vertragen und nannte ihn verächtlich »Seine Majestät«. Er schwor, er würde ihn früher oder später schon »geradebiegen«.

Zweimal in der Woche gingen wir in den Internatspark, wo ein sogenannter Turnlehrer, ein altes Männchen mit nur noch einem Lungenflügel, vorgab, Turnunterricht zu geben. In Wirklichkeit galt Leibeserziehung nicht viel, und so übten sich lediglich ein paar wenige Helden bei improvisierten Volleyballspielen, während die anderen vor sich hin dösten oder die Spieler mit Grimassen oder Sprüchen anfeuerten.

Oleron verschwand bei diesen Gelegenheiten stets in den Heckenrosen und ließ sich nicht mehr blicken. So kam es, daß César beschloß, jetzt sei aber mal »ein ernsthaftes Match nötig«, und uns wie ein Boß einen nach dem anderen aufs Spielfeld rief.

»Wir sind zwölf in der Klasse«, sagte César, »und wir wollen wenigstens einmal ein reguläres Spiel spielen, sechs gegen sechs.«

»Au ja«, sagte Werner, ein boshafter Rotschopf, »aber der zwölfte ist Seine Majestät.«

César stand einen Augenblick lang reglos und schnaubend mitten in unserem Grüppchen.

»Diesmal wird Seine Majestät mitspielen«, sagte er dann und lief zu dem Heckenrosenstrauch. Wir liefen hinter ihm her und sahen, wie er zögernd davor stehenblieb. Da drinnen war Olerons Geheimnis, und niemand von uns mochte ihn herausfordern.

»He, Stutzer«, rief César jetzt. »Komm raus, wir brauchen dich.«

Oleron gab keine Antwort.

»He«, schrie César noch einmal wütend, »wir haben deine Marotten satt... Entweder du kommst jetzt raus, oder ich haue dir ein schönes schwarzes Auge, passend zu deinen Klamotten.«

César drehte sich zu uns, um zu sehen, wie seine Rede wirkte. Niemand wagte zu atmen.

Oleron kam aus dem Gebüsch. Seine Augen blitzten ironisch, und er hatte eine rötliche Schramme auf der Wange, von einem Rosendorn; sie sah aus wie das Barthaar eines Tieres. Er hielt eine Hand hinter dem Rücken. Herausfordernd blickte er César an, der einen ziemlichen Teil an Sicherheit eingebüßt hatte, sich jetzt aber wieder faßte und sagte: »Stutzer, ich weiß ja nicht, was du da drin so Vergnügliches treibst, aber jetzt kommst du raus und spielst mit uns.«

Oleron lächelte: ein Lächeln wie eine giftige Blume. Dann zog er langsam die Hand hinter dem Rücken hervor und hielt sie César unter die Augen. Darin war eine seiner spitzen Anstecknadeln, und auf dieser Nadel war ein großer Schmetterling aufgespießt, der im Todeskampf mit den Flügeln zuckte.

»So was macht mehr Spaß«, sagte Oleron.

Wir traten den Rückzug an. Seitdem hat niemand mehr Oleron herausgefordert oder auch nur seine Gesellschaft gesucht.

Einige Monate vergingen. Oleron kapselte sich immer mehr ab. Es hieß, die Putzfrauen wollten aus irgendwelchen Gründen sein Zimmer nicht mehr betreten, und so durfte er es selbst besorgen und den Schlüssel behalten. Im Unterricht schwankte er weiter zwischen erstklassigen Leistungen in Latein und Griechisch und der kategorischen Weigerung, an die Tafel zu kommen. Wenn kirchliche oder religiöse Themen behandelt wurden, zischelte er abfällige Bemerkungen und unverständliche Lästereien. Er las weiter seine verdammten Bücher, die niemand ihm wegzunehmen wagte, und er wurde immer dünner und bleicher. Seit er in das Internat gezogen war, hatte er nicht einmal Besuch bekommen, und er hatte offensichtlich auch nie einen Brief geschrieben oder erhalten.

Anfang Februar fing er an, zu spät zum Unterricht zu erscheinen. Wenn er endlich kam, hatten seine Augen Ringe wie nach einer schlaflosen Nacht, und er sank auf seiner Bank zusammen. Oft schlief er ein und wachte mit einem erstickten Schrei wieder auf.

Dann kam er nicht einmal mehr in Latein und Griechisch an die Tafel. Eines Morgens erschien er mit einer Wunde am Hals. In der letzten Stunde, als wir zusammenpackten und aus dem Klassenzimmer gehen wollten, sah ich, daß ihm die Kraft zum Aufstehen fehlte. Ich bekam Mitleid, überwand meine Angst und fragte ihn: »Geht's dir nicht gut? Brauchst du Hilfe?«

Er gab keine Antwort. Ich nahm seine Hand, sie war eiskalt. Plötzlich riß er den Kopf hoch und brüllte: »Mir geht's prima, und ich brauche niemanden.«

Schwankend stand er auf und ging in sein Zimmer, wo er sich einschloß.

An jenem Nachmittag jedoch erlebte ich eine Überraschung. Ich saß in der Internatsbibliothek, einem Raum mit sehr hohen Wänden voller symbolischer Fresken, die nach Meinung des Malers an Szenen aus der Göttlichen Komödie erinnern sollten, und las in einem Geschichtsbuch.

Da glitt Oleron lautlos neben mich. Er legte ein Buch auf den Tisch und zeigte mir eine Abbildung darin. Es war eine monströse Szene: Ein orientalisches Schloß, wo zwei Tiger vor den Augen eines sadistischen Sultans kleine Mädchen und Jungen zerfleischten.

»Ist doch interessanter als das hier alles, was?« sagte Oleron und deutete auf die Bücherwände, die uns umgaben. »Geschichtsbücher sagen nicht die Wahrheit«, fuhr er fort und schloß mein Buch, »denn sie erzählen nicht, was in all den rätselhaften Schlössern und den geheimen Zimmern geschah. Die Geschichte liegt hinter einer verschlossenen Tür.

Heldentaten, Eroberungen, der Fortschritt: alles Lüge! Geschichte besteht aus Grausamkeit!«

Ich antwortete nicht. Die Illustrationen in seinem Buch zogen mich an und erschreckten mich gleichzeitig. Oleron las mir einen Abschnitt vor. »Hör zu«, sagte er, »die Worte eines wahren Dichters:

Das Feuer ist meine Zärtlichkeit,
denn Engel und Bestie sind
sich in meinem Geist in die Arme gesunken.
Im Herzschlag der Agonie liegt das heiligste Leben.
Warum also sollte ich dich nicht lieben,
warum sollte ich dich nicht töten?

»Ich finde, das sind keine vernünftigen Worte«, sagte ich erregt. »Und so würde bestimmt niemand einem Mädchen eine Liebeserklärung machen.«

Oleron lächelte und zeigte mir ein anderes Buch. Es war der *Prozeß gegen Gilles de Rais*.

»Das war auch ein Mann«, sagte er jetzt hitziger, »der aus der Liebe eines Mannes und einer Frau geboren worden ist. Alles, was er tat, tat er, weil es in seinem Wesen lag. Wie in deinem und in meinem. Und wenn das Gefasel der ›Lehrmeister‹ in diesem Internat, diesem Gefängnis, unseren Wahrheitsdurst nicht löscht, dann werden wir sein können wie er.«

Dabei sah er verächtlich hinüber zum Geschichtslehrer, der auch in der Bibliothek saß. Als hätte er diesen Blick gespürt, ermahnte uns der Lehrer, ruhig zu sein und nicht zu stören. Gierig fing ich an, von Gilles de Rais' frevelhaften Taten zu lesen. Und Oleron sah weder mich noch das Buch an, sondern lächelte vor sich hin, als läse er es mit mir zusammen und hätte es vollständig in sich, Seite für Seite.

Am nächsten Tag konnte ich dem Unterricht nicht mit aller Aufmerksamkeit folgen. Oleron saß plötzlich wieder neben mir. Er zeigte mir ein auf kostbarem Papier gedrucktes Büchlein und eine Illustration. Es war eine Zeichnung von Beardsley zu Edgar Allan Poes »Ligeia«.

»Wie findest du das?«

»Faszinierend, Oleron«, antwortete ich. »Aber wohin führen solche Bücher? Was für eine Hoffnung können sie uns geben? Warum müssen wir die lieber lesen als die Bücher, die man uns in den Schulen empfiehlt und in denen alles klar und vernünftig ist?«

»Das hast du gut gesagt, Egistus«, sagte Oleron. »*Wir müssen*. Hör mal, was Baudelaire über Edgar Allan Poe sagt: ›Gibt es demnach eine diabolische Vorsehung, die von der Wiege an das Unglück vorbestimmt, – die geistige und engelhafte Naturen mit *Vorbedacht* einer Umgebung aussetzt, die ihnen feindlich gesinnt ist, so wie die Märtyrer in den Zirkus geworfen wurden? Gibt es denn Seelen, die für den Altar bestimmt sind, *geweihte* Seelen, die dazu verdammt sind, auf dem Weg zu Tod und Ruhm ihr Leben in Trümmer sinken zu sehen? Wird der Alptraum der *Ténèbres* diese Ausnahmeseelen ewig bedrängen? – Vergeblich wehren sie sich, vergeblich passen sie sich der Welt, ihren Ansprüchen, ihren Listen an; sie vervollkommnen ihre Vorsichtsmaßnahmen, versperren alle Ausgänge, verpolstern die Fenster gegen die Wurfgeschosse des Zufalls; aber der Teufel schlüpft durch ein Schlüsselloch herein; eine Vollkommenheit wird die Stelle sein, wo sie verwundbar sind, und eine Überlegenheit der Keim ihrer Verdammnis.‹«

So begann meine Freundschaft mit Oleron. Und bald begriff ich auch, warum er bestimmte Fächer besonders gern mochte.

»Latein und Griechisch«, erklärte er mir, »sind die Sprachen der magischen Werke. Auch Arabisch und Altchinesisch sind Sprachen, in denen das Geheimnis gehütet wird. Von den modernen Sprachen eignet sich keine, die Zeichen der Zeit hinter der Zeit zu deuten.«

»Was meinst du denn«, fragte ich, »mit der Zeit hinter der Zeit?«

»Das ist der Ort, an dem diejenigen wohnen, die vor uns da waren und die eines Tages die Welt wieder bewohnen werden. Wenn sie wiederkehren, dann werden sie uns in diesen

Sprachen befragen. Und wehe denen, die dann die uralten Formeln nicht kennen, die nicht zu beten verstehen! Und zwar nicht diese schändlichen Gebete der Kapitulation und der Unterwerfung. Sondern die Gebete der Schlacht. Den Schrei des gefallenen Engels. So werden wir uns wiedervereinigen und alle die auf dem Scheiterhaufen verbrennen, die uns auf dem Scheiterhaufen umgebracht haben!«

Ich tat, als hätte ich meine Zweifel, aber ich war erschrokken. Vergeblich versuchte ich, von Oleron Erklärungen über die Bedeutung seiner finsteren Sätze zu bekommen. Aber offensichtlich war ich für ihn nichts weiter als ein Spiegel seiner Gedanken. Er faszinierte mich immer mehr, so sehr, daß ich nach und nach das Interesse am Unterricht verlor. Beklommen wartete ich auf den Augenblick, in dem Oleron mir ein neues Buch bringen würde. Ich fing auch an, selbst nach solchen Schriften zu suchen. Meine Veränderung blieb nicht unbemerkt. Die Lehrer benachrichtigten meine Eltern: Meine Freundschaft mit Oleron beeinträchtige meine schulischen Leistungen. Die Klassenkameraden begannen, mich zu meiden.

Eines Abends, als ich im Park spazierenging, kam eine Frau vom Küchenpersonal auf mich zu.

»Lassen Sie sich nicht mit ihm ein!« sagte sie zu mir.

»Von wem reden Sie?«

»Lassen Sie sich nicht mit diesem seltsamen Jungen ein, Herr Egistus! Ich habe bis vor kurzem in einem von den Häusern am See geschlafen. Und ich habe die ganze Nacht merkwürdige Geräusche aus dem Zimmer von diesem Jungen gehört. Eines Morgens habe ich durch sein Fenster geguckt. Es sah aus, als wäre ein Wirbelsturm durch das Zimmer gefegt. Alles war durcheinander... umgerissen. Und die Matratze sah aus wie ausgeweidet von... ich weiß nicht was für einer Hand... Und auf der Wand... da waren so Zeichen...«

»Was denn für Zeichen?«

Sie gab keine Antwort. Wie durch einen Zauber war aus dem Dunkel Oleron aufgetaucht. Die schwarze Haartolle hing ihm über das halbe Gesicht, und der Ausdruck, mit dem er die Frau ansah, war furchterregend. Die flüchtete, und ich sah, daß sie sogar ein Kreuz schlug.

»Irgend etwas sagt mir, daß ihr über mich gesprochen habt«, zischte Oleron.

Ich antwortete ausweichend, und ich war unruhig. Ich hatte den Eindruck, daß mein Freund komisch atmete. Zum ersten Mal fiel mir auf, wie lang seine Hände waren.

»Du glaubst doch«, sagte er, »hoffentlich nicht alles, was über mich geredet wird...«

»Oleron«, sagte ich hastig, »warum hast du mich eigentlich nie in dein Zimmer gelassen?«

»Du bist noch nicht dafür bereit«, sagte Oleron trocken und ging davon.

Ein paar Tage lang sprachen wir kaum miteinander. Inzwischen wucherten viele beängstigende Geschichten über ihn. Ich erfuhr, daß er seine Eltern verloren und allein in einem alten Haus in Barcairn gewohnt hatte. Daß zwei seiner Brüder an einer rätselhaften Krankheit gestorben waren, einem Nervenleiden. Daß er häufig Bordelle besucht hatte. Die Polizei hatte ihn erwischt und nach Hause gebracht. Manche tuschelten, er sei pervers. Ein anderes, schrecklicheres Gerücht wußte von gewissen Grausamkeiten, welche seine Verwandten dazu veranlaßt hatten, ihn in ein Internat zu sperren. Besonders irritierend war auch, daß Oleron sich geweigert hatte, sich der vor dem Einzug ins Internat üblichen medizinischen Untersuchung zu unterziehen.

Aber wie das manchmal so ist, diese ganze Litanei von Behauptungen wirkte auf mich alles andere als abschreckend. Ich fand es einfach nicht gerecht, daß alle gegen ihn waren. Er war doch eigentlich immer für sich und fiel niemandem zur Last, ganz im Gegensatz zu so vielen anderen »braven Schülern«, deren Tücke und Bosheit ich kannte. Olerons würdevolle Abkapselung hatte auch etwas Verzweifeltes. Nachdem ich ihn kennengelernt hatte, besaßen Schulbücher für mich nicht mehr dieselbe Bedeutung. Mein Desinteresse für den Unterricht wurde allmählich total, mein Blick auf die Klassenkameraden verächtlich wie der von Oleron.

»Keiner von all den Sätzen, die wir in diesem Gefängnis zu hören kriegen, sind wert, angehört zu werden«, sagte Oleron.

Vielleicht stimmte das. Und es gab andere Wörter, in einer rätselhaften, furchterregenden Sprache. Mit was und mit wem sollten wir uns wiedervereinigen?

Eines Morgens traf ich zu meiner Überraschung Oleron, der im Schulhof auf mich wartete. Es war sehr kalt, es hatte auch geschneit. Oleron trug einen schwarzen Umhang, der für einen Jungen in seinem Alter ein bißchen lächerlich wirkte. Ohne jede weitere Erklärung sagte er: »Schule fällt heute aus. Ich muß dir etwas zeigen.«

Wir gingen zu der alten Einfriedungsmauer, die das Internatsgelände gegen die Felder abgrenzte. Ein paar Steine waren herausgenommen, und man konnte einfach hinüberklettern. Manche der Internatszöglinge nutzten diesen Durchschlupf zu nächtlichen Ausflügen, aber wir kletterten am hellichten Tag hinüber, und es war ein Wunder, daß uns niemand dabei sah. Oleron sprang unerwartet behende hinunter und ging mit schnellen Schritten die Straße entlang, die in die Stadt führte. Ohne sich um meine Fragen zu kümmern, bog er in einen Kiesweg zwischen Brombeerhecken ein, der uns bis zu einem weißen Gebäude führte. Dort angekommen, kletterte er auf eine Mauer und von da auf das Dach eines Hauses. Von oben konnten wir in den Hof der Anlage sehen, wo ein paar Männer hin und her gingen. Aus ihren Bewegungen und ihrem Gebrüll ließ sich unschwer ablesen, daß es sich um aufgebrachte Geisteskranke handelte und der Hof zu einem Irrenhaus gehörte.

»Da sind sie«, sagte Oleron. »Sie haben die *Vorunsdagewesenen* gesehen. Sie haben der Medusa ins Auge geschaut. Melmoth spricht für sie, mit der Stimme der Bestie.«

Angstvoll hörte ich Olerons Worten zu, die vom Schreien und Flehen der Unglücklichen dort unten unterbrochen wurden. Aber aus Olerons Stimme klang kein Mitleid.

»Sie sind auf die Wahrheit gestoßen, und die Wahrheit hat sie zerbrochen. Es gibt jedoch Menschen, die ihr ins Gesicht sehen können. Wenn ich einst auf die Wahrheit stoße, dann werde ich nicht mit solchem Schreien und Stammeln antworten. Ich werde sagen: Heil euch, ich bin einer von euch. Und wie ihr will ich das Böse, mit jeder meiner innersten Fasern. Gebt mir Schutz, und ich werde euer sein, wie es vor mir Caligula und Gilles de Rais, Cortez und Vlad Drakul gewesen sind!«

Oleron schien jetzt wie besessen: »Dies ist der Weg, Egistus. Dies ist der Beweis, daß SIE existieren! Was sonst könnte die da unten so verwüstet haben? Etwas, das man uns in der Schule beibringt?«

Er sah völlig verstört aus, als er meine Arme packte und mich mit unvermuteter Kraft festhielt. Ich spürte, wie er mich auf dem abschüssigen Dach nach hinten schob.

»Halt!« schrie ich. »Ich stürze ab!«

Oleron schien mich gar nicht zu hören. Er schob mich weiter bis an den Rand der Regenrinne. Unter mir drohte metertiefe Leere. Ich schrie, versuchte mich ihm zu entwinden. Ich hörte, wie jemand anders auch schrie: Eine Frau war aus dem Haus gekommen und beobachtete entsetzt die Szene.

Oleron hielt inne, stützte mich und brach in schallendes Gelächter aus: »Mut, Egistus! Du willst die Geheimnisse des Schattens erfahren, aber du bekommst beim ersten Scherz schon Angst. Du bist ein schlechter Schüler.«

Auf dem Weg zurück zum Internat betrachtete ich ihn. Ich fragte mich, was passiert wäre, wenn die Frau nicht erschienen wäre: Hätte er wirklich aufgehört mit seinem »Scherz«?

Oleron hüpfte vor mir her und schlug von Zeit zu Zeit mit den Flügeln seines Umhangs. Der Himmel hatte sich wieder zugezogen, und es war noch kälter geworden. Ich blieb müde und unruhig stehen.

»Lauf nicht so schnell«, sagte ich. »Du siehst aus wie eine Fledermaus.«

Da lehnte er sich an einen Baum und schloß den Umhang. Irgend etwas war mit seinem Körper, irgendein Defekt, den ich nie bemerkt hatte. In diesem Augenblick hatte ich das Gefühl, daß Oleron, wenn er wollte, etwas Entsetzliches würde geschehen lassen können. Er fuhr sich mit der Hand über das Gesicht. Ich sah, daß er zitterte.

»Laß uns heimgehen«, sagte er.

Sie erwischten uns natürlich, als wir zurückkamen. Sie drohten, uns aus dem Internat zu entfernen. Aber bald würden Osterferien sein, und so waren sie gnädig. Wir würden drei Wochen zu Hause verbringen.

»Herr Egistus«, sagte der Direktor, »Sie werden dort Zeit haben, über das nachzudenken, was mit Ihnen geschieht. Sie waren ein sehr guter Schüler. Aber nun liegt ein Schatten über Ihrem Kopf, und dieser Schatten hat einen Namen. Ich hoffe, daß Sie sich von ihm befreien. Was Oleron angeht, so kann ich nur sagen: Gott möge barmherzig sein mit ihm.«

Die Tage, die ich zu Hause verbrachte, rückten mir das Internat tausend Meilen weit weg. Es war, als wären mit Oleron auch alle jene Gedanken verschwunden, die mich vergiftet hatten. Ich las noch einmal die Bücher von Poe, Baudelaire, Nodier, Lewis und Milton, aber sie erschienen mir vollkommen anders. Gar kein Teufelswerk. Nur die Phantasie und das Leiden von Menschen wie mir.

Meine Eltern waren sehr erleichtert, als sie mich so heiter sahen. Wir schafften es sogar, Witze über Oleron zu machen, wir nannten ihn »Graf Kauz«. Nein, aus der Ferne besaß er keinerlei Macht. Ich hörte in dieser Zeit auch gerüchteweise, er sei krank geworden. Und er sei in »unsagbare Taten« verwickelt gewesen, und nur dank dem guten Ruf seiner Familie sei alles verschwiegen worden. Ich phantasierte lange über diese »unsagbaren Taten«.

Und dann lernte ich ein Mädchen kennen. Sie war die Tochter von Freunden, die uns auf dem Land besuchten: Blond, mit himmelblauen Augen, eine Sonne. Ganz gewiß anders als die Schönheiten in Beardsleys Zeichnungen. Wir kannten uns gerade eine Woche, da küßten wir uns schon in jedem verborgenen Eckchen, und ich war der glücklichste Mensch, und sie erklärte mir lachend:

»Stell dir vor, bevor ich das erste Mal hierherfuhr, hat mein

Vater mich gewarnt. ›Der wird dir nicht gefallen‹, sagte er, ›das ist ein seltsamer Junge, so traurig!‹«

Ich kehrte zurück in das Gefängnis Internat. Aber es waren nur noch drei Monate bis zum Schuljahrsende. Oleron war nicht wiedergekommen. Ich schloß mich César und seiner Bande an. Ich verbrachte die Zeit mit Lernen und mit Briefen an Eleonora. Eines Morgens bemerkte ich, daß meine Klassenkameraden wieder auf Distanz zu mir gingen. Ich brauchte nicht lange, um zu begreifen, was geschehen war. Das Fenster des Zimmers über dem kleinen See stand offen. Oleron war zurückgekehrt.

Er stand plötzlich vor mir, am Eingang zum Speisesaal. Er war noch dürrer, er sah aus wie ein Gespenst. Er hatte wieder Wundmale am Hals. Er redete wie irre auf mich ein:

»Du mußt mir helfen, Egistus. SIE sind gekommen und haben zu mir gesprochen. SIE sind stärker als ich, aber ich habe widerstanden. Du mußt mir helfen!«

Etwas an ihm war jetzt noch furchterregender. Es war, als gäbe es zwei oder drei Olerons, die miteinander rangen und von denen jeder den anderen in einem gnadenlosen Kampf zu vernichten trachtete. Er lief neben mir her und sprach abwechselnd mit einer tiefen, gutturalen und einer spitzen, hysterischen Stimme:

»Ich werde widerstehen. Es gibt nur eine Weise, ihnen zu widerstehen... Und die ist, so zu werden wie SIE... Du wirst es sehen... Du weißt nicht, wie man sich TRANSFORMIEREN kann... du weißt nicht...«

Plötzlich sah er mir in die Augen. Er schwieg einen Moment lang, dann sagte er:

»Du hast dich verändert!«

Er sprach mit einer eisigen Grausamkeit, die mich schaudern ließ. Ich konnte seinen Blick nicht aushalten und rannte ins Klassenzimmer. Er war sofort wieder bei mir.

»Das Gute ist in dich gefahren«, zischte er. »Du bist vom Weg abgekommen. Aber du kannst mich jetzt nicht im Stich lassen...«

Seine Hand griff wie eine Klaue nach meinem Arm. Seine Lippen bebten.

Ich begriff, daß ich mich von ihm befreien mußte, solange noch Zeit dafür war: Mit einem Schrei entwand ich mich und stieß ihn von mir, so daß er zu Boden fiel. Der Lehrer unterbrach den Unterricht. Er wollte wissen, was passiert war. Ich gab keine Antwort. Der Lehrer fing an zu brüllen, Oleron hielt den Kopf gesenkt und schwieg. Dann hob er ihn und spuckte dem Lehrer ins Gesicht.

Dann war das Schuljahr zu Ende. Ich kam in die nächste Klasse und verließ das Internat ohne Bedauern. Vor dem Sommer wollte ich mit Eleonora Ferien am Meer machen. Von Oleron erfuhr ich nur, daß er, seit sie ihn aus dem Internat geworfen hatten, in Barcairn lebte und sehr krank war. Entsprechend verblüfft war ich, als ich eines Tages einen Brief von ihm zugestellt bekam.

Lieber Egistus,

ich brauche Dir wohl nicht zu sagen, wie traurig ich darüber bin, wie wir auseinandergegangen sind.

Ich habe damals wirklich eine schlimme Zeit durchgemacht, und ich habe mich aufgeführt wie ein Idiot. Bald breche ich endgültig auf in ein fernes Land. Ich möchte nicht, daß Du mich in schlechter Erinnerung behältst: Du warst eigentlich der einzige Freund, den ich gehabt habe während meines Ausflugs in die Welt der Sterblichen. Ich bitte Dich, besuch mich morgen abend gemeinsam mit Deiner unbefleckten Gefährtin zu Hause. Wir könnten zusammen zu Abend essen, und ich werde Dir beweisen, daß auch ich zu Gefühlen wie Gastfreundschaft und Dankbarkeit fähig bin. Ich bitte Dich, schlag mir diesen letzten Gefallen nicht ab.

Oleron

Ich war sehr verstört über dieses Schreiben. Zum ersten Mal schien Oleron tatsächlich zu merken, daß ich existierte, und überhaupt jemanden wie einen Menschen zu behandeln. Aus seinem Brief klangen Demut und Einfachheit, auch wenn einige Passagen wie »mein Ausflug in die Welt der Sterblichen« oder »Deine unbefleckte Gefährtin« darauf hindeuteten, daß noch nicht alles im Hirn meines Klassenkameraden zur Ruhe gekommen war.

Ich konnte Eleonora überreden, die Einladung anzunehmen.

Oleron lebte in einer Gasse im ehemals reichen, aber inzwischen verfallenen Viertel Barcairn. Das Haus lag mit drei Seiten zur Straße hin, und seine Mauern waren mit verdorrtem, blaßgelbem Efeu bewachsen. Hier und da konnte man Fragmente von abgeblätterten Fresken, Wappen und abgeschlagene Wolfsköpfe erkennen. Eine aufgeputzte Dienerin, ganz in Schwarz, führte uns über eine dunkle Freitreppe in die Wohnung. Oleron stand erwartungsvoll mitten in einem Raum, einem großen Gewölbe. Weiter hinten gab es einen Tisch mit einem Strauß süßlich duftender weißer Rosen. Das einzige Licht kam aus einer Stehlampe in Form eines Reihers, die Fenster waren mit schweren roten Vorhängen verdunkelt. Nichts Teuflisches war an diesem Raum... es herrschte eher eine undefinierbare sakrale Stimmung. Oleron selbst hatte etwas von einem Priester, als er uns Essen und Wein servierte.

Das war nicht der alte Oleron. Er war ordentlich frisiert und trug ein weißes Hemd, das seinen narbenübersäten Hals freiließ. Er wirkte ruhig und herzlich, und ab und zu versuchte er sich sogar mit einer geistreichen Bemerkung. Er fragte nach den Lehrern, die er »diese Inquisitorenherde« nannte, und als wir ihm erzählten, daß wir ans Meer fahren wollten, sagte er: »Das Meer... wenn ich da am Strand zwischen lauter Badegästen mit meinen schwarzen Kleidern auftauchen würde, das wäre bestimmt ein tolles Ereignis.«

Diesmal lachten wir alle drei. Auch Eleonora entspannte sich. Oleron trank weiter und wurde immer brillanter. Dann ging er in das Zimmer nebenan, er habe eine Überraschung für uns, sagte er. Als er wiederkam, erklang Musik von einem Plattenspieler, der Fledermauswalzer von Strauß. Galant bat Oleron Eleonora um einen Tanz. Ich bemerkte etwas, das mich unruhig machte: Olerons lange Hand umschlang Eleonoras Taille auf eine Weise, die ich nicht definieren kann... Es war, als wäre es *die Hand von jemand anderem*. Aber das war gewiß nur so ein Eindruck, denn Eleonora wirkte nicht im geringsten irritiert, sondern tanzte, weiß und wunderschön, in Olerons Armen. Sie wirbelten durch den Raum, Oleron führte meisterlich, und sie drehten sich so heftig, daß Eleonora schließlich lachend auf einen Sessel sank.

»Mir schwirrt der Kopf«, sagte sie.

Ich sah, daß sie bleich war und keuchte. Oleron hielt ihre Hand.

»Das ist nichts weiter«, beruhigte er uns. »Das kommt vom Tanzen.« Aber Eleonoras Herz schlug nur schwach, und einen Augenblick später fiel ihr Kopf nach hinten, sie wurde ohnmächtig.

»Ich hätte sie nicht gleich nach dem Essen zum Tanzen auffordern dürfen«, sagte Oleron. »Ich hole etwas, damit sie wieder zu sich kommt.«

So blieb ich mit Eleonora allein. Ich hielt ihren Kopf. Sie sah aus, als ob sie schliefe. Ihr Atem ging regelmäßig, aber sie reagierte nicht, als ich sie anredete. In diesem Augenblick hörte ich im Nebenzimmer ein schauderhaftes Geräusch. Es war eine tiefe Stimme, aber keine menschliche, und sie schien direkt aus den Eingeweiden der Erde zu kommen: *Die Klage eines unterirdischen Scheusals*.

»Oleron!« schrie ich.

Die Tür sprang auf, und ich sah ihn. Er war verwandelt. Die Maske war gefallen, und vor mir stand wieder der alte Oleron, das bleiche Monstrum jenes letzten gemeinsamen Schultags.

»Egistus, mein Freund«, sagte er. »Was für ein Getue! Welch alberne Komödie! Erkennst du mich jetzt?«

»Was hast du vor?« fragte ich zitternd.

»Ich bin nicht vom Weg abgekommen«, sagte Oleron und

trat auf mich zu. »Und du wirst mir jetzt helfen, den letzten Schritt zu vollenden. SIE wollen einen Beweis. Wir dürfen keine Zeit verlieren.«

»Oleron«, sagte ich, »Eleonora geht es nicht gut... Was für einen Quatsch redest du da?«

»*Sie* ist mein Beweis, Egistus«, schrie Oleron. »*Sie* wird unser Geschenk an die Unermeßlich-Großen. Ein unschuldiges Mägdelein. Erinnerst du dich noch an das Bild in dem ersten Buch, das ich dir gezeigt habe, Egistus? Auch du müßtest doch inzwischen wissen, welche Opfer SIE bevorzugen...«

»Du Dämon!« schrie ich. »Rühr sie nicht an!«

»Ich habe ihr eine Droge gegeben«, fuhr Oleron fort. »Ein Pulver in den Wein. Und du wirst mir jetzt helfen, sie dorthin zu bringen. SIE warten schon, und sie würden sehr zornig werden, wenn sie nicht käme.«

Wieder hörte ich diese grauenerregende Stimme im Nebenzimmer. Ich traf meine Entscheidung in einem Augenblick. Ich griff die Lampe und schleuderte sie gegen Oleron. Er wich ihr aus, aber die Lampe fiel auf die Tischdecke und setzte sie in Brand. Oleron brüllte etwas, das ich nicht verstehen konnte. Ich packte Eleonora am Arm und flüchtete mit ihr nach draußen. Olerons Zimmer stand jetzt in Flammen. Auch er konnte sich durch einen Sprung aus dem Fenster in Sicherheit bringen.

Das Haus brannte vollständig ab. Den Feuerwehrmännern erklärte ich, es sei ein Unglücksfall gewesen. Ich hatte inzwischen zuviel Angst vor Oleron. Den Blick, den er mir zuwarf, als wir uns trennten, habe ich nie vergessen können. Sein Haus war niedergebrannt und mit ihm ALLES UND JEDES, was darin gewesen sein mochte. Olerons letzte Worte lauteten:

»Wir werden uns wiedersehen. SIE mögen es nicht, betrogen zu werden. Und sie verstehen zu warten.«

Nun begreift ihr wohl, warum ich zögerte, diese Treppe hinaufzusteigen. Plötzlich, nach zwanzig Jahren, tauchte Oleron wieder in meinem Leben auf. So als wäre alles vorherbestimmt. Jahrelang nach jenem Tag hatte ich nachgedacht über das, was passiert war. War da wirklich etwas gewesen in jenem Haus in Barcairn? Und was? Mit der Zeit hatte ich mir eingeredet, daß alles nur das Delirium eines wahnsinnigen, manischen jungen Mannes gewesen war, welches auch mich erfaßt hatte. Aber jetzt kam alles wieder hoch, und gegen die Schatten, die aus dieser angstvollen Nacht hochstiegen, kam mein Verstand nicht mehr an.

Es hatte aufgehört zu regnen. Wenn das Schicksal meine Schritte dorthin gelenkt hatte, dann mußte ich mich ihm stellen. Langsam erklomm ich die Stufen. Dann wurde vor dem Hintergrund des Bergs eine alte Villa mit vielen Balkonen und Fialen in einem verwirrenden Garten voller kopfloser Statuen sichtbar. Ein paar wolfsköpfige Chimären unter der Dachrinne spien Wasser. In den großen Fenstern, die trotz der Kälte offenstanden, blähten sich feuerrote Vorhänge im Wind. Es sah aus, als würde das Haus innerlich von Fieber geschüttelt. Wieder hörte ich einen Nachtvogel stöhnen. Ich läutete, ein schauriger Glockenton. Dann tat sich die Tür auf, und im Schein der Petroleumlampe sah ich Oleron wieder.

Er hatte sich nicht verändert. Dieselbe Blässe, derselbe besessene Blick. Das einzig Neue waren zwei sehr tiefe Falten zu beiden Seiten des Mundes und die leicht gelichteten Haare, die aber immer noch tiefschwarz waren. Ja, die Zeit hatte Oleron verschont.

»Es ist zwei Uhr nachts«, sagte er. Er erkannte mich nicht. »Darf man fragen, was Sie wünschen?«

»Oleron... Ich bin Egistus... Wir waren zusammen in der Schule...«

Oleron hob die Lampe, um mich besser sehen zu können, und er sah noch viel verstörter drein als ich. Augenblicklich veränderte sich sein Verhalten, genau wie in jener Nacht in Barcairn; er wurde übertrieben freundlich und schien regelrecht erschrocken. Aber diesmal kannte ich sein Spiel.

»Was für eine Überraschung«, sagte er, »nach so vielen Jahren. Wie kommst du denn hierher?«

»Eine Panne. Mein Auto liegt genau unterhalb von hier fest.«

»Dann war es also nicht dein Wille... Es war der Zufall, der dich hergeführt hat«, sagte Oleron und bat mich mit feierlicher Geste herein.

Ich sagte nichts. Oleron zündete eine weitere Lampe auf dem Tisch an, und ein palisandergetäfelter Raum tauchte vor meinen Augen auf. Zwei Wände waren von Bücherregalen verdeckt, in denen ich sofort seine Lieblingsbücher wiederentdeckte. An den anderen Wänden hingen orientalische Schwerter, rituelle Masken und zwei große Gemälde. Eine Medusa von Rubens und ein tibetanischer Teufel auf Reispapier.

Auf dem Schreibtisch verstreut lagen alte Manuskripte und der Schädel eines Tiers, das ich nicht erkennen konnte. Die Vorhänge breiteten einen blutroten Schimmer über alles. Es war genau das Haus, das zu Oleron paßte.

Er lud mich ein, Platz zu nehmen, und erkundigte sich sehr höflich nach meinem Leben. Ich antwortete eher einsilbig. Je mehr mein Gastgeber sich bemühte, normal zu wirken und alles für mein Wohlbefinden zu tun, desto stärker hatte ich das Gefühl, daß eine schreckliche Gefahr über mir dräute. Irgend etwas, das schon seit langer Zeit auf mich wartete, in diesem Haus.

Ich erzählte ihm von meiner Karriere als Journalist, und er erzählte, daß er, nachdem er ein paar Jahre im Orient verbracht hatte (um »Studien« zu treiben, betonte er lächelnd), in diese Villa gezogen sei, sein Familienerbe, wo er allein lebe. Er kaufe und verkaufe seltene Bücher, und sein Leben verlaufe »ruhig und ein bißchen langweilig«.

Ich glaubte kein Wort von dem, was er sagte. Vor allem, weil ich bereits Stimmen gehört hatte, nicht sehr ferne. Ich fragte ihn, wer die Alte in dem Haus unten an der Straße war und woher sie meinen Namen kannte.

»Die alte Linda«, lachte Oleron. »Erinnerst du dich nicht

mehr an die Dienerin in meinem Haus in Barcairn? Sie ist jetzt klapprig und halb verrückt seit dem Brand, den... wir damals ausgelöst haben, aber nach all den Jahren hat sie dich wiedererkannt... Ich habe sie behalten, aus Mitleid... Und Machen, den Fahrer, auch ... Erinnerst du dich an ihn?«

»Ich wollte keinen Brand auslösen«, sagte ich nach langem Schweigen. »Dazu hast du mich gezwungen.«

Oleron stand auf. Er schien auf etwas in der Ferne zu lauschen, dann schloß er eine Tür neben dem Bücherregal. Er setzte sich vor mich hin und sagte sehr ruhig: »Nun, da der Zufall dich hierher geführt hat, Egistus, sollte ich dir wohl erklären, was an jenem Tag wirklich geschehen ist: Ein Mißverständnis, ein kolossales Mißverständnis... Ich war als Junge ein bißchen verrückt, verstört, wie man in dem Alter so ist... Ich dachte... nun ja, ich dachte wirklich, wir könnten uns mit Eleonora ein kleines Fest machen.«

»Ein kleines Fest?«

»Ja, sicher. Keinen teuflischen Sabbat... verstehst du mich denn immer noch nicht? Hältst du mich für so anormal, daß du mir gewisse Gelüste gar nicht zutraust? Hinter meiner Lust an sadistischen Illustrationen von entblößten kleinen Mädchen steckte doch nicht, daß ich vom Teufel besessen war, sondern etwas für einen jungen Mann viel Üblicheres... Ich spielte damals ständig irgendwelche Rollen... Und als ich Eleonora sah, war ich überwältigt... Ich hätte sonstwas getan für ein so schönes Mädchen... Und ich habe geglaubt, wenn ich ihr Angst einjage, dann könnte ich bekommen, was ich wollte. Es war eine Dummheit, eine etwas perverse allerdings... aber die Idee hat mich erregt.«

»Willst du damit sagen, daß du... mit ihr ins Bett wolltest? Und mit mir...«

»Genau. Es hätte soviel passieren können in jener Nacht... Aber du wolltest ja nicht«, sagte Oleron traurig.

Ich schob den Vorhang beiseite und sah hinaus.

»Ich weiß nicht, ob ich dir glauben soll, Oleron«, sagte ich. »Du hast dich wirklich aufgeführt wie ein Wahnsinniger, von diesen mysteriösen Wesen geredet und...«

Ich hielt inne. Ich hatte von irgendwoher im Haus eine Frauenstimme gehört... dann einen Schrei... ein nichtmenschliches Gebrüll... *wie an jenem Abend*!

Ich schoß hoch.

»Da«, rief ich, »was ist da?«

Oleron sagte, ohne mit der Wimper zu zucken: »Ich habe nichts gehört.«

»Oleron, ich habe es deutlich gehört. Eine Stimme von einer Frau, ein Schreckensschrei.«

Oleron ging aus dem Zimmer.

»Ich sehe mal nach«, sagte er. »Aber ich bin sicher, daß du dich irrst.«

Ich blieb allein und weiß Gott nicht sehr ruhig. Verstört lief ich im Zimmer auf und ab. Auf dem Schreibtisch sah ich vier sehr scharfe Dolche liegen. Einer hatte merkwürdige Zeichnungen und eine Inschrift, einen lateinischen Vers: »*Tum cruor et volsae labuntur ab aethere plumae*«. Ich sah mir die Bücher genauer an. Einige hatten wirklich grauenerregende Illustrationen, es war ein Inferno der Weltliteratur. Viele waren in Chinesisch und hatten Einbände aus eigentümlichem grauen Leder. Ein Buch zog mich besonders an: Es war die Geschichte der Familie Oleron seit 1650. Ich wollte es aufschlagen, aber es war mit einer Spange und einem Schloß versperrt.

Ich hörte Olerons Stimme: Er schien jemanden anzuschreien. Ein Windstoß fuhr durchs Zimmer und warf die Papiere durcheinander. Ich konnte mir nicht verkneifen, einen Blick auf eins der Blätter zu werfen. Ich erkannte die Schrift: Es war die von Oleron. Ich las den Anfang:

> *Von allem Grauen, das mir vorstellbar war, liegt dieses jenseits jedes Denkens und jeder Vorstellungskraft... Was mir widerfahren ist, stand noch in keinem Buch beschrieben, in keiner Falte des Umhangs der Nacht...*

So ertappte mich Oleron: beim Lesen seines Tagebuchs.

»Zwanzig Jahre haben wohl nicht vermocht, deine Vertrautheit mit mir zu beenden, Egistus«, sagte er eisig. »So wie du hier in meinen Sachen herumschnüffelst.«

Er entriß mir das Blatt. Jetzt sah ich, daß seine weißen Hände längst nicht mehr so gepflegt wie einst waren, sondern voller Falten, und sie hatten merkwürdig spitze Nägel. Mit einem dieser Nägel kratzte er mir eine Wunde.

»Wie du siehst«, lächelte er, »verteidige ich meine Geheimnisse bis aufs Blut. Also, es ist niemand da. Wir sind allein mit unseren Gespenstern. Vielleicht kommen aus dem nächsten Haus Stimmen. Manchmal trägt sie das Echo aus den Bergen bis hierher.«

Wir setzten uns vor den Kamin. Er machte Feuer, sehr vorsichtig, und erklärte mir, er habe noch keinen Strom, aber er bekomme bald welchen. Und ein Telefon habe er auch nicht, anrufen könnten wir also niemanden. Das Wetter sei noch immer scheußlich: Ich könne doch die Nacht auf dem Sofa schlafen, und am frühen Morgen würden dann bestimmt Autos vorbeikommen.

»Auf dem Sofa?« fragte ich, »hast du keine anderen Schlafzimmer?«

»Nur eins, meins«, sagte Oleron und verschwand mit dem Kopf im Rauchfang.

Ein einziges Schlafzimmer in einer Villa mit mindestens fünfzig Räumen? Nein, Oleron, ich glaube dir nicht: und deine Freundlichkeit kann mich auch nicht täuschen. Ich habe keine Ahnung, was du mit mir vorhast und warum ich hierher geraten bin. Aber ich weiß eins: Diesmal werde ich dein Geheimnis lüften.

»Oleron«, sagte ich kampflustig, »in jener Nacht in Barcairn habe ich ein monströses Geräusch aus dem Nebenzimmer gehört... eine Art Wehklagen von irgendeiner Kreatur.«

Oleron preßte die Lippen zusammen und legte sich eine Hand auf den Hals. Seine Stimme klang übertrieben freundlich.

»Ach ja, sicher, jetzt fällt's mir wieder ein: mein alter Plattenspieler... er war halb kaputt, und er lief zu langsam...

Du hast einen Walzer gehört, wie ihn ein Menschenfresser bei achtzehn Umdrehungen singen würde, das war's.«

Er versuchte zu lachen. Aber diesmal hielt ich meinen Blick auf ihn geheftet.

»Und diese Wunden, die du immer am Hals hattest?«

»Weiß ich nicht mehr«, sagte er brüsk. »Ich finde, wir sollten uns jetzt beide ausruhen. Wir reden morgen früh weiter über die alten Zeiten. Ich hole dir eine Decke.«

Wieder blieb ich allein. Der Regen hatte wieder angefangen. Ich schloß das Fenster, und dabei sah ich (und diesmal war es keine Täuschung!) einen Schatten über den Rasen in Richtung Hintereingang huschen. Oleron war nicht allein. Im selben Augenblick hörte ich ein Tier heulen.

Es kam nicht von draußen: Es kam aus dem Innern des Hauses. Sofort danach der Schrei einer Frau, deutlich, aber fern, wie von unter der Erde. Mir gefror das Blut in den Adern. Jetzt war ich sicher, daß Oleron irgend etwas Grauenhaftes vor mir verbarg. Es kam mir wieder in den Sinn, was er vor zwanzig Jahren gesagt hatte: »SIE mögen es nicht, betrogen zu werden. Und sie verstehen zu warten.«

Die Tür ging langsam auf. Etwas löste sich aus dem Dunkel und schlug mit einem riesigen Flügel. Ich schrie aus Leibeskräften.

Als das Etwas ins Licht trat, erkannte ich Oleron, der eine Decke trug wie ein Torero das rote Tuch. Ein grausamer Scherz – sollte er andere, viel schrecklichere ankündigen?

»Deine Nerven sind aber wirklich sehr dünn, Egistus... Ich kann dich wohl wirklich nicht davon überzeugen, daß ich einfach ein stiller Gentleman vom Land bin. Hältst du mich tatsächlich für ein Monstrum?«

Ich betrachtete seine weißen Hände auf der Sofalehne, seinen gemeinen Mund, die Augenbrauen, die wie die Flügel eines Vogels aussahen. Der Regen prasselte jetzt lauter.

»Sag mir die Wahrheit, Oleron«, sagte ich.

Er sah mich nicht an. Er starrte auf die roten Vorhänge vor den Fenstern, durch die noch immer ein kalter Wind hereindrang.

»Es gibt Menschen, die die Wahrheit erfahren dürfen, und andere, die von ihr zerrissen werden«, sagte er. »Einige der letzteren hast du damals auf diesem Hof gesehen. Damals hatte ich gehofft, du würdest meinen Weg mitgehen. Aber ich habe mich geirrt: Auch du ziehst das Licht dem Schatten vor. Niemals wird die Nacht deine Herrin sein. Aber fordere sie nicht heraus!«

Er war bis auf wenige Zentimeter an mein Gesicht herangekommen. Seine Augen funkelten. Und sie waren nicht sehr menschlich.

»Ich werde dir nicht die Wahrheit sagen, denn sie liegt jenseits der Kraft deines Herzens. Ich glaube, es wäre das beste, wenn du augenblicklich gingest, Egistus.«

Seine Stimme war noch rauher und weihevoller geworden. Es klang, als passierte irgendeine Verwandlung in seiner Kehle. Ich war zu Tode erschrocken, aber es gab nur einen Ausweg für mich: Wissen.

»Ich bleibe heute nacht hier, Oleron.«

»Hüte dich, Egistus«, sagte er. Es kam mir vor, als ob sich sein ganzer Körper zusammenkrampfte. »Verlaß auf gar keinen Fall dieses Zimmer. Das ist der letzte Rat, den ich dir gebe. Auf gar keinen Fall!«

Kaum war er aus dem Zimmer gegangen, erlosch, wie erstickt durch eine eiskalte Hand, die Lampe auf dem Tisch.

Wieder war ich allein in dem Zimmer, im Banne einer unerträglichen Angst. Ein Teil von mir wollte weglaufen, der andere hielt mich an diesem Ort fest wie angewurzelt; und dieser andere sagte mir, daß ich, wenn ich jetzt nicht die Wahrheit herausbekam, nie wieder Frieden finden würde. Vielleicht war nun der Augenblick gekommen, auf den ich seit zwanzig Jahren, seit Oleron, der Nachtvogel, in mein jugendliches Leben getreten war, gewartet hatte. Vielleicht sogar noch länger. Seit ich als kleiner Junge erschrocken das Lied jenes Alten gehört hatte:

Der Tag narrt dich, läßt dich allein
die Nacht wird deine Herrin sein.

Ich betrachtete Olerons Zimmer, seine Bücher, den Blick der Medusa, die roten Vorhänge, die womöglich dieselben waren wie die in jenem Haus in Barcairn. Schmerzhaft empfand ich die Traurigkeit eines solchen Lebens, die Einsamkeit dieser Gruft, die keine Größe je würde erleuchten können, nicht einmal die Größe der Dichter und Schriftsteller, die Olerons einzige Weggefährten zu sein schienen.

Draußen, in der Ferne zwischen dem dichten Laubwerk der Bäume, glaubte ich die Lichter von Badle zu erkennen. Vielleicht war es doch besser, zu gehen. Zu glauben, es wäre wahr, was mir Oleron über die Nacht mit dem Brand erzählt hatte. Zu glauben, ich hätte mir alles nur eingebildet. Aber genau in diesem Augenblick entdeckte ich etwas, das alle meine Zweifel zerstreute. Durch das offene Fenster sah ich, etwa hundert Meter vom Haus entfernt, Strom- und Telefonmasten.

Ich ging hinaus ins Dunkel. Der Regen fiel nur noch leise und spärlich. Noch immer wehte ein kalter Wind, und es duftete nach Gras. Ich suchte die Hauswand ab und entdeckte das Kabel sofort. Jetzt war es sicher: Oleron hatte mir etwas vorgemacht. Er hatte mich, wer weiß warum, mit einer Petroleumlampe empfangen, obwohl er elektrisches Licht hatte. Und hatte behauptet, kein Telefon zu besitzen, weil er wollte, daß ich in dieser Nacht in seinem Haus blieb!

Ich ging um das Haus herum. Die Warnung der Alten fiel mir ein, auf keinen Fall den Hintereingang zu nehmen. War es eine Warnung gewesen oder vielleicht ein Fingerzeig? Genau dorthin ging ich jetzt. Ich zauderte nicht mehr: In mir herrschte jene besondere Klarheit ohne Gedanken, ein Zustand, in dem sich Menschen in Augenblicken äußerster Gefahr befinden. Ich zog den Türklopfer, einen Wolfskopf mit Zirkonaugen: Zu meiner Verblüffung tat sich die Tür auf. Ein kleiner Flur führte zu einer anderen Tür, durch deren Spalten hellblaues Licht flimmerte. Von drinnen hörte ich deutlich den keuchenden Atem eines Tieres und danach ein dumpfes Röcheln. Der Augenblick war gekommen. Ich riß die Tür auf, und ich sah!

Was ich sah, war ein modern eingerichtetes Zimmer in Pastelltönen mit breiten weißen Ledersofas, niedrigen Tischen und abstrakten Bildern an den Wänden. Auf einem Sofa saß eine Frau in einem seidenen Négligé, mit lächerlichen Mengen von Schmuck behangen, vor dem Fernseher. Sie hatte gefärbte rote Haare und war üppig und braungebrannt. Neben ihr auf dem Sofa schliefen zwei Kinder, die ebenso propper aussahen wie sie. Die Frau musterte mich und sagte dann mit einer spitzen, affektierten Stimme:

»Beinah hätten Sie mich erschreckt... Ich nehme an, Sie sind Olerons Besuch. Es ist mir ein Vergnügen, Sie kennenzulernen: Ich bin Gräfin Oleron, seine Frau.«

Überflüssig zu sagen, daß ich kein Wort herausbekam. Ich besah mir dieses Zimmer, diese Frau, und überlegte, ob das wieder eine Finte war, die mich zu irgendeiner grauenvollen Entdeckung führen würde. Aber nein! Diese Frau war einfach eine ganz normale, wohlhabende Dame, die nachts um zwei ihre Juwelen einem Fernseher vorführte, in dem *ein Horrorfilm* lief! Daher also das Geheul und die geheimnisvollen Schreie. Es verschlug mir die Sprache.

Die Frau sprach weiter, mit großen Augen. Es tue ihr leid, wenn sie uns vorhin gestört habe, Oleron habe sie angeschrien, weil der Fernseher so laut lief, sie nehme an, daß wir uns sehr viel zu erzählen hatten nach zwanzig Jahren, Schulfreundschaften halten ja doch am längsten, sie selbst sei in der Schweiz zur Schule gegangen und habe deshalb jede Verbindung verloren, aber den Fernseher habe sie nur deshalb so laut angehabt, weil sie seit zwei Tagen schlecht höre, irgend etwas im Ohr sei nicht in Ordnung, ob ich vielleicht Arzt sei? Mal höre sie auf dem einen Ohr nichts, mal auf dem anderen, seltsam, nicht? Vielleicht etwas Erbliches, denn auch ihre Kinder haben eine Ohrenentzündung, Selvaggia und Bartolomäus, da haben sie sich hingeflegelt, sehen Sie, schlafen nur beim

Fernsehen ein, manchmal schlafen wir alle vier vor dem Fernseher ein, und der läuft weiter, heute abend wäre es auch so gewesen, wenn Sie nicht gekommen wären, denn Oleron läßt sich keinen Horrorfilm entgehen, dabei hat er auch jedes Horrorvideo, ich bin ja nicht so dafür zu haben, ich mag *sophisticated comedies* lieber, aber jedenfalls besser, mein Mann sitzt hier vor dem Fernseher als da in seinem Gruftzimmer, Sie ahnen ja nicht, wie oft ich schon versucht habe, da mal ein paar andere Möbel reinzustellen, einmal wollte ich seinen Schreibtisch gegen einen wunderschönen weißen Bakelittisch austauschen, aber er? Nichts da, er will weiter zwischen seinen Mumien leben und mit seiner Marotte mit der Petroleumlampe und diesen Schwarten, aber sonst ist er ein guter Mann, was wollen Sie mehr, jeder hat so sein Hobby, Hauptsache, er bringt seine Klienten nicht hierher, er hat ja einflußreiche Klienten als Anwalt, und die empfängt er, das verlange ich, in einem anderen Büro, das habe ich nämlich eingerichtet, ich zeig's Ihnen, alles Schwedenmöbel und ein perlgrauer Teppichboden, na, stellen Sie sich doch mal vor, die müßten zwischen all diesen finsteren Büchern und diesen alten Bildern über Geschäfte reden, die würden ihm doch alle weglaufen, gestern abend hatten wir Dr. Wantel hier, den Präsidenten der Rotarier, und Oleron war ein bißchen beschwipst und sagt, komm, ich zeige dir mal mein Geheimbüro, und Wantel ist auch mitgegangen, aber als er wiederkam, da hatte er die Hand auf den –, entschuldigen Sie, wenn ich vulgär bin, na, Sie wissen schon, wo er sich hingefaßt hat, aber sonst ist Ole ein braver Mann, besser so eine Marotte als, ich weiß nicht, zum Beispiel Frauen, mögen Sie was trinken, Herr... Herr?

Olerons Erscheinen unterbrach ihren Monolog. Eins der Kinder wachte auf und ging wie ein Schlafwandler aus dem Zimmer.

Oleron sah mich an. Er trug einen Schlafanzug, einen hellblau gestreiften Pyjama. Er ließ sich aufs Sofa fallen. Ich konnte ihm nicht ins Gesicht sehen. Die Gräfin redete und redete. Ich hörte nicht mehr hin. Ruckartig stand ich auf und sagte:

»Tja, gnädige Frau… Jetzt, wo ich Sie auch kennengelernt habe, wird's Zeit für mich zu gehen…«

»Aber woher!« sagte die Gräfin. »Mein Mann hat mir erzählt, daß Sie heute nacht hierbleiben…«

»Ein paar Freunde von mir aus Badle kommen gleich«, sagte ich, »wir schleppen das Auto ab.«

»Das Auto? Aber Ole, davon hast du mir ja gar nichts gesagt…«

Oleron und ich liefen nach draußen, ihr letzter Wortschwall traf ins Leere. Lange gingen wir auf dem nassen Rasen herum. Der Himmel hatte sich aufgeklärt: Die Lichter der Stadt waren deutlich zu erkennen. Oleron redete.

»Jetzt weißt du es. Ich brauche dir nichts mehr vorzumachen. Es ist wahr, ich bin ein gesetzter Provinzadvokat mit einer langweiligen Frau, zwei Kindern, dummen Freunden und Stunden voller Leere. Das ist das Grauen, das ich nie erwartet habe. SIE haben sich nicht gezeigt. Sie haben mich nicht erwählt. Und als sie dann endlich kamen, waren sie ganz anders, als ich sie mir ausgemalt hatte. Heute befasse ich mich mit Ehen und Erbschaften, und ein Richter entscheidet für mich über Gut und Böse. Von Zeit zu Zeit schließe ich mich in meiner Bibliothek ein und lese. Und trinke. Ich bin vierzig und habe eine kranke Lunge. Das ist alles.«

»Aber warum diese ganze Komödie?«

»Du hattest einen jugendlichen Teufel in Erinnerung. Das Mißverständnis jener Nacht in Barcairn hat mir eine unverhoffte Macht über dich verschafft. Ich war damals sehr unglücklich, und etwas glühte in mir, aber in allem, was ich tat, lag auch eine Hoffnung. Alles, was ich mir erträumen konnte, und wenn es noch so grauenhaft war, habe ich geliebt. Das war mein Reichtum. Und ich habe gedacht, wenn ich dir noch einmal meine Rolle vorspielen könnte, dann würdest wenigstens du mich so in Erinnerung behalten, wie ich damals war. Als du da durch die Tür hereingekommen bist, wollte ich auf gar keinen Fall, daß du die Wahrheit entdeckst. Das, was aus Oleron geworden ist, zwanzig Jahre später. Aber jetzt, wo du es gesehen hast, wirst du verstehen und mir verzeihen.«

Er sagte diese Worte in einem distanzierten, gleichgültigen Tonfall. Er schien mir plötzlich uralt.

»Siehst du, hierher hat mich der Weg geführt, Egistus. Danke für deine Freundschaft.«

So sah ich ihn zum letztenmal, als dünnen Herrn, der in Schlafanzug und Morgenrock über den Rasen spazierte.

»Mein Fahrer hat deinen Wagen repariert«, sagte er noch. »Du kannst weiterfahren.«

Wir nahmen Abschied.

Das Auto glänzte vor Nässe im Mondlicht. Sofort ließ ich den Motor an und fuhr in Richtung Stadt, aber die Lichter waren alle erloschen, und ich konnte die Stadt durch das Geäst der Bäume nicht erkennen. Das Buch Oleron war geschlossen. Die letzte Seite war meine Aufgabe.

Im Morgengrauen kam ich in Badle an. Der Hotelportier war sehr aufgeregt.

»Wir hatten Sie um Mitternacht erwartet«, sagte er. »Fräulein Lea war sehr in Sorge.«

»Ich hatte eine Panne auf der Straße im Tal des Schatten«, sagte der Journalist.

»Du lieber Himmel, etwas Schlimmeres hätte Ihnen wahrhaftig nicht zustoßen können. Da wohnt doch kein Mensch.«

»Fast keiner. Fortuna hat gewollt, daß ich direkt unterhalb der Villa Oleron liegenblieb. Der Anwalt war ein Schulkamerad von mir. Dort haben sie mir weitergeholfen.«

Der Portier wandte den Blick ab.

»Ich verstehe, Herr... Tut mir leid«, sagte er.

»Was tut Ihnen leid?«

»Daß Anwalt Oleron Ihr Freund war.«

»Wieso ›war‹?«

Der Portier sah mich überrascht an.

»Will der Herr mich veralbern? Kennen Sie die Geschichte etwa nicht?«

Der Journalist verspürte einen Schauder und konnte gerade noch sagen: »Ich habe so ein paar Andeutungen gehört...«

»Rechtsanwalt Oleron hat sich vor drei Jahren eines

Nachts, nachdem er seine Frau und seine beiden Kinder umgebracht hatte, mitsamt seinem Haus verbrannt. Nur die Remise mit zwei alten Dienern ist übriggeblieben. In der Villa soll es eine Bibliothek von großem Wert gegeben haben, antike Gemälde und Bücher... eigenartige Bücher... geheimnisvolle Gegenstände, magische angeblich, aber davon verstehe ich nichts. Alles ist in den Flammen vernichtet worden. Niemand hatte mit so etwas gerechnet. Der Anwalt schien ein so aufgeräumter Mensch zu sein... so normal... Aber Sie haben ihn sicher besser gekannt als ich...«

Die Erzählung des Barmanns

Die Überquerung der Alten

Die Alten müßten Entdecker sein…
Thomas S. Eliot

Es waren einmal zwei Alte, die mußten über die Straße. Sie hatten erfahren, daß auf der anderen Straßenseite ein Park mit einem Teich war. Und dorthin wären Aldo und Albert, so hießen die beiden Alten, gern gegangen.

So versuchten sie, die Straße zu überqueren, aber es war gerade Rush-hour, und der Strom der Autos riß nicht ab.

»Laß uns eine Ampel suchen«, sagte Aldo.

»Gute Idee«, sagte Albert.

Sie wanderten, bis sie eine Ampel fanden, aber es war so ein Stau, daß die Autos sogar auf dem Zebrastreifen standen.

Aldo unternahm einen Versuch, über die Straße zu kommen, aber schon nach ein paar Metern wurde er von Hupen und Flüchen zurückgescheucht. Also sagte er: Probieren wir die Überquerung in einem Augenblick, wo alle halten. Aber die Straße war so verstopft, daß die Alten nicht zwischen den Autos durchkamen, obwohl sie mager wie Sardinen waren. Aldo blieb an einem Kotflügel hängen, und der Besitzer des Autos stieg aufgebracht aus, packte Aldo unter den Armen, riß ihn hoch und setzte ihn, weil er nicht wußte, wohin mit ihm, auf den Kofferraum eines anderen Autos.

»He, nix da, hier nicht«, sagte dessen Besitzer, hob ihn seinerseits hoch und setzte ihn auf das Dach eines Lieferwagens.

Auf diese Weise war Aldo Auto für Auto beinah auf der anderen Straßenseite angekommen. Aber da blinkte der Mann im Lieferwagen nach links, wendete fluchend und schimpfend mitten auf der Straße und kam genau auf der Seite zu stehen, auf der die beiden Alten losgegangen waren.

Inzwischen war es fast Abend, da hatte Aldo noch eine Idee.

»Ich lege mich mitten auf die Straße und tue so, als wäre ich tot«, sagte er. »Wenn Autos anhalten, läufst du rüber, und ich stehe auf und komme nach.«

»Das kann eigentlich nicht schiefgehen«, sagte Albert.

Also legte sich Aldo mitten auf die Straße, aber da kam ein schwarzes Auto heran und bremste nicht, sondern raste in ihn hinein und schleuderte ihn beinah bis auf die andere Straßenseite.

»Los, du schaffst es!« rief Albert.

Aber da kam ein dickes Motorrad und schleuderte Aldo zurück auf die falsche Seite. Der Alte prallte drei-, viermal auf den Boden und stand am Ende, aber diesmal völlig zermatscht, wieder am Ausgangspunkt.

»Was machen wir jetzt?« fragte er.

»Wir kidnappen ein Fahrrad«, sagte Albert.

Also warteten sie, bis ein dritter Alter angeradelt kam, und schwangen sich mit auf den Sattel (sie paßten tatsächlich drauf, denn sie waren alle drei sehr mager). Aldo drückte Alfred, so hieß der dritte Alte, seine Pfeife in den Rücken und sagte: »Bieg nach links ab, sonst kriegst du Ärger!«

»Nach links? Aber ich muß geradeaus.«

»Fahr«, sagte Aldo, »sonst fängst du dir eine Ladung Tabak ein.«

Alfred begriff nicht ganz, was daran bedrohlich sein sollte, aber er bekam Angst und versuchte, nach links abzubiegen. Dabei stieß er jedoch mit einem Mercedes zusammen, und der nahm das ganze Rad voll auf die Hörner. Dann kam die Polizei.

»Wie ist das passiert?« fragte der Polizist.

»Ich bin der Abgeordnete De Balla«, sagte der Mann mit dem Mercedes.

»Dann können Sie weiterfahren«, sagte der Polizist. »Und was habt ihr zu eurer Entschuldigung vorzubringen?«

»Wir wollten nur über die Straße«, sagten die drei Alten.

»Nun hör sich das einer an!« sagte der Polizist. »Tja, die

alten Leute von heute! Unvorsichtig. Der Verkehr ist zu dicht, und ihr seid alt und nicht mehr gut zu Fuß.«

»Ich bitte Sie, helfen Sie uns hinüber«, sagte Aldo.

»Wir müssen in den Park«, sagte Albert.

»Sonst verpassen sie mir eine Ladung Tabak«, sagte Alfred.

»Ich denke ja gar nicht dran. Ich bringe euch zurück. Von wo seid ihr losgegangen?« sagte der Polizist.

»Von da«, sagte Albert und zeigte auf den Bürgersteig, auf den sie wollten.

»Also, dahin bringe ich euch zurück, und wehe, ihr versucht noch mal, über die Straße zu gehen«, sagte der Polizist.

Und so durften die drei Alten die Straße unter Polizeischutz überqueren und kamen endlich in den Park.

Es gab dort einen wirklich schönen Teich. Und sie fühlten sich so wohl, daß sie nie wieder über die Straße wollten.

Die Erzählung des Mannes mit der dunklen Brille

Die Story von Pronto Soccorso und Beauty Case

Wenn das Spiel hart wird,
fangen die Harten an zu spielen.
John Belushi

Unser Viertel liegt genau hinter dem Bahnhof. Eines Tages wird uns ein Zug von dannen tragen, oder wir werden einen Zug von dannen tragen. Unser Viertel heißt nämlich Stiebix, denn rein kommst du mit was, aber raus ohne nix. Ohne was? Na ja, ohne Autoradio, ohne Brieftasche, ohne Gebiß, ohne Ohrringe, ohne Autoreifen. Sogar Gummi in anderer Ausfertigung tragen sie einem von dannen, nämlich das zum Kauen, wenn man nicht aufpaßt: Es gibt Kinder, die arbeiten paarweise, eins tritt dir in die Eier, du spuckst dein Kaugummi aus, und das andere schnappt es auf. Soviel zur Einführung.

In diesem Viertel sind Pronto Soccorso und Beauty Case geboren. Pronto Soccorso ist ein hübsches Kerlchen von sechzehn Jahren. Sein Papi macht in Reifenkosmetik, das heißt, er klaut neue Reifen und verkauft sie anstelle der alten. Seine Mama hat einen Milchladen, den kleinsten Milchladen der Welt. Praktisch bloß ein Kühlschrank. Da drin ist P. S. gezeugt worden, bei zehn Grad unter Null. Zur Geburt haben sie ihn dann in den Backofen geschoben, mitsamt der Waage, damit er auftaut.

Schon als kleiner Junge hatte Pronto Soccorso ein Faible für Motoren. Wenn sein Vater ihn mit auf die Arbeit genommen hat, also zum Reifenklauen, dann hat er ihn in den Kofferraum gesetzt. Und so hat P. S. einen großen Teil seiner jüngsten Jahre zwischen Kolben verbracht, seitdem birgt die Mechanik für ihn kein Geheimnis mehr. Mit sechs Jahren hat er sich ein Dreirad mit Starmix-Antrieb gebastelt. Das schaffte zwanzig Kilometer mit einem Liter Milch-Shake. Aber er mußte es wieder auseinanderbauen, als seine Mutter gemerkt hatte, daß er ihr Milch klaute.

Also stahl er sein erstes Motorrad, eine Guzzi Imperial Black Mammuth 6700. Er mußte, um an die Pedale zu reichen, die Maschine unten an den Tank geklammert wie ein Koala lenken: Und so sah die Guzzi aus wie ein Geisterschiff, weil kein Mensch zu sehen war, der sie lenkte.

Gleich danach hat P. S. sein erstes getunetes Motorrad gebaut, die Lambroturbo. Das war eigentlich eine stinknormale Lambretta, sie fuhr aber dank einiger Änderungen zweihundertsechzig. Seit der Zeit hieß er P. S. Er hat zweihundertfünfzehn Unfälle in einem Jahr damit gebaut, und alle verschieden. Mal fuhr er auf einem Reifen und in den Reifen ein Loch, dann ist er in Kurven ins Schleudern gekommen, auf gerader Strecke, auf Glatteis und in Pfützen, er ist im Stand von der Maschine gefallen, in Beerdigungen gerast, von Brükken gedüst und hat Bäume umgenietet. Die Ärzte im Krankenhaus hatten sich schon so an ihn gewöhnt, daß sie, wenn er eine Woche lang nicht dagewesen war, bei ihm zu Hause anriefen und fragten, was los sei.

Aber P. S. war wie eine Katze: Er baute Stürze, prallte irgendwo gegen und fuhr weiter. Manchmal ist er nach einem Sturz kilometerlang weitergeschlittert; das war eine Spezialität von ihm. Dann sahen wir ihn von ganz unten die Straße rauf bis direkt vor die Tischchen der Bar trudeln.

»Ich hab' in Forlì 'n Sturz gebaut«, erklärte er.

»Macht ja nix, Hauptsache angekommen«, sagte ich.

Beauty Case war fünfzehn und Tochter einer Schneiderin und eines Fernlasterknackers. Der Papi saß derzeit im Knast, weil er einen mit Schweinen vollgeladenen Truck geklemmt hatte; sie hatten ihn geschnappt, als er versuchte, die Schweine von Haus zu Haus zu verkaufen. Beauty Case lernte Friseuse und war ein Schatz von einem Mädchen. Sie hieß so, weil sie winzig klein war, aber es war alles dran an ihr. Sie hatte überall die zierlichsten Kürvchen, und im ganzen Viertel gab es keinen Mann, der nicht schon mal versucht hätte, sie sich unter den Nagel zu reißen, aber sie war so klein, daß sie immer wieder entwischen konnte.

Es geschah an einem von diesen Frühsommerabenden, wenn die großen Zehen nach einem langen Winterschlaf endlich wieder das Licht jenseits der Sandalen erblicken. Pronto Soccorso zog vollgepflastert und schorfüberzogen auf seiner Lambroturbo Kurven durch die Gegend, und Beauty Case saß einen Kilometer weiter unten eisessend auf einer Bank.

Ich muß noch drei Details nachtragen:

Erstens: Beauty trug im Sommer immer Miniröcke, die ihr die Mama aus Papis alten Schlipsen genäht hatte. Pro Schlips drei Röcke.

Zweitens: Beauty schlug beim Essen die Beine auf eine Weise übereinander, die nicht mal das topste Top-Model beherrscht, sie schlug sie so übereinander, daß das eine das andere geradezu liebkoste, und sie hatte wunderschöne Beine, mit schlanken Fesseln und roten Schuhen mit Hacken dran, die sich einem direkt ins Herz bohrten.

Drittens: Wenn Beauty Eis leckte, stand das gesamte Viertel still. Könnt ihr euch noch an den Film erinnern, wo Schneewittchen im Wald ist und singt, und um sie herum sind alle Kaninchen und Rehe und Turteltauben und Papatacimücken versammelt und singen mit? Also, genau so war die Szene hier, Beauty in der Mitte beim Lutschen eines Eises aus tausend Geschmacksrichtungen und drum rum Knirpse und Kerlchen und Tattergreise, und alle bewegen die Zungen im selben Rhythmus, weil ihnen sämtliche Gedanken dieser Welt in den Kopf kommen, von den beinah keuschen bis zu den beinah verbrecherischen.

Schön, also, wir sagten es bereits, es war ein Frühsommerabend, und die Vögelchen saßen auf den Bäumen, allerdings ohne zu zwitschern, denn bei dem Krach, den P. S.'s Motorrad machte, wäre das vertane Liebesmüh gewesen. Man konnte die berühmte Maschine schon von weitem hören, viergangbeschleunigt, vergaserfrei in *andante mosso allegretto*, und dann bog P. S. in die kleine Straße am Park ein, freihändig und mit den Füßen auf dem Boden schleifend, sonst wäre es ja nicht gefährlich genug gewesen. Da sah er Beauty und vollführte eine Vollbremsung von historischen Dimensionen. Um die Wahrheit zu sagen, es war eigentlich keine Vollbremsung, denn P. S. bremste aus prinzipiellen Erwägungen nie. Das erste, was er machte, wenn er eine neue Maschine frisierte, war, daß er die Bremsen ausbaute. »So komme ich nicht in Versuchung«, sagte er.

Also hielt P. S. weiter voll drauf, landete auf einer Kinderrutsche, hob ab, prallte auf die Markise der Bar, schlitterte in eine Wohnung im ersten Stock, gab im Eßzimmer Gas, nagelte einen Kühlschrank um, fuhr über die Terrasse wieder nach draußen, knallte auf die Straße, rammte eine Mülltonne, schlug durch eine Autotür, kam durch die andere wieder raus und blieb an einer Platane kleben.

»Hast du dir weh getan?« sagte Beauty Case.

»Nein«, sagte P. S., »war alles Berechnung.«

Beauty machte »ah« mit sichtbar blaubeerblauer Zunge. Blieben ein paar Augenblicke zum Sich-Ansehen, dann sagte P. S.: »Schönen gepunkteten Minirock hast du.« Und Beauty sagte: »Schöne Lederhose hast du.« Wieso Hose? wollte P. S. gerade fragen. Aber dann besah er sich seine Beine: Sie waren so voller Schorf, Narben und Kratzern vom Asphalt, daß sie aussahen wie eine Lederhose. Eigentlich trug er nämlich Shorts.

»Ich bin Modell *Feuerpiste*«, sagte er. »Hast du Bock auf 'ne Tour?«

Beauty schlang das Eis in einem Zug hinunter, das war ihre Art, ja zu sagen. Beim Aufsitzen ließ sie ihre Beine auf eine Weise kreisen, daß ein paar alten Männern der Frieden der Sinne schwand. Dann hielt sie sich an P. S.'s Brust fest und sagte:

»Kannst du auch wirklich Motorrad fahren?«

Bei diesen Worten gab P. S. ein Lächeln von sich, das in die Geschichte eingehen wird, dann eine Wolke Benzolight und donnerte im Zickzack und auf der Geisterfahrerspur von dannen.

Alle, die ihn an jenem Abend sahen, haben gesagt, er hätte

mindestens zweihundertachtzig Sachen draufgehabt. Die Macht der Liebe! Man konnte diesen Tornado beim Vorbeibrausen hören, aber sehen konnte man bloß einen Blitz wie bei einem Kometen. P. S. hing beim Fahren so tief über dem Lenker, daß er nicht wegen der Fliegen, die man ins Auge kriegt, aufpassen mußte, sondern wegen der Regenwürmer. Und Beauty hatte nicht einmal einen Funken Angst, im Gegenteil, sie juchzte vor Freude. Damals hat P. S. begriffen, daß dies die Frau seines Lebens war.

Als er vor ihrem Haus angekommen war, brachte er das Motorrad dazu, daß es sich aufbäumte, und Beauty flog durchs Fenster, exakt auf den Sessel im Wohnzimmer. Mama, überrascht, sie vor sich zu sehen, sagte: »Wo warst du denn? Ich habe dich gar nicht reinkommen hören.«

Im selben Augenblick krachte es, weil P. S. am Rolladen einer Garage ein Haltemanöver machte. Er rappelte sich wieder hoch: Das Motorrad hatte einen Reifen und den Tank eingebüßt. Lächerlich: Er nahm einfach den Mund voll Benzin und fuhr auf dem anderen Reifen nach Hause, Schluck für Schluck in den Vergaser spuckend.

Auf seinem Bett streckte er sich aus und erklärte vier Küchenschaben: »Ich bin verliebt.«

»In wen denn?« fragten sie.

»In Beauty Case.«

»Heiße Braut«, sagten die Schaben im Chor. In unserer Gegend haben Schaben nämlich eine blumige Sprache.

Am nächsten Abend gingen P. S. und Beauty wieder zusammen aus. Nach dreißig Sekunden fragte P. S., ob er Beauty küssen dürfe. Beauty schlang ihr Eis hinunter.

Sie fingen um Viertel nach neun an mit dem Kuß, und laut einigen Zeugen war P. S. der erste, der Luft holen mußte, da war es zwei Uhr nachts.

»Du küßt echt gut, wo hast du das denn geler–«, wollte er sagen, aber da hatte Beauty ihn schon wieder umschlungen, und sie waren erst morgens um sechs fertig.

Als Beauty nach Hause kam, fragte die Mama: »Was hast du denn mit dem Jungen mit dem Motorrad gemacht?«

Beauty sagte: »Nichts, Mama, bloß zweimal geküßt.« Lügen tat sie nicht, die Kleine.

Und so ward unser ganzes Viertel von der Liebe dieser beiden erleuchtet, und wir waren so glücklicher Stimmung, daß wir fast nicht mehr klauten.

Ja, wir waren alle mustergültige Bürger geworden oder jedenfalls beinah, bis eines häßlichen Tages Joe Blocchetto im Viertel aufkreuzte, das As unter den Bullen von der StraPo. Er erschien in einer schwarzen Lederuniform mit Sado-Maso-Stiefeln und schwarzer Brille. Auf seinem Helm stand: »Gott weiß immer, was du grad machst, und ich, was du auf dem Tacho hast.«

Alles, was in der Stadt motorisiert war, zitterte, wenn der Name Joe Blocchetto fiel. Es gab nichts auf der Welt, wo er nicht einen Strafzettel drangeklebt hätte. Kam er durch eine Straße, auf der Autos im Halteverbot standen, zückte er sofort seinen Block, und es hagelte Knöllchen wie MG-Salven. Jeder sah sich vor dem Parken erst mal um, ob Joe Blocchetto gerade in der Gegend hielt. War er nicht da, legten sie den Rückwärtsgang ein und setzten in die Lücke, und kaum drehten sie den Kopf wieder nach vorn, da hatten sie ein Knöllchen an der Scheibe. So schlug Joe Blocchetto zu, schnell und unsichtbar, ein Mann, der einem Panzer ein Knöllchen aufgepappt hätte, falls der keine Ersatz-Panzerketten dabeihatte.

Eines Abends kam Joe auf seiner gepanzerten Mitsubishi Mustang, einem japanischen Motorrad mit zweihundert Stundenkilometern, ins Viertel. Als er vorbeifuhr, krümmten sich die Scheibenwischer an den Autos vor Angst, und die Reifen wurden platt. Joe hielt vor der Bar und ging hinein. Langsam streifte er seine Handschuhe ab und sah herausfordernd um sich. An seinem Gürtel hingen die beiden Blöcke mit den Strafzetteln vom Pfund-Kaliber.

»Kennt jemand von euch«, sagte er, »einen gewissen Pronto Soccorso, der hier aus Jux und Dollerei durch die Gegend rast?«

Niemand antwortete. In das Schweigen hinein ließ Blocchetto seine Stiefelabsätze auf den Boden knallen und baute sich hinter einem der Kartenspieler auf.

»Sind Sie nicht Herr Angelo Podda, Halter eines Fahrzeugs mit dem amtlichen Kennzeichen CRT 567734?«

»Ja«, gab der Kartenspieler zu.

»Vor drei Jahren habe ich Ihnen einen Strafzettel verpaßt, weil Sie abgefahrene Reifen hatten. Und ich habe Ihnen gesagt, wenn Sie die nicht wechseln, ziehe ich beim nächsten Mal Ihren Führerschein ein.«

Joe Blocchettos Gedächtnis entwischte nichts.

»Also«, sagte der Bulle unerbittlich, »wollen Sie mir sagen, wo ich Pronto Soccorso finde, oder sollen wir eine kleine Inspektion Ihres Autos vornehmen?«

»Ich sag's Ihnen ja«, sagte der Spieler. »P. S. kommt jeden Abend über die Kreuzung Bulganinstraße mit seiner Zweiundvierziger.«

Das war die Wahrheit. Jeden Abend holte er Beauty ab und kam über die große Kreuzung. Mit fast hundertfünfzig Sachen raste er bei Rot durch, hintendrauf Beauty, die flatterte wie ein Taschentuch.

An dieser Kreuzung legte Joe Blocchetto sich auf die Lauer. Versteckspielen war eine Spezialität von ihm. Genau auf der Überführung über der Kreuzung stand eine Tafel mit einer Sektreklame. Der Slogan hieß: »Geschmack für wenige.« Lauter feine Damen und Herren standen in einem großen Garten und nippten an Sektkelchen. Im Hintergrund ein Schlößchen aus dem achtzehnten Jahrhundert, dahinter die rauchenden und stinkenden Bazzocchi-Werke: Das war allerdings keine Werbung, sondern unser Viertel. Die Tafel hatte kaum dagestanden, da war sie schon vollgeräuchert von Industrieabgasen, auch die feinen Damen und Herren waren rußgeschwärzt und schienen sagen zu wollen: Gott sei Dank ist das ein Geschmack für wenige. Wenn man das Foto sehr genau ansah, konnte man zwischen den Herren im Smoking und den Damen in langen Kleidern hinter dem Büffet ein unverwechselbares Gesicht mit einer schwarzen Brille ausmachen. Es war Joe Blocchetto in voller Tarnung.

Wie an jedem Abend, fuhr Pronto Soccorso auch an diesem Abend unter Beautys Fenster vorbei und pfiff hinauf. Beauty warf sich aus dem Fenster und landete auf dem Motorrad. Sie waren inzwischen bestens trainiert in diesem Manöver. Als sie an die Kreuzung kamen, stand die Ampel auf Rot. Sobald P. S. das sah, gab er Vollgas. Im selben Augenblick kam Bewegung in die Reklametafel, man konnte Joe sich durch die Herrschaften drängeln, ein Tablett mit Gläsern umreißen und auf die Straße springen sehen.

Es fehlten keine hundert Meter mehr bis zur Kreuzung. P. S. sah, daß Joe dort mit zwei gezückten Strafzettelblöcken auf ihn wartete, und zögerte keine Sekunde. Er bremste mit den Füßen und brachte die Lambroturbo in eine Drehung um die eigene Achse. Das Motorrad kreiste schwindelerregend und sprühte Funken, und P. S. bremste weiter, mit allem möglichen: den Händen, mit Beautys Täschchen, mit seinen Arschbacken, mit einem Schraubenzieher, den er in den Asphalt bohrte, mit den Zähnen. Eine beeindruckende Vorführung: Es kreischte wie eine Fräse, und Teilchen von der Straße und aus dem Motorrad flogen durch die Luft. Aber Pronto Soccorso war wirklich ein As. Bei einer letzten Schleuderpartie biß er sich im Asphalt fest und stand mit einem Rad exakt auf dem Zebrastreifen.

Joe Blocchetto schluckte seine Galle hinunter und kam langsam näher. P. S.'s Motorrad qualmte wie eine Lokomotive, die Reifen waren verschmort. Joe Blocchetto ging ein paarmal um die Maschine herum und sagte dann: »Reifen sind 'n bißchen abgefahren, was?«

»Die Maschine da hat abgefahrenere«, sagte P. S.

»Welche Maschine?« sagte Blocchetto und drehte sich um. Als er sich wieder zurückdrehte, hatte P. S. beide Reifen komplett gewechselt.

Aber Blocchetto gab sich nicht geschlagen.

»Auf diesem Fahrrad darf man nicht zu zweit fahren.«

»Wir sind doch gar nicht zu zweit.«

Das stimmte. Von Beauty war keine Spur mehr. Joe Blocchetto suchte unter dem Tank nach ihr, aber er fand sie nicht.

Beauty hatte sich in den Auspufftopf verkrochen. Aber sie konnte die Hitze doch nicht aushalten und kam kurz danach wieder heraus, halb geröstet.

Joe Blocchetto stieß einen Triumphschrei aus.

»Vierhundert Mark Strafe zuzüglich Führerscheinentzug zuzüglich Schadenersatz für das minderjährige Fräulein. Jetzt ist Schluß mit dem Motorrad, Pronto Soccorso!«

Wir beobachteten die Szene von der Überführung aus und erschauerten. P. S. ohne seine Maschine, das war eine Blume ohne Erdreich. Er würde eingehen. Und mit ihm die Liebe, auf die wir alle stolz waren. Was tun?

Joe hatte schon den Stift auf den fatalen Block gesetzt, da ertönte eine Hupe. Er drehte sich um und...

Die ganze Straße war mit Autos zugestellt. Ein paar parkten in der falschen Richtung, andere auf dem Bürgersteig: Jemand hatte seins senkrecht an einem Baum abgestellt, ein anderer auf dem Dach eines anderen Autos. Zwei Autos klebten wie ein Sandwich um das Motorrad von Joe Blocchetto, eins lag mitten auf der Brücke, die Reifen in der Luft, und hatte ein Schild, auf dem stand: »Bin gleich zurück.« Zwei LKW-Fahrer schlingerten mitten auf der Autobahnabfahrt mit den Anhängern. Die Alten aus dem ganzen Viertel hatten ihre Vorkriegsfahrräder hervorgeholt und fuhren freihändig, die einen mit den Füßen auf dem Lenker, andere zu fünft als Pyramide: Es sah aus wie beim Polizeisportfest. Abgerundet wurde das Bild von zwei alten Damen, die mit dem Mähdrescher da waren, und Sechslingen auf einem Fahrrad, bei dem die Bremse fehlte.

Joe Blocchetto ereilte ein Zitteranfall, als hätte er Malaria. Er lag im harten Kampf mit sich selbst. Auf der einen Seite saß P. S. in der Falle, auf der anderen Seite ereigneten sich geradezu schreckliche Rechtswidrigkeiten in Serie, die der Verkehrspolizist, soweit er sich entsinnen konnte, nie zuvor gesehen hatte. Das Kinn klappte ihm rauf und runter wie ein Kolben.

Und jetzt fuhr auch noch ein Blinder in einem gestohlenen Maserati ohne Auspuff ganz dicht an ihm vorbei, schoß ihm eine Abgaswolke ins Gesicht und sagte: »He, Polyp, wo gibt's denn hier eine schöne volle Straße, auf der man mal zwei Runden Vollgas geben kann?«

Joe Blocchetto riß die Trillerpfeife an den Mund, bekam aber keinen Ton raus. Dann ging er in voller Länge zu Boden. Wir hatten gewonnen.

Inzwischen ist Joe Blocchetto aus der Klapse wieder raus und leitet einen Autoscooter im Lunapark.

P. S. und Beauty haben geheiratet und eine Werkstatt aufgemacht.

Er tunet die Autos, sie frisiert sie.

Die Erzählung der Nixe

Shimizé

In keiner Sprache ist es so schwer
sich zu verständigen
wie in der eigenen.
Karl Kraus

Es war einmal ein Oshammi-Shammi, der lebte in einer Wesesheshammi auf dem Gipfel einer Wooba. Da kam eines Nachts ein Oogoro und sagte zum Oshammi-Shammi: »Shimì, ich will weder deine Krone noch deinen Stab, ich will deine Shammizé.«

»De shimite deé«, lachte der Oshammi-Shammi. »Versuch's doch. Wenn du hier in meiner Weseshe meine Shammizé siehst, dann nimm sie dir ruhig.«

Der Oogoro durchsuchte lang und breit die ganze Wesesheshammi, fand schließlich eine Woolanda und rief triumphierend: »Shimì, hier ist sie, ich habe sie gefunden.«

»Du bist schlau wie der langohrige Tsezehé«, sagte der Oshammi-Shammi. »Du hast sie gefunden, also gehört sie dir.«

Der Oogoro lief die Wooba hinunter und sang und lachte: »Ich hab' eine Shammizé! Das ganze Leben lang Shimideé, jetzt hab' ich eine Shammizé!«

Auf dem Weg begegnete er einem alten Woorogoro.

»Shimì Woro, gefällt sie dir?« sagte der Oogoro. »Schau, gefällt dir meine Shammizé?«

»Woof«, sagte der Oogoro. »Dumm wie ein Tsezehé! Siehst du denn nicht, daß das, was du im Arm hast, eine Woolanda ist?«

Im Mondlicht sah sich der Oogoro die Sache genau an, erkannte seinen Irrtum und ging, tzuke shimite no shimé, traurig wie einer, der den Namen der Dinge verloren hat, von dannen.

Die Erzählung der Alten

Priscilla Mapple und das Verbrechen der 2 c

> »Ich meine«, sagte Alice, »es bleibt einem doch gar nichts anderes übrig als zu wachsen.«
> »*Einem* vielleicht nicht«, sagte Goggelmoggel, »aber *zweien* schon. Mit dem rechten Beistand hättest du mit sieben ohne weiteres aufhören können.«
> Lewis Carroll

Habt ihr jemals das Gefühl verspürt, ihr wärt tausend Jahre alt und hättet alles, was auf dieser Erde möglich ist, schon gesehen und erlebt, und habt ihr euch jemals vorgestellt, die Tage, die noch kommen werden, lägen aufgereiht vor euch und wären alle gleich, wie verblichene Kopien eines einzigen verbrauchten, abgenutzten Tages?

Ist euch das jemals passiert? Also, ich will ja nicht behaupten, ich bin die einzige. Aber ich bin erst zwölf. Ist es dafür nicht ein bißchen früh?

So dachte Priscilla Mapple während der letzten Stunde in der letzten Bank der Klasse 2 c, als der Lehrer erfolglos versuchte, seine Zuhörerschaft für den Bau der ägyptischen Pyramiden zu erwärmen.

So ein Geschufte, dachte Priscilla Mapple, bloß um ein Zeichen zu hinterlassen. Sie hätten doch einfach ein paar dicke Steine wild in die Gegend zu werfen brauchen, und wir Nachfahren hätten dann schon für den Nachweis gesorgt, daß es sich um Ruinen eines kolossalen Tempels handelt, ein bestaunenswertes, aber leider untergegangenes Wunderwerk der Architektur.

Wir Nachfahren! Priscilla betrachtete betrübt ihre Klasse. Von denen hätte niemand Jahrhunderte in die Schranken gefordert, der eine oder andere hätte höchstens mit Müh und Not eine Spur von sich im Rotary Club hinterlassen.

Die Klasse gehörte zur exklusivsten Schule der Stadt. Adelsblut und reiche Plebejer, Aristokratie und Solvenz schickten ihre Sprößlinge auf sie. Trotzdem hatte kein Blauer

Reiter, keine Via Panisperna und kein Parnaß dort das Licht der Welt erblickt und war dort auch keine Bewegung entstanden, mit Ausnahme jener ewigen Bewegung, mit der die Köpfe der Zwillingsschwestern Secchia synchron in der ersten Bank herumnickten. Sie nickten tatsächlich pausenlos: Was immer der Lehrer sagen mochte – einschließlich »ist das heute heiß« und »was seid ihr für Armleuchter« –, sie waren seiner Meinung.

In der Bank hinter den von zwei Stunden Klatsch und Tratsch und zwei Stunden Aufsatzschreiben erschöpften Zwillingen gab es ein anderes, gelegentlich schweigsames Paar Mädchen zu bewundern. Links Lavinia, genannt die kleine Pute, weil sie so eine gefällige Stimme hatte, nicht gerade ein Genie im Geisteswissenschaftlichen, wohl aber Expertin für Jeans und Schuhe. Rechts Boba, blöndlich und braungebrannt, ein Tennis-As, vollständiger Name Roberta Torroni del Malcello; sie hatte schon mit zwölf Jahren diverse Nasenkorrekturen auf der Haben-Seite.

In der Bank dahinter blühte einsam Priscilla Mapple, ein perverses Genie, gefürchtet vom Lehrkörper, eine Zwei in sämtlichen Fächern, aber leider vollkommen mühelos errungen, ein großer Fan der Kriminalliteratur und begabt mit jener natürlichen und ironischen Intelligenz, die Lehrerinnen und insbesondere Leh*rer* zum Wahnsinn treibt.

Hinter ihr Maria Cristina, aus Gründen ihrer Akne erbarmungslos Krustina genannt, sehr groß und sehr ernst und vom Schicksal für ein zukünftiges Richteramt bestimmt. Neben ihr Rosabella, dreizehn Jahre Sex-Appeal, Miniröcke aus Leder und Perlonstrümpfe, eine Schar Verehrer zwischen zwölf und zwanzig plus zwei Wüstlinge jenseits der Volljährigkeit.

In der rechten Reihe die Manneszierde. In der ersten Bank Saverio, genannt Dickerchen, genannt Sach-Nomma, weil er nichts auf Anhieb verstand, verliebt in Priscillas Wohlgeformtheit.

In der zweiten Bank Schorschi der Smartie, ganz elegant im feinsten Wildlederanzug, verlobt mit Lavinia; es hieß allerdings, er betrüge sie mit einer Vierzehnjährigen aus der Florentiner Boutiqueszene. Neben ihm Hektorchen Assianatis, ziemlich blond und reich und katholisch und berühmt für seine Tausend-Mark-Ledermappen.

In der Bank dahinter Leopold Lollis, der Klassenprimus, Fachmann in Computerangelegenheiten und erklärter Feind von Priscilla. Neben ihm René die Unke, der Schüler mit den besten Referenzen in ganz Europa, Brillenschlange und dreifacher Sitzenbleiber, Filius der Konservenindustrie und begnadeter Onanist auch während der Schulstunden.

Hinter allen Kalle, genannt The Kid. Mitten im Schuljahr in die Klasse geplatzt aufgrund wer weiß welchen Versehens. Randalemacher und Tramper ohne die geringste Lerntradition oder -intention, brauner Haarschopf; der einzige, der Priscilla gefiel, wenn auch nicht so intensiv, daß er eine ernsthafte Konkurrenz für Baisers hätte darstellen können.

Das ist sie, die vollständige 2 c. Es fehlen, ohne allerdings irgend jemandem wirklich zu fehlen, eine kranke Schülerin und ein grundsätzlich in Ferien befindlicher Schüler. Eine langweilige Klasse, konformistisch und zeitgeistgemäß, dachte Priscilla. Sie zog ihren Block unter der Bank hervor und fing an zu zeichnen.

»Na, Fräuleinchen, was tun wir denn da?« fragte sofort der Lehrer. »Geruhen wir vielleicht, dem Unterricht zu folgen?«

»Ich habe gezeichnet«, sagte Priscilla.

»Ah so. Und was?«

»Dinosaurier.«

»Dinosaurier?«

»Genau gesagt, einen Stegosaurus.«

»Und darf man fragen, warum?«

»Sie erzählen doch gerade über das Altertum, da sind mir die Saurier eingefallen.«

»Weißt du eigentlich, Priscilla«, tönte der Lehrer, »daß es zur Zeit der Dinosaurier den Menschen noch nicht gab?«

Jetzt geht das wieder los. Na und? Sie haben trotzdem ein tolles Leben gehabt, die Dinosaurier. Spinat oder Gräser gegessen oder was da sonst so war und morgens nicht um sieben aufstehen und sich die Vor- und Frühgeschichte erläutern lassen müssen. Die haben sie von allein gelernt.

»Wer von euch weiß, warum die Dinosaurier ausgestorben sind?« fragte der Lehrer und ließ einen Panoramablick durch die Klasse schweifen.

»Waren sie vielleicht zu fett?« sagte Dickerchen und fürchtete für sein eigenes Schicksal.

»Das auch. Aber das ist nicht alles. Priscilla, weißt du, warum?«

»Weil es den WWF noch nicht gab?«

»Immer eine kesse Bemerkung… Sag du's mir, Lollis.«

Du lieber Himmel. Da rattert gleich eine Juke-Box los. Also, Herr Lehrer, wie Sie ja sicher wissen, gibt es da verschiedene Theorien, die neueste behauptet, daß ein großer Himmelskörper, als er in unsere Atmosphäre eintrat…

Priscilla ließ ihr Köpfchen auf die Bank sinken. In der letzten Stunde wird jede Minute zum Erdzeitalter. Nur noch vier Juras und eine Kreidezeit bis zum Ende. Lieber Gott, schick einen Himmelskörper und laß die Lehrosaurier aussterben. Zwei Stunden Mathe, zwei Stunden Aufsatz und jetzt auch noch Lollis mit einer Zusammenfassung der Schöpfungsgeschichte. Hier kommt kein Mensch mehr lebend raus.

Da endlich die Klingel!

O herrlicher Klang! Du Gurgeln des Engels! O Himmelskörper! O verpißt euch doch alle. Endlich frei!

Schon drängte die Meute zur Tür.

»Heute sind diese fünf ätzenden Stunden ja überhaupt nicht rumgegangen«, sagte Lavinia.

»Echt sklerotisch«, trillerte Rosabella, »noch ein paar Minuten, und ich wäre krepiert vor Langeweile, stimmt's, Priscilla?«

»Nicht langweiliger als gestern auch«, seufzte Priscilla und starrte betrübt durch das Klassenzimmer. Und dabei sah sie The Kid, der noch gar nicht aufgestanden war. Sein Kopf mit der ewigen Sonnenbrille lehnte an der Wand. Er schlief, wie üblich. Priscilla schüttelte ihm den Arm.

»He, Kid«, sagte sie. »Die Gefahr ist vorbei, alles aus. Du kannst jetzt aufwachen... Kid.«

Mit einem dumpfen Geräusch fiel der Kopf von The Kid auf die Schulbank. Aus seinem Mundwinkel rann ein schwarzer Spuckefaden. The Kid war tot.

Um drei Uhr nachmittags saßen die Schüler immer noch alle im Klassenzimmer fest. Abzüglich The Kid, natürlich. Sie wirkten nicht erschüttert, sondern eher erregt. Die einzigen, die wirklich trauerten, waren Priscilla und Dickerchen. (Die Dicken haben eben auch Herz zuhauf.)

»Ich glaub's einfach nicht«, stammelte Dickerchen. »Heute morgen haben wir uns doch noch guten Tag gesagt, und er hat mir wie üblich in die Eier gehauen.«

»Eine häßliche Geschichte«, sagte Priscilla und sah sich um. Seltsame Gedanken schwirrten durch ihr Köpfchen.

»Vielleicht waren das Drogen... Ich glaube, der hat sich mit Drogen vollgedröhnt«, sagte Hektorchen.

»Nein«, sagte die Unke, »ich hab' den Lehrer mit dem Kommissar reden gehört. Es war Gift.«

»Hat er sich selbst umgebracht?«

»Weiß man nicht.«

»Warum lassen die uns denn nicht gehen?«

»Das muß der Kommissar entscheiden.«

Es gab einen echten Kommissar. Er saß in der letzten Bank und unterhielt sich mit dem Direktor. Sie sahen aus wie zwei bekloppte Sitzenbleiber. Auch ein paar Lehrer waren da, bleich und besorgt. So ein Skandal für die exklusivste Schule der ganzen Stadt! Und dann waren da noch zwei Polizisten.

»Ich weiß ja, ihr wollt nach Hause, Kinder«, sagte der Kommissar, »aber wir brauchen vorher noch eure Hilfe. Euer Klassenkamerad hat Gift zu sich genommen... Wir würden gern wissen, ob irgend jemand von euch gesehen hat, was er so gegessen hat... Sie, Fräulein Sabelli, Sie saßen ihm am nächsten.«

Rosabella ordnete ihre Frisur. Was denn, wollten die sie nicht mal vereidigen?

»Nein... ich, also, ich gucke sowieso nicht viel...«
(Geraune. Lügnerin. Ein paar Muränenblicke.)
»...jedenfalls hat er nie was zwischendurch gegessen.«
»Auch nicht in der Pause?«
»Nee«, fuhr Dickerchen dazwischen, »geraucht hat er.«
»Geraucht? Was denn?«
»Zigaretten hat er immer geraucht«, sagte Dickerchen, »na, die man eben so raucht...«
Priscilla ging dazwischen, sonst hätte die Sache endlos gedauert.
»Er hat ganz normale Zigaretten geraucht, Sie haben ja sicher die Schachtel in seiner Tasche gefunden, oder?«
»Und er hat zwischendurch nicht mal was gegessen?«
»Habe ich nie gesehen.«
»Ist denn heute während des Unterrichts irgend etwas Merkwürdiges passiert? Ist jemand gekommen? Habt ihr Kalle rausgehen sehen?«
»Nein«, sagte Schorschi der Smartie. »Wir hatten nämlich heute eine Klassenarbeit, in der dritten Stunde, und deswegen hat keiner Pause gehabt. Irgendwer ist mal kurz ausgetreten, aber ich glaube nicht Kalle...«
»Ich war mal draußen«, sagte die Unke ängstlich. »Aber ich schwöre, ich mußte ehrlich mal.«
»Pinkeln ist kein Verbrechen«, zischelte Priscilla hinter seinem Rücken.
»Und sonst etwas Merkwürdiges habt ihr nicht bemerkt? Etwas Ungewöhnliches?« sagte der Kommissar.
»Unheimlich viele Fliegen«, sagte eine der Zwillingsschwestern. Und nickte.
»Echt unheimlich viele«, bestätigte die andere. Und nickte ebenfalls.
»Irgendwann«, sagte Dickerchen, »hat jemand ein Steinchen gegen die Fensterscheibe geschmissen, von draußen. Das haben wir alle gemerkt.«
(Auch er hatte damit seine Pflicht getan.)
»Ehrlich gesagt«, sagte Boba, »Kid war furchtbar blaß, als er heute morgen in die Schule kam... Ich hab' ihn noch ge-

fragt, wie's ihm geht... er hat gesagt, gut... aber das ›gut‹ klang nicht sehr überzeugt, und dann...«

»Hören Sie nicht auf sie, das ist alles Quatsch«, sagte Priscilla, »wenn Sie ihr zuhören, macht sie eine Einstundenshow.«

»Fräulein Mapple, bitte verschonen Sie uns mit Ihren üblichen ironischen Bemerkungen«, sagte der Direktor und flüsterte mit dem Kommissar. Bestimmt erklärte er ihm, was für eine anmaßende, anarchische Schülerin dieses Mädchen war und was für Frechheiten sie sich herausnahm und daß man die nur duldete, weil sie leider doch sehr intelligent war.

»Also«, fuhr der Kommissar fort, »könnt ihr euch noch erinnern, ob Kalle in letzter Zeit mit irgend jemandem Streit hatte? Hatte er Feinde?«

Alle schwiegen. Diese Heuchler. The Kid war mit niemandem ausgekommen. Nur Priscilla und Dickerchen hatte er ertragen können. Ein schwieriger Schüler, quasi unerziehbar, das war die schulische Bewertung, die er bekommen hatte. Priscilla war inzwischen schweigend zur Tat geschritten. Ihr Blick wanderte unter dem Fenster herum. Dann bückte sie sich und hob etwas auf. Die anderen Schüler liefen nervös durcheinander. Allmählich ließ die Erregung nach und machte einer vagen Angst Platz. Der Direktor beklagte sich beim Kommissar.

»Wir halten sie jetzt schon zwei Stunden hier fest... Sie müssen mich auch verstehen, die Eltern rufen an... Das sind bedeutende Leute, dies ist ja nicht irgendeine Schule.«

Der Kommissar nickte im lupenreinen Zwillingsschwestern-Secchia-Stil.

»Sie können in einer halben Stunde gehen. Lassen Sie mich mit der Italienischlehrerin sprechen.«

Die Lehrerin Danieli kam, eingefallen und verängstigt. Sie weinte. Ein guter Mensch. Priscilla Mapple starrte in den kleinen Schulgarten mit dem Volleyballplatz, der Bühne für Preisverleihungen, den gestutzten Ulmen. Welche Tristesse. Du bist hier nicht lebend rausgekommen, Kid. Nach dieser einen Stunde kommt noch eine und dann noch eine...

Von irgendwo unten legte ihr Dickerchen, verschwitzt und voller Anbetung, kühn eine Hand um die Fessel.

»Priscilla, was glaubst du, wer war das deiner Meinung nach... Also, ich meine, könnte es deiner Meinung nach auch einer von uns gewesen sein?«

Es war keine Müdigkeit. Er redete immer so, auch wenn er in blendender Form war.

»Liebes Dickerchen«, sagte Priscilla und führte ihre Hände kelchförmig zur Denkerpose unters Kinn, »wer von uns könnte deiner Meinung nach The Kid auf dem Kieker gehabt haben?«

»Weiß ich nicht.«

»Alle.«

»Ähh, so 'ne Scheiße.«

»Gehen wir sie mal einzeln durch. Die Zwillingsschwestern: Kid hat sie die Schwestern Jawollderherr genannt und behauptet, sie hätten zu zweit nicht *ein* Hirn. Lavinia: Die wollte mal Unterschriften sammeln, damit dieser ›unerträgliche Flegel‹ rausfliegt. Und wenn du dich noch erinnerst, hat Kid erst vorigen Monat zu Boba gesagt, deren Papi wäre ein Kriegsgewinnler. Und Boba hat mit einem Schuh nach ihm geschmissen. War zwar ein signiertes Designermodell, aber jedenfalls ein Schuh. Und Rosabella, unser Vamp?«

»Vielleicht hatten die mal einen Flirt, und sie wollte nicht, daß das rauskommt...«

»Fundamental, Dickerchen... oder Maria Cristina... steht immer in Rosabellas Schatten und ist hoffnungslos verknallt in Kid: Den krieg' ich und sonst keine.«

»Ähh, so 'ne Scheiße«, bekräftigte Dickerchen erregt.

»Kommen wir zur Abteilung Männchen. Schorschi der Smartie. Der hat sich mit Kid, wenn du dich erinnerst, sogar mal gekloppt, unten auf dem Volleyballplatz. Und Hektorchen? Sah immer aus, als ob der ihn gehaßt hat, aber dann hat er auch wieder an ihm rumgefummelt.«

Dickerchen klappt das Maul auf wie ein Karpfen.

»Und die Unke? Wie viele Kopfnüsse hat der sich von Kid eingefangen? Und jedesmal hat er sich umgedreht und Kid angeknurrt: Hör auf oder ich bring' dich um. Weiter: Lollis? Der hat Kid nicht mal angeguckt, ich glaube, dem ist schon der Ekel hochgekommen, wenn er Kid bloß in seinem Rükken atmen gehört hat. Und was dich angeht, Dickerchen...«

»Mich? Wieso?«

»Weil du fett und häßlich bist, und Kid war schlank und schön...«

»Dann kommst du auch in Frage.«

»Nein. Ich bin zwar fett, aber von außergewöhnlicher Schönheit«, sagte Priscilla.

»Du willst mich wohl verkohlen.«

»Klar«, sagte Priscilla, stand auf und reckte sich. »Glaubst du etwa, daß man für so wenig einen Menschen umbringt?«

Schwankend und mit einem schiefen Lächeln näherte sich der Kommissar.

»Nun, Priscilla... ich habe gehört, du bist ein aufgewecktes Mädchen... hast du mir nichts zu sagen?«

»Haben Sie schon raus, wer von uns der Mörder ist?«

»Priscilla«, sagte der Kommissar mit einem professoralen Lächeln, »erklär mir doch mal, warum es jemand von euch gewesen sein sollte.«

»Warum würden Sie uns sonst hier festhalten? Und warum haben Sie die Schultore schließen lassen? Ich habe noch niemanden rausgehen sehen. Das heißt doch wohl, daß Sie ermittelt haben, daß Kid während des Unterrichts vergiftet worden ist, oder?«

Der Kommissar setzte sich verdutzt. Wirklich aufgeweckt, die Kleine.

»Nun ja, stimmt. Nach Meinung des Gerichtsmediziners wurde das Gift in der Zeit zwischen elf und zwölf Uhr eingenommen... Es handelt sich um ein Gift, das nach etwa einer Stunde wirkt...«

»Heißt es Kurare?«

Der Kommissar erbleichte.

»Könnte sein... warum?«

»Ich habe mal so was gelesen. Es schläfert einen ganz sachte ein, auf fast schmerzlose Weise. Kid hat ja nicht mal gejammert. Er hat einfach dagesessen, ohne daß wir etwas gemerkt hätten. Er hat in der letzten Stunde fast immer geschlafen.«

»Wir warten die Analysen ab... Es könnte sein«, sagte der Kommissar. »Und was kannst du mir sonst noch erzählen?«

»Daß Sie in der Scheiße stecken. Kid ist während des Unterrichts nicht aus dem Raum gegangen, also hat er das Gift hier drin genommen. Sind Sie der Meinung, er hat es mit Absicht gemacht?«

»Wir glauben, ja. Selbstmord.«

»Ist aber falsch«, sagte Priscilla und gähnte.

»Du willst mich wohl verkohlen.«

»Wenn Sie meinen, nichts für ungut.«

»Nein, erzähl weiter...« sagte der Kommissar.

»Ich hätte gern einen Cappuccino und zwei Obsttörtchen.«

Der Kommissar flüsterte einem Polizisten etwas ins Ohr. Der ließ es sich zweimal wiederholen und zog dann ab. Priscilla fand, daß es anfing, Spaß zu machen. Der Direktor lief aufgeregt hin und her und gab zu bedenken, daß draußen der Herr Abgeordnete, die Frau Gräfin, der Herr Notar, der Herr Doktor und so weiter warteten. Wörter wie »an die Presse wenden« und »die armen kleinen Eingesperrten« schwirrten herum.

»In zehn Minuten dürfen alle raus«, sagte der Kommissar. »Aber jetzt sorgen Sie bitte für Ruhe. Sprich weiter, Priscilla.«

»In Ordnung. Sie haben mich vorhin gefragt, ob ich heute etwas Merkwürdiges beobachtet habe. Sehen Sie, ich langweile mich furchtbar im Unterricht...«

»Ich verstehe nicht, was das damit zu tun haben soll.«

»Herr Kommissar, wenn ein See ruhig daliegt und jemand einen Stein hineinwirft, dann merken das alle, ja?... Genau so ist es, wenn jemand sich langweilt, jede Kleinigkeit, die sich ereignet, alles, was die Langeweile unterbricht... pluff – packt einen.«

Der Kommissar zündete sich eine Zigarette an; er war so konfus, daß er auch Priscilla eine anbot.

»Danke, geben Sie mir auch Feuer?« sagte Priscilla prompt.

Der Direktor hatte die Szene mit angesehen und kam empört herbeigelaufen, aber der Kommissar schickte ihn mit einer herrischen Handbewegung wieder zurück. Priscilla wurde er allmählich sympathisch, und sie nahm zwei Triumph-Züge aus der Zigarette.

»Also, gefallen oder vielmehr eingefallen in diesen See der Langeweile sind heute zwei Dinge, und zwar genau in den beiden Stunden Klassenarbeit: Erstens: Kid hat die ganze erste Stunde kein einziges Wort geschrieben. Er hat nur so getan. Ich habe ein-, zweimal zu ihm geguckt, und da hat er einen Comic gelesen.«

»Guckst du immer durch die Gegend bei Klassenarbeiten?«

»Ich bin immer nach zwanzig Minuten fertig. Dann verbessere ich noch ein bißchen, damit es so aussieht, als ob ich arbeite. So machen wir Genies das. Ich weiß nicht, ob Sie das verstehen können...«

»Red weiter«, brummte der Kommissar.

»Heute allerdings hat jemand doppelt so schnell geschrieben wie normalerweise, als hätte er es furchtbar eilig... Und zwar niemand, der das sonst auch immer macht.«

»Was soll das bedeuten?«

»Herr Kommissar«, sagte Priscilla und paffte wie ein Vamp, »ich muß mich doch wundern über Sie. Wenn Kid gar nicht schreibt, und jemand anders schreibt ganz hastig, dann kann man ja wohl davon ausgehen, daß dieser Jemand für Kid den Aufsatz mitschreibt.«

»Tja, ja. Davon kann man wohl ausgehen.«

»Ja, kann man! Und dann ist noch etwas passiert... Dieses Steinchen gegen das Fenster... Es stimmt, jemand hat ein Steinchen geschmissen, aber nicht von draußen, sondern von drinnen... Hier ist es, ich hab's vorhin gefunden...«

»Und was soll dieses Steinchen bedeuten?«

»Warum schmeißt wohl jemand ein Steinchen gegen ein Fenster, Herr Kommissar? Um die Aufmerksamkeit darauf zu lenken. Dann gucken nämlich alle da hin und nicht woandershin. Wir haben alle zum Fenster geguckt, und vielleicht ist da gerade woanders etwas passiert...«

»Was denn?«

Der Polizist kam mit Cappuccino und Kuchen und sagte dem Kommissar etwas ins Ohr. Dem Kommissar riß der Geduldsfaden.

»Sagen Sie diesen Herrschaften, wenn sie nicht augenblicklich aufhören, mir auf die Eier zu gehen, dann setze ich ihre Kinder eine Woche hier fest, und foltern werde ich sie auch. Also, Priscilla«, nahm er den Faden wieder auf, »was passiert genau dann, wenn ihr alle zum Fenster guckt, das einen Stein abgekriegt hat?«

»Jemand schiebt Kid den Aufsatz rüber.«

»Na schön... aber das ist ja kein Verbrechen!«

»Nein, Herr Kommissar. Aber wenn dieser Jemand die allerletzte Person wäre, von der Sie so etwas erwarten würden, eine Person, die überhaupt kein Motiv hat? Was würden Sie dann denken?«

»Daß das merkwürdig ist.«

»Noch ein Steinchen im Teich... Und genau hier habe ich mit meinen Nachforschungen angesetzt... Zu dem Zeitpunkt selbst habe ich die Übergabe des Aufsatzes nicht beobachtet, aber ich habe beobachtet, wie jemand weiter im Akkord geschrieben hat... Und ich denke, wenn wir den betreffenden Aufsatz ansehen, dann ist der erkennbar hastig hingeschrieben, aber nicht sehr lang... Und: in der vierten Stunde hat auch Kid plötzlich full-speed geschrieben...«

»Na schön. Aber es gibt auch kein Verbrechen namens Abschreiben.«

Priscilla nickte und verschlang eine Erdbeere.

»Könnten Sie mir bitte die Bibliothekarin holen lassen?«

Der Kommissar fragte nicht, warum. Dieses teuflische kleine Mädchen hatte ihn fest im Griff. Die alte Bibliothekarin kam, und Priscilla unterhielt sich mit ihr. Als sie wieder gegangen war, lag auf Priscillas Gesicht ein Ausdruck des Triumphs.

»Wollen Sie jetzt bitte die Unke rufen –, pardon, den Schüler Rainer Rovelli?«

Bleich und düster erschien der Junge mit den Super-Referenzen.

»Darf ich dich etwas fragen, Unke?« sagte Priscilla.

»Dir sage ich gar nichts, du Viper.«

»Na, dann sage ich meine Fragen eben dem Kommissar, und er stellt sie dir...«

Die Unke riß die Augen auf. Priscilla schlürfte gelassen ihren Cappuccino.

»Was willst du wissen?«

»Hast du schon mal abgeschrieben?«

»Ich?« Die Unke wurde rot. »Was fällt dir ein...«

»Da du dich in die Bank mit dem Klassenprimus gesetzt hast...«

»Hör mal, schönes Kind. Wenn du es genau wissen willst, bei jeder Klassenarbeit stellen Lollis und ich Bücher zwischen uns, damit ja keiner in Versuchung kommt... Bist du jetzt zufrieden?«

»Ich habe es gewußt, aber ich wollte es bestätigt haben. Du kannst also nie sehen, was Lollis macht?«

»Und er kann nicht sehen, was ich mache«, sagte die Unke stolz.

»Er ahnt ja nicht, was ihm entgeht. Kannst du ihn mir bitte holen?«

Die Unke rannte fast nach hinten ins Klassenzimmer und berichtete. Dann erschien der Klassenprimus. Kein Haar am falschen Ort. Steif und mißtrauisch nahm er Platz. Er hatte schon gecheckt, welchen Einfluß Priscilla auf den Kommissar hatte.

»Hallo, Lolli.«

»Du sollst mich nicht so nennen.«

»Herr Doktor Lollis, deine letzte Mathearbeit vor drei Tagen war nicht gerade ein Meisterwerk...«

»Was geht dich das an?«

»Ich meine nur, ist doch komisch, von einer Zwei plus auf eine Drei zu rutschen, also...«

»So was soll's geben...«

»Bei dir dürfte es das aber nicht... Mich hat die Zensur sehr verblüfft... Fast genauso wie die Drei, die Kid gekriegt hat.«

»Siehst du«, lächelte Lollis. »Mal geht's gut, und mal geht's eben schief.«

»Und wieso hast du ihn abschreiben lassen?«

»Du träumst wohl, was?«

»Komm! Ich wette, wenn wir eure beiden Arbeiten durchgucken, finden wir mehr oder weniger dieselben Fehler... Du konntest Kid ja schließlich keine Zwei plus erschummeln, das wäre doch aufgefallen... Also hast du dich selbst geopfert... Vielleicht hast du ihm sogar gesagt, wo er ein bißchen verändern soll.«

»Das stimmt nicht... ich gebe nie Klassenarbeiten weiter.«

»Und ich sage, das tust du wohl. Ich habe noch einmal drüber nachgedacht, Lollis... Jemandem wie dir wären solche Fehler nicht passiert... Aber du warst nicht einmal überrascht über die Drei und auch nicht enttäuscht... Jetzt fällt es mir genau wieder ein... Weißt du, die Steinchen im Teich...«

»Die was?«

»Ach nichts. Also, du hast beschlossen, Kid zu helfen... und ihm auch den Aufsatz heute zu schreiben. Ich habe dich beobachtet, du hast dich zwei Stunden lang abgestrampelt, wo du doch normalerweise in einer guten Stunde fertig bist mit dem Schreiben... Du bist doch eine Uhr, Lollis... Sag jetzt, wieso du deine Zeiteinteilung geändert hast.«

»Du redest irre«, wimmerte Lollis. »Herr Kommissar, erzählen Sie mir nicht, ich soll weiter darauf eingehen.«

»Und ob du das sollst«, sagte der Kommissar.

»Du hast keine Beweise«, sagte Lollis.

»Stimmt, Beweise habe ich nicht... Ich meine, für dich sind zwei Mathearbeiten, die fast gleich sind, und ein hingekritzelter Aufsatz schon reichlich merkwürdig, Lollis, aber... eigentlich brauchte man, was weiß ich, die Vorlage des Aufsatzes, den du für Kid gemacht hast... oder...«

Im selben Augenblick erschien die Bibliothekarin mit einem Buch: Es war ein Chemielehrbuch für die Universität.

»Was hast du in Chemie und Physik, Lollis?«

»Zwei plus.«

»Na sicher, wenn du solche Bücher liest, dann bist du uns glatt zehn Jahre voraus«, lachte Priscilla. »Ich weiß, daß du in Chemie und Physik viel besser bist als ich... und daß dein Onkel ein berühmter Biologe ist.«

»Woher weißt du das?«

»Das hast du mir selbst gesagt. Du gibst gern an mit deiner Sippschaft, Lollis. Und jetzt kommt noch ein Steinchen, das mir wieder eingefallen ist. Vor zwei Wochen hast du dieses Buch gelesen, in der Pause im Schulgarten. Damals kam mir das nicht komisch vor. Ich bringe mir auch Poe und Tante Agatha mit in die Schule... Du hattest es aus der Schulbibliothek geliehen, stimmt's?«

»Das weißt du doch sehr gut. Na und? Ich hatte es regulär bestellt.«

»Klar, klar«, sagte Priscilla und blätterte wie gedankenlos darin herum. »In diesem Chemiebuch steht viel über Gift, nicht? Guck mal hier, da ist ein ganzes Kapitel. Du gehst wohl sehr vorsichtig mit Büchern um, Lollis... Es sieht aus wie neu... Das heißt, nein, so ein Zufall, es *ist* neu! Es ist eine Ausgabe von diesem Jahr... Du bist wohl sehr großzügig, Lollis... Leihst alte Bücher aus und bringst neue zurück!«

Lollis fing nervös an, seine Brille zu malträtieren.

»Und was möchtest du damit beweisen?«

Priscilla Mapple lief zu ihren vollen zirka anderthalb Metern Hochformat auf.

»Lollis! Es gibt überhaupt keinen Grund, daß du Kid hilfst. Dazu bist du nicht der Typ. Du hast noch nie jemandem geholfen, du würdest eher die ganze Schulbank zumauern, als irgendwen von dir abschreiben zu lassen. Und Kid hast du gehaßt, also, wenn du ihm geholfen hast, dann hattest du eine Absicht. Du hast dir sein Vertrauen erobert, indem du ihm die Matheaufgaben angeboten hast. Dann hast du ihm auch noch den Aufsatz zugeschoben. Und ihn umgebracht!«

Kreidebleich stand Lollis auf.

»Sachte, Fräulein, sachte«, unterbrach der Kommissar. »Paß gut auf, was du sagst.«

»Ich passe immer gut auf«, sagte Priscilla und schwenkte ein Blatt. »Guck mal, Lollis, dein Aufsatz, ganz, ganz kurz und mit Kuli geschrieben.«

»Wo hast du den her?«

»Ich habe mir erlaubt, die Tasche der Italienischlehrerin zu durchsuchen«, grinste Priscilla. »Na, wie kommt's, daß du diesmal deinen edlen Füller nicht benutzt hast?«

»Du Luder«, sagte der Junge und fing fast an zu weinen. »Mein Vater wird dich verklagen.«

»Priscilla, jetzt übertreibst du«, sagte der Kommissar. »Würdest du mir bitte erklären, wie das gehen soll?«

»Mit dem Aufsatz.«

»Du bist ja durchgeknallt.«

»Mit der Schmierfassung des Aufsatzes. Du hattest in die Tinte für den Füller Kurare gemischt. Du hast den Aufsatz für Kid geschrieben. Und du hattest ihm vorher gesagt: Ich schiebe ihn dir rüber, aber du mußt schwören, daß du die Vorlage vernichtest, sobald du sie abgeschrieben hast... Und seit die Welt die Welt und die Schule die Schule ist, werden verräterische Schummelzettel auf eine einzige Weise vernichtet: Man ißt sie auf.«

»Weiter«, sagte der Kommissar.

»Es ist doch gar nicht schwer, sich vorzustellen, was passiert ist. Du sagst zu Kid: Ich gebe dir die Vorlage nur, wenn du mir schwörst, du ißt sie sofort auf, sonst gebe ich dir nie wieder was. Bei einem Typen wie dir ist klar, daß Kid sich über deine Forderung nicht wundert. Du machst die Probe mit der Mathearbeit. Auf dünnem Durchschlagpapier, ich habe oft gesehen, daß du solche Blätter benutzt. Und Kid schluckt sie runter. Und er gehorcht auch bei dem Aufsatz... und schluckt das Gift.«

»Beweis es!«

»Wo ist dein schöner Füller, Lollis? Du hattest ihn nämlich in der ersten Stunde, ich habe ihn gesehen.«

»Er ist weg... ich glaube, ich habe ihn verloren«, stammelte Lollis.

»Na, sieh mal einer an... der superordentliche Lollis verliert seinen Füller und ist nicht mal besorgt, er sucht nicht danach, er fragt nicht, ob jemand ihn gesehen hat! Ich dagegen glaube, wir werden ihn finden, deinen Füller, vielleicht unten im Garten, unter einem Klassenfenster... unter dem hinteren, an dem du vorhin gestanden hast.«

Der Kommissar gab dem Polizisten ein Zeichen.

»Und noch etwas mußt du mir erklären, Lollis«, fuhr Priscilla unerbittlich fort. »Warum hast du dir aus der Bibliothek ein altes Buch geholt und ein neues zurückgebracht? Ich will's dir sagen, Lollis. Gib mir mal eins von deinen Büchern: Siehst du, alles unterstrichen, du hast da eine Marotte, anders kannst du nicht lernen... Und das wäre ja etwas unschön gewesen, ein Buch zurückzugeben, in dem die Kapitel über Gift unterstrichen sind!«

Lollis ließ den Kopf sinken. Er keuchte ein bißchen.

»Also, falls dir Aufsatz, Chemiebuch und Füller noch nicht genügen, dann wollen wir mal davon ausgehen, daß diese Marotte eine neue Bedeutung bekommt, sobald bei der Autopsie in Kids Magen Papier gefunden wird. Sie werden das wohl kaum für Kids Lieblingssnack halten. Und sie werden mit Sicherheit zu Hause bei deinem Onkel Kurare finden. Soll ich noch weiter...«

Der Polizist rief vom Hof hoch. Der Kommissar beugte sich aus dem Fenster. Priscilla und Lollis rührten sich nicht.

»Du hast Glück«, sagte Priscilla, »sie haben deinen Füller wiedergefunden.«

»Du Arschloch.« Lollis fing jetzt an zu weinen. »Du Arschloch hast alles versaut.«

Der Kommissar schickte die anderen Schüler, die neugierig zu dem weinenden Lollis und der zum Fenster gewandten Priscilla starrten, aus dem Klassenraum.

»Aber warum?« fragte der Kommissar.

Lollis gab keine Antwort.

»Ich vermute, es war wegen dieser Geschichte mit dem

Zensurendurchschnitt, stimmt's?« sagte Priscilla, ohne sich umzudrehen. »Dafür hast du doch tagtäglich Berechnungen angestellt in deinem Kalender.«

»Ja«, sagte Lollis. »Ohne Kid hätten wir Schulbeste werden können... Ich hatte es genau berechnet... Ohne seine Vieren und Fünfen hätten wir den besten Durchschnitt gehabt. Aber mit ihm in der Klasse hatten wir keine Chance beim Landeswettbewerb.«

»Dem Wettbewerb der Musterklassen?«

»Ja«, sagte Lollis. »Er... er hatte überhaupt nichts mit uns zu tun... Was nützt das ganze Lernen, wenn irgend so ein Taugenichts einem dann alles kaputtmacht... Er hat die Lehrer genervt, wir haben dauernd Zeit verloren... Und wir waren mal so eine tolle Klasse...«

Ein Polizist führte Lollis, kerzengerade und aufrecht wie immer, ab. Der Direktor schien um Äonen gealtert. Priscilla und der Kommissar schlenderten zusammen durch die menschenleeren Schulkorridore, wobei seine Plattfüße und ihre Schühchen in verschiedenen Tonlagen hallten. Im Lichthof blieb der Kommissar stehen und machte Priscilla ein Kompliment.

»Ich muß gestehen, im ersten Augenblick hatten wir uns wirklich auf die Selbstmordhypothese versteift... Nun ja, mit Sicherheit wären uns selbst später auch Zweifel gekommen.«

»Ohne Zweifel«, sagte Priscilla.

»Vielen Dank für alles.«

»Vielen Dank für den Cappuccino.«

Am Schultor, das endlich wieder offen war, sah Priscilla ihre Familienangehörigen in Reih und Glied stehen. Der Kommissar drückte ihr die Hand.

»Tja, Fräulein... ich wäre froh, wenn ich eine Tochter wie dich hätte... obwohl... nein, da bin ich wirklich nicht sicher.«

»Mehr oder weniger so sieht mein Papi das auch«, sagte Priscilla.

Die Erzählung der Blondine im roten Kleid

Das Schicksal auf der Insel San Lorenzo

> Mag sein, daß du sehr früh
> am Morgen aufstehst, aber
> dein Schicksal ist schon
> eine Stunde vor dir aufgestanden.
> Afrikanisches Sprichwort

Am Anfang war der Traum, und er gebar Siopé, das Schweigen, und Mumusoin, das Geräusch, welche Dyaus, den Himmel, Indigo, die Erde, und Caleb, das Lachen, zeugten, und aus jenen ging das Meer hervor, und aus dessen Mitte ragte San Lorenzo auf, die Insel in Form einer Kröte, und im Kopf der Kröte entstand die Hauptstadt, und auf dem Balkon eines ihrer Häuser stand am Abend eines jener vielen, vielen Tage, die Gott gleichgültig sind, der schöne Alfonso und vollführte gymnastische Übungen zu den Klängen der Platte »Apache«, angetan mit lediglich einem Leopardenslip.

Ihn erblickte die schöne Olga von ihrem Fenster aus, und sie fand, daß er der schönste und schweißgebadetste von allen Männern war. Und ihr Herz tat einen Ächzer wie eine Hornisse im Bambus.

So gingen etliche Minuten dahin, in denen Alfonsos Muskeln im Abendrot auf und ab hüpften, die schöne Olga sie begutachtete, ein Auto einen Fußgänger auf die Haube nahm und gegen ein anderes Auto schleuderte, ein Auflauf entstand und der Fußgänger starb: Seine Seele stieg auf in den leicht versengten Himmel, es war die Seele eines Zahnarztes, und das letzte, was sie auf Erden erschaute, war Olgas verträumtes Gesicht am Fenster, und so bedauerte sie es um so mehr, ausgerechnet jetzt weg zu müssen.

Wenn es wahr ist, daß die Liebe und der Tod aneinander gebunden sind und daß eine einzige Göttin aller beiden Fäden zieht, dann war dies wohl genau der Augenblick, in dem alles begann. Der schöne Alfonso hörte, wie die Straße sich belebte, schlang sich ein ebenfalls geschecktes Handtuch um die Nieren und lehnte sich über die Brüstung. So erblickte er Olga, die gerade im pfirsichfarbenen Unterhemd die langen blonden Haare traktierte: Und Cupidos Pfeil überflog behende die knappen zehn Meter zwischen den beiden Häusern und bohrte sich in die respektiven Stirnen. Auf der Stelle schwor Alfonso, wenn er diese Blondine nicht bekomme, bringe er sich um, was die Welt um eine außergewöhnliche Muskulatur bringen würde. Und auch Olga schwor, wenn sie diesen wunderschönen Turner nicht bekomme, bringe sie ihn um. Die Ausgangssituation sah also für Alfonso einen klaren Nachteil vor.

Am selben Abend ging Porfirio, der Witwer, mit seinen beiden Kindern namens Vonsiebenjahren und Vonachtjahren zum Muschelsammeln an den Strand des Meeres. Für so etwas war der Strand von San Lorenzo denkbar ungeeignet, also sammelten sie ein paar fossilisierte Wassermelonen, zahllose Eislöffelchen sowie ein Stück Holz, das laut Vonachtjahren aussah wie eine Katze, laut Vonsiebenjahren dagegen wie ein Marsmensch.

Am Ende dieser naturkundlichen Exkursion streckte sich Porfirio im Sand aus und betrachtete die Boote von San Lorenzo, die – grün die einen, blau die anderen – im Teerschlamm des Hafens vor sich hin weichten. Er betrachtete auch die Möwen, die müllgesättigt aus der Stadt zurückkamen. Er betrachtete das Hotel mit seinen siebenundzwanzig Zimmern, dessen Besitzer er war und das ihm ein anständiges Einkommen verschaffte. Glücklich hätte er sein können, aber glücklich war er nicht. An diesem Abend fühlte er deutlich wie nie zuvor, daß sein Dasein keinen Sinn hatte ohne die Liebe der schönen Olga.

Ja, so ist das Leben wirklich, und die Indianer sagen, die stärkste Kraft im Leben sei eine Gottheit mit dem langen, dräuenden Namen:

Duliebstwasdichnich'liebt nich'wasdichliebt.

Es handelt sich um den Gott der nichterwiderten Lieben, und er macht sich einen Spaß daraus, mit endlosen falschen Begegnungen jedes mögliche Unglück und jede mögliche Verzweiflung zu erzeugen.

Porfirio liebt Olga, wird aber von ihr nicht zurückgeliebt. Geliebt wird er statt dessen von Ernesto. Ernesto ist ein selbstverständlich melancholischer Kellner, der den Gästen des elegantesten Cafés von San Lorenzo namens Bellevue Buntflüssiges serviert. Abends macht er sich fein – als Arabischer Schauder, halb Odaliske, halb Wüstenbandit – und auf die Suche nach Liebe in den Straßen des Hafens. Stolz der Gang, gierig der Mund, moderat der Preis. Dort begegnet ihm eines Nachts Porfirio, dem gerade die Gattin abhanden gekommen ist, betrunken und in Tränen aufgelöst. So sitzen sie anlehnungsbedürftig, aber ohne den Korkpuffer der Sittlichkeit (wir sind ja schließlich im Hafen). Ernesto verliebt sich in diesen Mann, der so stilvoll weinen kann, Catull zitiert und ihn sehr freundlich behandelt. Die Nacht ist unvergeßlich. Ich weiß, ihr möchtet mehr erfahren, aber Porfirio geniert sich. Ja wirklich, nach diesem einen Mal läßt er sich verleugnen.

Ernesto dagegen wird wahnsinnig geliebt von Cristina, der lockenköpfigen jungen Kellnerin, die gar nicht verstehen kann, warum sie dem Angebeteten so gleichgültig ist. Ihn will sie und nicht Alfonso, der sie liebt (zumindest bis gestern), ach so liebt und ihretwegen alles trägt, was gescheckt und zur Hand ist, Jaguarkrawatten, Gürtel mit Pythonmuster, sogar eine Ozepardjacke aus einem exotischen Tier, das sowohl die Eingeborenen wie seinesgleichen anekelt.

Und so dreht sich das Teufelsrad, aber jetzt kommt eine Überraschungsnummer dazu, nämlich daß Alfonso und Olga sich lieben. Wäre das nicht so, hätten wir einen vollkommenen heiligen Kreis mit *Duliebstwasdichnich'liebt* als Mittelpunkt. Also Olga, die an der Liebe zu Alfonso, der wegen Cristina, die wegen Ernesto, der wegen Porfirio, der wiederum wegen Olga leidet. Aber jetzt stehen Olga und Alfonso da und sehen sich an, und der Rettungswagen kommt und holt den Leichnam des Zahnarztes ab, und sie sehen sich einfach an. Olga traktiert die blonden Haare, Alfonso steht schweißgebadet im Wind, obwohl das gar nicht gut ist, der Rettungswagen fährt davon, im Kino werden Reklamefotos für *Les Amants* (Zufall? Trick?) aufgehängt. Alfonso ist fassungslos. Nie zuvor hat er auf dem Balkon mehr als dürftige Erregung über eine Landschaft verspürt; und jetzt steht er hier und starrt verträumt auf die haarfetischistische Schönheit. Alfonso, o du wildes Tier, das nie geliebt, was ist mit dir? Romantisch fährt seine Hand in den Leopardenslip, um des Lebens Für und Wider zu ermessen. Er gähnt. Olga findet sogar seine Rachenmandeln schön. Total verknallt, das Mädchen. Bevor sie das Fenster schließt, wirft sie ihm einen unzweideutigen, nämlich kußförmigen Gruß zu.

Dies ist der Beginn eines wunderschönen Chaos.

Am nächsten Tag geht das Schicksal um, hinterhältig und verkleidet – wir sagen euch nicht, als was –, unter den tausend Gesichtern auf der Thunfischmesse von San Lorenzo. Jedes Jahr wird in San Lorenzo nämlich das Fest dieses himmelblauen sanftmütigen Tiers gefeiert, das vierzig Prozent der örtlichen Einnahmen sichert. Auf dem Fest verschmelzen Schifferklavier und Schreien, Farben und Keuchen beiderlei Geschlechts. Hier flaniert der schöne Alfonso, extra für diesen Anlaß eingewickelt in ein thunfischfarbenes Metallichemd plus Jaguargürtel und messerspitze Schuhe, und bietet der Welt seine kaum von der Melancholie der Liebe verhüllte Schönheit dar. Hier flaniert die schöne Olga, ganz in Fuchsienrot, und verbucht das Maximum an Komplimenten, das je eine Frau auf einer Messe von San Lorenzo verbuchen konnte. Sie flanieren in auseinanderstrebende Richtungen, und deshalb würden sie sich nie begegnen, wenn nicht das Schicksal dazwischenträte, und zwar in Gestalt (Achtung!) von Süßigkeitenhändlern, um genau zu sein, eines Verkäufers von Türkischem Honig. Und was für eines Türkischen Honigs! Vielleicht ist diese Leckerei von Astarte, der Göttin der Verführung, und Pepletus, dem Gott des Exzesses, persönlich geknetet worden aus olympischem Honig und aphrodisiakischen Drogen, denn sie verströmt einen Duft durch den ganzen Kosmos, dem niemand zu widerstehen vermag. Ihn riecht die Stadt, ihn riecht die Vorstadt, wo Kinder zu Dutzenden aus Fenstern hängen und begehrliche Klagechöre anstimmen, ihn riecht auch der rauheste Fischer meilenweit vor der Küste, und selbst die Thunfische, jawohl, die Thunfische halten inne und schnuppern hingerissen, und was können sie von Glück sagen, daß noch niemand auf die Idee gekommen ist, Köder aus Türkischem Honig zu machen.

Leckermaul Alfonso hält angelockt seine Mistralrichtung, derweil sich Olga zuerst südwest-westlich und schließlich nordwestlich in Richtung Türkischer Honig wendet und also dem Pfad des Schicksals folgt. Und dort, am Tresen mit den Süßigkeiten, begegnen sie sich, und der Blick, den sie tauschen, ist unbeschreiblich: Eine Herausforderung, ein Versprechen, ein Zauber, was ihr wollt. Der Türkischer-Honig-Händler (Jupiter in Verkleidung?) lächelt wie ein Komplize, als die beiden davonschlendern, längst im Banne des ewigen Zaubers. Als kennten sie sich seit eh und je, erzählt er ihr von der Fußballmeisterschaft, vom Sportplatz, von seinem Meniskus. Und erzählt sie ihm von ihrer Schwester, die Nonne ist, von Kanarienvögeln, von Stoffen. Um 23 Uhr 40 küssen sie sich, und damit kommt das Rad des Schicksals ins Rasen. Sie werden nämlich von Porfirio, dem Witwer, in der Menge gesichtet. Ihm bäumt sich beim Anblick der Frau seiner Träume in den Armen des Leopardenmannes das Herz auf. Mit knapper Not unterdrückt er einen Schrei. Er senkt den Kopf und fängt an, seine Kinder zu ohrfeigen, zwei Schellen für jedes »Papa, kaufst du mir das«. Die Kleinen verstummen erschüttert über solches väterliche Ungestüm, und das ist seit dem Tag des mütterlichen Begräbnisses nicht mehr vorgekommen.

Porfirio schluckt Wut und Tränen hinunter, setzt sich in die erstbeste Bar und bestellt einen Cognac. Den bringt Ernesto, der für einen Kollegen eingesprungen ist. Porfirio erkennt ihn wieder und beschließt: Sie werden ein Liebespaar. Nur so wird er Olga vergessen können. Und noch am selben Abend fahren sie auf einem Tandem in Shorts und betrunken die Promenade entlang zu einem stillen Strand, woselbst sie ihre skandalöse Liebe ausleben können. Das wiederum sieht Cristina und findet das Gemunkel ihrer boshaftesten Kolleginnen bestätigt. Wahnsinnig ob der verschmähten Liebe beschließt sie, sich noch am selben Abend Alfonso hinzugeben. Sie schminkt sich von den Lippen bis zu den großen Zehen und zieht alle transparenten Kleider, die sie besitzt, übereinander, mit dem Ergebnis, daß alle Transparenz hin ist. Und läutet an Alfonsos Tür.

»Wer ist da?«

»Cristina. Kann ich hochkommen?«

O erhabener Streich des Gottes *Duliebstwasdichnich'liebt*! Diese vier Wörter, die jedes für sich noch einen Tag zuvor die Stufen zum Paradies bedeutet hätten, haben jetzt einen völlig gleichgültigen Klang für Alfonso, und er sagt grausam:

»Ich bin nicht allein.«

Das ist wahr. Im Bett sind sie, er nackt und behaart, sie im pfirsichfarbenem Unterhemd, erschöpft von einem Liebesnachmittag, sich gegenseitig die Kippen wegrauchend, weil die Zigaretten längst alle sind, Eiswasser schlürfend, weil auch der Alkohol längst alle ist.

Wahnsinnig vor Schmerz und Demütigung stürzt Cristina davon und rennt und rennt, bis sie am Kai steht. Das Meer liegt still da. Das tiefe Blau starrt sie an wie ein riesengroßes, glänzendes Auge. Am Grund singen die Thunfische. Ein herrlicher Sonnenuntergang läßt Cristinas Locken erstrahlen und sie noch jünger wirken. Jung zu sterben ist eigentlich schön, denkt Cristina. Wenn ich es jetzt, wo ich es kann, nicht tue, dann wird mir das, wenn ich alt bin, vielleicht leid tun. Und so schließt sie die Augen und springt. Der Platsch ins Wasser hebt unzüchtig ihre Röcke. Sie hält den Atem an. Ihr ganzes Leben läuft in einem Augenblick an ihr vorbei. Tante Edith. Papa, wie er unter einer Palme schläft. Leckere Pflaumen in einem für ihre Ärmchen viel zu hohen Gefäß. Eine Schulfreundin, die später an Schwindsucht gestorben ist. Der erste Kuß. Dann Ernestos schönes Gesicht über der weißen Kellnerjacke. Ernesto auf dem Tandem mit seinem Buhler, der obszöne Lieder singt. Dann nichts mehr. Sie holt einmal tief Luft und schwimmt an Land zurück.

Zwei Wochen später gewinnt Cristina den ersten Preis bei einem Waschpulver-Quiz, ein Auto. Der Fahrlehrer heißt Gottfried und ist groß und sympathisch. Mehr sage ich nicht. Ernesto verläßt Porfirio nach einem Streit über die Erziehung der Kinder. Zwischen Olga und Alfonso machen sich zuerst Schweige-Ecken breit, dann -Zimmer und schließlich ganze -Viertel. Stundenlang lackiert sie ihre Nägel, macht er seine Beugungen. Eines Nachts wacht Olga von einem fürchterlichen Krach in der Küche auf. Es ist Alfonso, er lutscht kalte Riesengarnelen aus. Am Tag darauf geht sie allein ins Kino, sieht sich *Weinen kann ich morgen noch* an und steht danach weinend am Fenster ihrer Wohnung. Von da aus sieht sie Alfonso, wie er sich aufbläht und leerpumpt zu den Klängen von »Apache«. Und fragt sich, wie sie sechs Wochen ihres Lebens mit so einem Mann hat wegwerfen können.

An dieser Stelle fragt sich auch das Schicksal, ob es sich eigentlich lohnt, sich als Türkischer-Honig-Händler zu verkleiden, Zahnärzte sterben und Thunfische singen zu lassen, bloß damit diese launischen Kinder mit dem Namen Menschen ihr Vergnügen haben. Aber niemand antwortet ihm: Denn dem Schicksal kann niemand Ratschläge erteilen, weder in San Lorenzo noch irgendwo anders.

Die Erzählung des jungen Mädchens mit der Tolle

Die Zaubergitarre

Jede Ungerechtigkeit kränkt uns, wenn sie uns nicht irgendeinen unmittelbaren Profit einbringt.
Luc de Vauvenargues

Es war einmal ein junger Musiker mit Namen Peter, der spielte Gitarre an Straßenecken. So klaubte er Geld zusammen, um am Konservatorium weiterstudieren zu können: Er wollte ein großer Rockstar werden. Aber das Geld reichte nicht, denn es war bitterkalt, und nur wenige Leute gingen die Straßen entlang.

Eines Tages, Peter spielte gerade »Crossroads«, kam ein alter Mann mit einer Mandoline zu ihm.

»Könntest du mir deinen Platz überlassen? Er liegt genau über dem Schacht, da ist es wärmer.«

»Klar«, sagte Peter, denn er war eine gute Seele.

»Könntest du mir bitte deinen Schal leihen? Ich friere so.«

»Klar«, sagte Peter, denn er war eine gute Seele.

»Könntest du mir ein bißchen Geld geben? Heute kommt überhaupt kein Mensch, und ich habe erst ein paar Kröten zusammen und Hunger.«

»Klar«, sagte Peter, denn und so weiter. Er hatte selbst nur zehn Münzen im Hut, aber die gab er alle dem Alten.

Und da geschah ein Wunder: Der Alte verwandelte sich in einen feisten Kerl mit Schminke und Wimperntusche und Lippenstift, einer orangeroten langen Mähne, einem weiten Lamé-Gewand und zehn Zentimeter hohen Blockabsätzen.

Er sagte: »Ich bin Lucifumándro, der *special-effects*-Zauberer. Du warst gut zu mir, und ich werde dir eine verzauberte Gitarre schenken. Sie spielt jedes Stück von selbst, du brauchst es ihr nur zu befehlen. Aber vergiß nicht: Sie darf nur von Leuten gespielt werden, die reinen Herzens sind.

Wehe, wenn ein Bösewicht sie spielt! Ihm werden schreckliche Dinge geschehen!«

Nach diesen Worten erklang ein durchdringender verminderter Septakkord durch die Luft, und der Zauberer war verschwunden. Zurück auf dem Boden blieb eine Gitarre in Pfeilform mit einem Corpus aus Perlmutter und Saiten aus Dukatengold.

Peter nahm sie in den Arm und sagte:

»Spiel mir ›Hey Joe‹.«

Die Gitarre hob an und spielte, wie nicht einmal Jimi Hendrix selbst je gespielt hatte, und Peter brauchte nur noch so zu tun, als ob er spielte. Viele, viele Leute blieben stehen, und bald regnete es Münzen in Peters Hut.

Als Peter zu spielen aufhörte, trat ein Mann in einem Kaimanhautmantel zu ihm. Er sagte, er sei Manager einer Schallplattenfirma und würde einen Rockstar aus Peter machen. Und wirklich, drei Monate später war Peter die Nummer eins in sämtlichen amerikanischen, italienischen, französischen und malgassischen Hitparaden. Seine Pfeilgitarre war für Millionen Jugendliche zum Symbol geworden, und wegen der Technik wurde er von allen Gitarristen beneidet.

Eines Nachts nach einem triumphalen Konzert war Peter, wie er glaubte, allein auf der Bühne und bat die Gitarre, ihm etwas zur Entspannung zu spielen. Die Gitarre spielte ihm ein Wiegenlied. Aber versteckt zwischen den Kulissen stand Black Martin, der Bösewicht, ein Gitarrist, der neidisch auf Peters Erfolg war. Und so entdeckte er, daß die Gitarre eine Zaubergitarre war. Er schlich sich von hinten an Peter heran und legte ihm ein Kabel mit dreitausend Volt um den Hals und brachte ihn um. Dann stahl er die Gitarre und lackierte sie rot.

Am nächsten Abend kamen die Musiker zusammen zu einem Gedenkkonzert für den viel zu früh verstorbenen Peter. Und alle spielten für ihn – Prince, Ponce und Parmentier, Sting, Stingsteen und Stronhaim. Dann sprang Black Martin, der Bösewicht, auf die Bühne.

Flüsternd befahl er der Gitarre: »Spiel mir ›Satisfaction‹.«

Wollt ihr wissen, was geschah?

Die Gitarre spielte besser als sämtliche Rolling Stones zusammen. Und so wurde Black Martin, der Bösewicht, ein Rockstar, und schon kurze Zeit später wußte niemand mehr, wer Peter war.

Es war eine Zaubergitarre mit Fabrikationsfehler.

Die Erzählung des Kochs

Der Fettnäpfchenkobold

Vergessen alle Streiks, schlagartig; die Todesschreie, die Barrikaden, die Communen, das drohende Aufgeknüpftwerden an Laternenpfählen, die purpurne Würde des Père Lachaise und das schwarze geronnene Blut auf der goyesken Verlassenheit der Hingestreckten, der Vollendeten; und der Krach und die Blockaden und die Kriege und die Blutbäder jeder Art auf jedem Boden; für einen Augenblick! für jenen Augenblick der Wonne. Oh! süßer Kampf! Gewährt vom ehrfurchtgebietenden Frack: »Einmal Selters-Zitrone, der Herr, jawoll, der Herr...«
Carlo Emilio Gadda

»Ist das nicht Vantone?«

»Welchen meinst du?«

»Der da gerade aus dem Taxi steigt.«

»Vantone, der Experte in Weltläufigkeit?«

»Genau der. Hast du sein Buch *Wahre Klasse* nicht gelesen? Hat mehr als zweihunderttausend Exemplare verkauft. Guck mal, wie elegant er ist mit seinem Smoking. Guck, wie nonchalant er den Taxifahrer wegschickt...«

»Der geht bestimmt auf ein Fest.«

»Ich glaube, ich weiß auch, auf welches. Siehst du da die Haustür, wo die beiden Damen im Pelz reingehen?«

»Ja. Und wer wohnt da?«

»Gräfin de Meres. Ist die exklusivste Adresse der Stadt, und da wird heute der Geburtstag der Gräfin gefeiert. Nur zweihundert Geladene. Wer dabeisein darf, der gehört wirklich zur mondänen Elite der Stadt.«

»Woher weißt du das denn?«

»Habe ich in der Zeitung gelesen. Da sind alle Leute, die was zählen: Politiker, Schauspieler, Schriftsteller...«

»Ja, wirklich, guck mal, da ist Alberti. Gott, ist der alt! Und wie fett der geworden ist! Sieht richtig aus, als ob ihn sein Smoking kneift...«

»Na, da wird sich die Gräfin wohl nicht verkneifen können, einen ihrer gemeinen Witze zu reißen, die sie berühmt gemacht haben.«

»Guck mal... jetzt ist Vantone stehengeblieben, er redet mit einem kleinen Jungen.«

»Das ist kein kleiner Junge... Das ist ein Zwerg... ein Zwerg in einem bodenlangen Mantel.«

»Der geht bestimmt nicht zum Fest bei der de Meres.«

»Vantone sieht ziemlich genervt aus.«

»Jedenfalls, Sie machen jetzt, daß Sie davonkommen... Ich habe Ihnen tausend Lire gegeben.«

»Ich will kein Geld, mein Herr.«

»Was wollen Sie denn? Ich bin in Eile.«

»Ich möchte Ihr Taschentuch, mein Herr... Um mir die Nase zu putzen.«

»Sie sind ja verrückt geworden! Sieht man doch aus einer Meile Abstand, daß Sie sich seit wer weiß wann nicht mehr gewaschen haben... Und außerdem brauche ich mein Taschentuch selbst, ich gehe nämlich auf ein Fest.«

»Ich erlaube mir trotzdem, darauf zu bestehen.«

»Schneuzen Sie sich gefälligst mit den Fingern.«

»Das wäre aber nicht sehr geschmackvoll, mein Herr...«

»Pah, geschmackvoll! Sie wissen wohl nicht, wen Sie vor sich haben!«

»Nein, wen denn?«

»Domenico Vantone, Schriftsteller und Soziologe, Verfasser des Buchs *Wahre Klasse*.«

»Wissen Sie denn auch, wer ich bin?«

»Sie sind ein ausgesprochen lästiger Zwerg mit einem viel zu großen Mantel von überdies saumäßigem Schnitt... Machen Sie, daß Sie fortkommen.«

»Ich bin der Fettnäpfchenkobold.«

»Wie bitte?«

»Der Fettnäpfchenkobold. Geben Sie mir Ihr Taschentuch, oder Sie werden es bereuen.«

»Trollen Sie sich bloß, Sie kleines Scheusal!«

»Mein Herr... hat das Männchen Sie beleidigt?«

»Ja. Ich muß mich wundern, daß Sie so was hier vor dem Haus dulden!«

»Ich kümmere mich sofort darum. Michael, entferne dieses Lumpenpack... Ja, diesen Zwerg, dem Herr Vantone eben einen Tritt verpaßt hat... Daß der ja die Gäste nicht weiter behelligt!«

»Gräfin de Meres, es ist mir eine Freude und eine Ehre, Gast Ihres Hauses sein zu dürfen. Erlauben Sie, daß ich mich vorstelle: Domenico Vantone.«

»Willkommen! Wer kennt Sie nicht! Ich verfolge Ihre Auftritte in der Presse, im Fernsehen... Sie haben sich einem Thema gewidmet, das leider nur wenige zu schätzen wissen: dem guten Geschmack! Ich glaube, in aller Bescheidenheit, daß ich davon eine Menge verstehe, wenn auch nicht soviel wie Sie...«

»Oh, Gräfin... Ihr Stil und Ihre Klasse sind ein unnachahmliches Vorbild für die Weltläufigkeit, die in dieser Stadt so häufig dilettantisch betrieben wird...«

»Gut, gut, kommen Sie, machen Sie sich mit den anderen Gästen bekannt... Darf ich Ihnen meine Töchter Veronica und Ottavia vorstellen... Mädchen, ich lasse euch jetzt mit einem der Lieblinge des Abends allein. Entschuldigt mich bitte...«

»Eine bezaubernde Mutter für zwei bezaubernde Töchter.«

»Ich habe Ihr Buch gelesen, Herr Vantone... Sie schreiben göttlich.«

»Tja, und einen ziemlichen Haufen Kies hab' ich auch damit gemacht.«

»Wie sagten Sie, bitte?«

»Ähm, nein... ich wollte sagen... Ich habe einen ziemlichen Haufen Knies deshalb bekommen... Neidische Reaktionen und Ressentiments von denen, die ich kritisiert habe. Hier allerdings werde ich mich mit Sicherheit wohl fühlen: Wir sind unter Gleichgesinnten, hier ist die Schule des guten Tons.«

»O ja! Wir sind sehr wählerisch... Vulgäre Leute mögen wir

nicht... Ich wähle zum Beispiel persönlich die Kellner aus, und wenn Sie mir Offenheit verzeihen wollen, ich mag keine farbigen... Ich halte sie für eine Marotte von Neureichen... Ich möchte nicht rassistisch wirken, aber... so oft man sie auch putzt, sie behalten doch immer etwas von Affen.«

»Schluß jetzt, Veronica, fang nicht wieder an, eine von deinen Reden zu halten... Kommen Sie ans Büffet, Herr Vantone... darum kümmere ich mich immer persönlich.«

»Sieht man.«

»Falls das ein Witz über meinen Umfang sein sollte, dann ist er nicht originell, Herr Vantone. Ich weiß selbst, daß ich keine Elfe bin.«

»Um Himmels willen... Ich habe mich wohl unklar ausgedrückt... Ich wollte sagen, man sieht, daß in der Zusammenstellung eines solchen Büffets sehr viel mehr steckt als einfaches professionelles Engagement irgendeines Konditors oder Kochs... In so etwas zeigt sich der Stil einer Gastgeberin... Irgendein Fertigbüffet bei irgendeinem Cairoli kann jeder bestellen...«

»Sie haben wirklich einen klinischen Blick, Herr Vantone... Dieses Büffet stammt tatsächlich von ›irgendeinem Cairoli‹, dem Delikatessenspezialisten mit dem besten Ruf in der Stadt.«

»Gut, daß er weg ist, Veronica... Und gut, daß er Experte für guten Geschmack ist!«

»Ich fand ihn richtig ungezogen... Aber vielleicht gehört Provokantes ja zu einer neuen Art, geistreich zu sein.«

»Dann ziehe ich allerdings den alten Stil vor...«

»Lieber Vantone, so ein Glück, Sie zu sehen... Kennen Sie den Abgeordneten Chiodi und den Schauspieler de Bozza? Unterhalten Sie sich gut hier?«

»Ja, Ghislandi, obwohl... ich verstehe nicht...«

»Was denn?«

»Ich weiß nicht, Ghislandi, kommen Sie doch mal einen Augenblick... Mir ist eben mit den Töchtern der Gräfin etwas

Schreckliches passiert... zwei unverzeihliche Patzer... Einer mit dem Dickerchen... ich wollte sagen, mit der älteren von beiden... Mir sind da einfach Worte aus dem Mund gerutscht, ohne daß mir das bewußt gewesen wäre... Wie kann ich das wiedergutmachen?«

»Oh, ich glaube, in Sachen gute Manieren kann Ihnen wohl niemand etwas beibringen. Jedenfalls können Sie das doch im weiteren Verlauf des Abends wieder zurechtrücken.«

»Ich hoffe es. Aber ich habe ein merkwürdiges Gefühl.«

»Na, na... Tips über Frauen kann ich Ihnen wirklich nicht geben.«

»Das will ich meinen, Sie sind ja schließlich schwul!«

»Vantone, was erlauben Sie sich...«

»Bitte, entschuldigen... Ich verstehe nicht, was mit mir los ist... Ich wollte sagen...«

»Vantone, kommen Sie, Sie sollen sich nicht mit Ghislandi verabsentieren... Wir haben viele Fragen an Sie. Zum Beispiel: Bei welchen Gelegenheiten gibt man einen Handkuß?«

»Bei welchen Gelegenheiten?«

»Ja... Nehmen wir einmal an, ich möchte mich mit der Dame dort bekannt machen...«

»Die geschminkt ist wie eine Hure, neben dem Gerippe?«

»Mein Herr, der Zufall will, daß das Gerippe meine Frau ist und die Hure die Frau des Herrn Abgeordneten hier.«

»Hast du gehört? Sieht ganz so aus, als wäre zwischen Vantone und den de-Meres-Töchtern nicht gerade der Funken der Sympathie übergesprungen.«

»Trotzdem, er ist wirklich ein schöner Mann, elegant...«

»Ja, aber... hast du nicht auch den Eindruck, daß seine Hose offensteht?«

»Mein Gott, ja...«

»Herr Vantone...«

»Ja, bitte?«

»Ich möchte Sie darauf aufmerksam machen, daß Ihre Hose vorn vollkommen offensteht...«

»Mein Gott, stimmt... Wo kann ich sie wieder zumachen?«
»Gehen Sie nach dort hinten.«
»Wo dort hinten? Da sind ja gar keine Türen... also, es wird in diesem Scheißhaus doch wohl eine Latrine geben... Hören Sie mal, wo ist hier das Klo?«
»Die Toilette, wie wir Liebhaber des Französischen hartnäckig zu sagen pflegen, liegt dort hinten, und dieses Scheißhaus hat sieben weitere, und das sage ich Ihnen aus Sachkenntnis, ich bin nämlich dessen Besitzer, Graf Augusto de Meres.«

»O Gott, o Gott, ich bin ruiniert! Was ist denn bloß los mit mir? Jahre von Arbeit, geduldigem Dabeisein in Salons und öffentlichen Auftritten, und heute verspiele ich alles an einem Abend... Warum rede ich denn auf gut Glück daher? Und die offene Hose... Ich weiß ganz genau, daß ich sie zugemacht hatte... Jesus, was machen Sie denn hier?«
»Unterhalten Sie sich gut?«
»Was tun Sie da oben auf der Lampe? Wie kommen Sie überhaupt hier rein?«
»Brauchen Sie mich, mein Herr?«
»Nein, Sie habe ich nicht gemeint, Diener. Ich spreche mit diesem widerlichen grünen Zwerg da oben auf der Lampe.«
»Ich denke, Sie haben zuviel getrunken, mein Herr.«
»Aber wo denn, getrunken, getrunken. Sehen Sie den denn nicht, da oben?«
»Nein, Vantone. Er kann mich nicht sehen. Das können nur Sie. Glauben Sie es ruhig: Ich bin ein Kobold, der Fettnäpfchenkobold. Und wenn Sie mal nachdenken über das, was Ihnen heute abend so widerfahren ist, dann müßten Sie mir eigentlich glauben.«
»Soll das heißen, Sie waren das... Sie haben mich...«
»Ich bin das, und ich werde das auch weitermachen.«
»Sie dreckige Ausgeburt... mir den Ruf zu ruinieren, mir, der Nummer eins in Urbanität und Nonchalance...«
»Sachte, womöglich sind Sie nur noch die Nummer zehn.«
»Wenn ich dich erwische!«

»Hast du schon gehört? Vantone wurde betrunken auf der Toilette gefunden, als er mit seinen Schuhen nach der Lampe warf.«

»Tja ja, das eine ist, man schreibt über Klasse, Klasse haben ist etwas anderes...«

»So eine Unverfrorenheit! Spielt sich auf als *maître à penser*, aber sieh mal, was er da jetzt macht...«

»Was macht er denn? Reißt einer Dame das Glas weg...«

»Was tun Sie da, Sie Flegel!«

»Verzeihen Sie... ich dachte, Sie wären die Kellnerin.«

»Finden Sie, meine Frau sieht aus wie eine Kellnerin?«

»O nein, ganz bestimmt nicht... Das Kleid hat mich wohl getäuscht... Oh, ich bin untröstlich... Kann ich das wiedergutmachen, kann ich Ihnen vielleicht den Teller wieder vollmachen? Möchten Sie gefüllte Tomaten, gnädige Frau? Mögen Sie etwas Kaviar? Kommen Sie, nehmen Sie, soviel Sie wollen, wer weiß, wann Sie wieder was zu essen kriegen... Verzeihen Sie... jetzt habe ich Ihnen das ganze Kleid vollgekleckert.«

»Nehmen Sie Ihre Hände von meiner Frau!«

»Ich bin am Boden zerstört... O Gott, was ist denn bloß los mit mir?... Darf ich Ihnen nachschenken, meine Damen? So halten Sie doch das Glas still, zum Donnerwetter! Ist doch kein Wunder, wenn ich Ihnen alles über die Strümpfe kippe... Schluß jetzt, ziehen Sie nicht so eine Flappe... Sehen Sie, die Dame kümmert sich schon um die Strümpfe, davon versteht sie nämlich was... O Gott! Ich muß hier weg!«

»Wer ist denn dieser Verrückte, der da herumläuft und die Gäste anrempelt?«

»Augusto, ich muß mit dir sprechen... Vantone benimmt sich absolut unflätig... Ich halte es nicht für angebracht, daß er länger hierbleibt.«

»Aber, meine Liebe, weißt du, was das bedeutet? Einen geladenen Gast hinauswerfen... Das ist in unserem Haus noch nicht vorgekommen...«

»Sieh ihn dir doch mal an, da... jetzt sitzt er auf dem Fußboden und weint...«

»Und schneuzt sich mit dem Kleid der Marquise Blondel.«

»Nein, das kannst du nicht zulassen... Wirf ihn sofort raus!«

»Ja, meine Liebe... Aber ich werde vorsichtig sein müssen... Er ist verrückt, siehst du nicht, wie er mit dem Tisch redet?«

»Komm da raus, du verdammter Zwerg... Das ist alles deine Schuld!«

»Heißt das, Sie glauben mir jetzt?«

»Ich weiß es nicht... Ich weiß nur, daß ich mich aufführe wie ein Verrückter... Wenn Sie der Grund für all das sind, dann flehe ich Sie an, hören Sie auf.«

»Vielleicht.«

»Hier ist mein Taschentuch... Von mir aus putzen Sie sich Ihre Nase damit.«

»Dazu hätten Sie sich früher entschließen können... Trotzdem, vielen Dank.«

»Also, hören Sie jetzt auf, mich zu quälen?«

»Ich weiß noch nicht...«

»Wie, Sie wissen nicht... Wo sind Sie denn? Wo sind Sie hin?«

»Herr Vantone, ich weiß zwar nicht, was Sie da unter dem Tisch zu suchen haben, aber ich ersuche Sie, mir zu folgen.«

»Ja, Herr Graf... Oh, ich kann Ihnen... alles erklären... der grüne Kobold...«

»Beruhigen Sie sich... Sie sind erregt... Ich bitte Sie, verlassen Sie sofort mein Haus, Sie haben genügend Gäste beleidigt.«

»Aber ich kann es Ihnen erklären... Ich würde mir nie erlauben, ein Haus zu beleidigen, das seit ewigen Zeiten eine Oase des eleganten Stils inmitten all der herrschenden Vulgarität dieser Stadt ist... Diese erlesenen Gäste... die unser Land gar nicht verdient hat... die zu kritisieren sich nur jemand erdreisten kann, der nicht dazugehört, und dabei sind sie und nur sie die Schöpfer jener Kultur des Seltenen, die wenigen vorbehalten bleibt und die ein zivilisiertes Land von einem Land der Dritten Welt unterscheidet.«

»Ihre Worte schmeicheln mir... Ich muß allerdings sagen, bisher haben Sie...«

»Aber haben Sie denn nicht verstanden? Das war ein Scherz... ein grausamer zwar, aber ein notwendiger Scherz... Ja, nur so konnte ich doch den Stil dieses Hauses zur Entfaltung bringen... nur indem ich einen Einbruch jäher, unerwarteter Vulgarität fingierte... Ich bitte Sie um Vergebung für meinen Vorstoß, zu dem nur die maßlose Liebe zu Kunst und Wissenschaft mich getrieben hat. Ich wollte auf das Dunkel hinweisen, damit das Licht um so strahlender leuchten kann... damit Ihre gefaßte Entrüstung noch glanzvoller enthüllt, was ich längst wußte... daß es auf dieser Welt doch noch einen Platz für Leute von wahrer Klasse gibt!«

»Hast du gehört von Vantones bizarren Einfällen?«

»Ja... er hat den Ungezogenen gemimt.«

»Ich finde ihn sehr geistreich.«

»Ich finde überhaupt nichts Geistreiches daran.«

»Vielleicht hast du recht... Diese Feste sind ja oft langweilig. Da ist es doch eigentlich nur ein Zeichen von Klasse, wenn man in so einen Abend ein bißchen Schwung bringt, nicht?«

»Und nur ein Mann von Klasse kann wagen, sich als Rüpel aufzuführen, weil er genau weiß, daß er keiner ist!«

»Jetzt steht er wirklich da und hält hof und fasziniert die Zuhörer mit seiner Konversation.«

»Von mir aus... Aber auch wenn jemand den Ungezogenen nur mimt, bleibt er trotzdem ungezogen. Punkt.«

»Vielleicht sind wir zu alt, Marquise Blondel... Vielleicht ist das die neue Klasse: Naseputzen mit unseren Röcken.«

»Na ja...«

»Bei meiner letzten Amerikareise habe ich in der Tat ziemlich wenig Klasse gesehen... Stellen Sie sich vor, in einem der vornehmsten Restaurants von New York trug der Kellner so kurze Hosen, daß seine weißen Socken zu sehen waren... Sie wissen ja, was Montmorèl dazu gesagt hat: Weiße Söckchen stehen nur einem Pferd.«

»Ich bete Montmorèl an.«

»Ein Gentleman aus anderen Zeiten... Ich besuche ihn häufig, und ich kann Ihnen versichern, er ist ein ausgezeichneter Gastgeber.«

»Stimmt es, daß er in seiner Villa einen Swimmingpool in Phallusform hat?«

»Stimmt absolut.«

»Halten Sie das für geschmackvoll?«

»Ein traditioneller Anhänger des guten Tons würde darüber vielleicht räsonieren... Ich bin jedoch der Meinung, daß in diesem Swimmingpool eine gewisse Ironie liegt... Kurz und gut, ich finde, manche Leute dürfen etwas, was andere nicht dürfen.«

»Und was gehört für Sie zu einem idealen Swimmingpool?«

»Eisgekühlter Martini, warmes Wasser und eine heiße Frau.«

»Welch ein Esprit!«

»Ich werde sofort Ihr Buch kaufen.«

»Und sagen Sie uns: Woran erkennt man einen erfolgreichen Mann?«

»Am Blick?«

»An dem, was er sagt?«

»Herrschaften, gemach. Die Antwort ist nicht leicht. Wir wollen so sagen: Ein Mann, der von allen um eine Definition des erfolgreichen Mannes gebeten wird, ist mit Sicherheit ein erfolgreicher Mann.«

»Bescheidenheit ist eine Zier...«

»Bescheidenheit ist, wie der Name schon sagt, die Tugend der Bescheidenen.«

»Hatten Sie eigentlich Meister oder Lehrer?«

»Nun ja, ich müßte sie wohl Lehrer im umgekehrten Sinn nennen... Man lernt ja gerade aus schlechten Beispielen...

von den vulgären kleinen Leuten, die man auf der Straße sieht... von deren ungehobeltem Benehmen, das fälschlich Aufrichtigkeit genannt wird... dieses Ungebildete, Unelegante, Plumpe, das so tut, als wäre irgendeine Ungerechtigkeit daran schuld... Ich will kein Blatt vor den Mund nehmen: Ein überlegener Mensch, meine Damen und Herren, ist ein überlegener Mensch, punktum... Ein häßlicher Mensch ist häßlich... Vollblut ist Vollblut, und ein Zwerg ist ein Zwerg!«

»Haben Sie mich gerufen?«

»Oh, nein!«

»Was ist denn, Herr Vantone... Sie sind ja ganz bleich geworden, ist Ihnen nicht gut?«

»Nein, er... ich... könnte ich etwas zu trinken bekommen?«

»Aber Sie zittern ja!«

»Es ist nichts, glauben Sie mir.«

»Herr Vantone, mein Mann und ich haben häufig Streit darüber, wie und wann ein Mann Parfüm benutzen darf.«

»In aller Bescheidenheit, das habe ich gründlich recherchiert... also, es gibt verschiedene Arten Männer...«

»Gib acht, Vantone! Für das, was du eben gesagt hast, werde ich, der Fettnäpfchenkobold, dich kraft der mir übertragenen Macht verdammen zu zehn Fürzen, deren letzter dein Tod sein wird!«

»Nicht!«

»Was ist denn, Vantone?«

»Ich meine, nicht – nicht alle dürfen sich parfümieren... Jeder Mann hat ein Parfüm, das zu ihm paßt... Ach und Weh, hier ist der erste!«

»Vantone, warum schreien Sie denn so?«

»Weil ich an diesem Thema sehr hänge... Der erste Rat also, den ich Ihnen geben kann, ich wollte sagen, Ach und Weh: der zweite, der dritte, der vierte! Vier Arten von Duftnoten gibt es: die aggressive, die sinnliche, die männliche, die sportliche, o Gott, fünf!«

»Vier oder fünf?«

»Fünf! Ich hatte die nostalgische vergessen. Sie ziemt sich für Männer ab einem gewissen Alter mit einem facettenreichen Zauber und Nuancen, während: sechs! Sexuell anregend dagegen ist ein starker Duft, der gleich beim ersten Schuß ins Schwarze trifft. Aber dafür muß man eine durchsetzungsfähige Persönlichkeit sein. Sonst – sieben!«

»Warum ereifern Sie sich denn so?«

»Sieben! Ach und Weh, nein – acht! Acht Männer habe ich in meinem Leben kennengelernt, die ein Parfüm, sagen wir, *ad personam* besaßen. Man brauchte nur irgendeinen Raum zu betreten, und schon wußte man, sie sind anwesend... Es war, als hätten sie das gewisse... Hilfe: neun!«

»Neun?«

»Neun, Nummer neun, mein Lieblingsparfüm.«

»Nie gehört die Marke.«

»Stellt ein kleiner Parfümhändler in der Rue de Rivoli eigens für mich zusammen... ein Duft aus Tabak und Immortelle, sehr *pas-de-loup*, aber ich kann Ihnen versichern, die Wirkung ist unschlagbar... Wie wenn...«

»Was war denn das für ein Geräusch?«

»Monströs.«

»Herr Vantone, was erlauben Sie sich!«

»Er ist krank... Laß uns gehen...«

»Ich halte es nicht eine Sekunde länger aus in diesem Gestank!«

»Schnell... Sie zerschlagen uns alle Kristallgläser.«

»Meine Liebe, meine Liebe, stütz dich auf mich... Ich bringe dich sofort nach draußen...«

»Herr Vantone, ich weiß nicht, wie Sie einen solchen widerwärtigen *special effect* hinbekommen haben, aber als Hausherr befehle ich Ihnen, hören Sie sofort damit auf...«

»Etwas Ähnliches habe ich nur im Krieg zu hören gekriegt, als wir in den Ardennen an der Front...«

»Herr General, kommen Sie da weg, bleiben Sie da nicht stehen.«

»Reiß die Fenster auf!«

»Diener, so tun Sie doch etwas! Er soll aufhören!«

»Herr Graf, was sollen wir denn tun...«

»Jetzt fliegt er... wie ein Düsenflugzeug.«

»Seht mal, da: Er fliegt davon, schamrot.«

»Meine Herrschaften, bitte... Sie können wieder unter den Tischen hervorkommen.«

»Bringt Essig.«

»Der wird nie wieder einen Salon in dieser Stadt betreten, nein, in diesem Land, das versichere ich Ihnen!«

»Was für ein gräßliches Individuum!«

»Ich bin zutiefst betrübt... Ich kann Ihnen als sein Verleger nur eins versprechen, ich werde sämtliche Exemplare seines Buchs einstampfen lassen... Wenn ich so etwas geahnt hätte...«

»Hallo? Ich bin der Herausgeber, gib mir sofort den Chefredakteur... Hallo? Ich bin hier im Hause de Meres, ich habe eine sensationelle Meldung... Na, dann machen wir eben eine neue Titelseite... schieb den Iran und die beiden Mafialeichen auf die zweite und mach auf mit folgendem Titel über vier Spalten:

Unterzeile: »*Erdbeben in der guten Gesellschaft*«

Titel: »DAS ENDE DER ÄRA VANTONE«

Die Erzählung des Teppichhändlers

Die vier Schleier des Kulala

SCHLAF!... Du Straßenfeger
allen Grolls!
Tristan Corbière

In einem Dorf am Fluß Yuele lebte ein Mann, der hieß Doruma und hatte viel Glück. Er besaß eine schöne Frau, zwei Kinder und einen fruchtbaren Acker. Er war ein guter Jäger, und er hatte im ganzen Dorf keinen Feind. Und so geschah es, daß Shabunda, der Waldteufel, als er ihn wie den glücklichsten aller Menschen vor seiner Hütte singen und rauchen sah, neidisch wurde. Also drang er aus Bosheit eines Nachts in Dorumas Hütte, stach ihm seine krummen Fingernägel in den Kopf und zog ihm den Schlaf heraus. Schlagartig wachte Doruma auf, weckte seine Frau Oda und erzählte ihr, ein böser Schatten habe ihn gestreift. »Du hast nur schlecht geträumt«, sagte Oda. »Schlaf weiter.«

Aber Doruma schlief nicht, weder in dieser Nacht noch in der folgenden, noch in irgendeiner Nacht des ganzen Mondes. Und obwohl er die ganze Zeit arbeitete und auf die Jagd ging, damit er so müde nach Hause kam, daß er sich nicht mehr auf den Beinen halten konnte – der Schlaf wollte sich nicht mehr einstellen. Er versuchte es damit, sich von einem Chaqui-Murmeltierschwanz streicheln zu lassen, auch mit Terené-Kräutertee, der sogar Elefanten in die Knie zwingt, er legte sich auf die Erde, auf Bäume und auf Kiesel aus dem Fluß, aber es war nichts zu machen.

Der Dorfzauberer kam und sah, in welchem Zustand sich Doruma befand. Er sagte, der Teufel Shabunda habe ihm den Schlaf geraubt, und es gebe keinen Zauber, der ihn wiederbringen könne; Doruma werde binnen kurzer Zeit sterben. Nur Kulala könne ihn noch retten, der Geist des Schlafs, der seinen Sitz jenseits des Gebirges hatte. Kulala hatte gewiß viele Schlafe, denn er baute sie für Yumau, den Schöpfer. Aber Doruma war viel zu schwach für eine Reise dorthin.

Also sagte Oda, seine Frau: Ich werde zu Kulala, dem Geist des Schlafs, gehen. Und weil sie eine mutige Frau war, nahm sie einen Wasserkürbis, etwas Proviant und einen Stock und machte sich auf ins Gebirge. Sie wanderte viele Tage lang und ruhte sich kaum aus. Sie erklomm die Gipfel der blauen Alowa-Berge und erreichte das Tal des heiligen Waldes von Kulala.

Am Waldesrand sangen die Vögel, die Affen kreischten, und der Wind fuhr durch die Bäume. Aber kaum trat Oda in den Schatten, da umfing sie ein tiefes Schweigen. Im Wald des Schlafs regte sich kein Blatt, sogar die Vögel blieben stumm, und nur schweigend dahinstreifende Schlangen ließen sich blicken. Lange wanderte Oda so weiter, und unter ihren Schritten raschelte kein Blatt. Der Wald wurde immer dichter und dunkler, bis Oda an einen großen hohlen Baum kam. Das war Kulalas Haus. Sie trat ein und sah den Geist in einer Hängematte, schlafend. Sie verharrte und wartete, bis er wach wurde. Kulala schlief einen Viertelmond lang, und als er erwachte, sah er die kleine Frau in einer Ecke seines Hauses.

»Wer bist du und warum bist du gekommen?« brüllte er zornig.

»Kulala, Geist der wiederheilmachenden Dunkelheit, ich bitte dich. Ein böser Teufel hat meinem Mann den Schlaf geraubt, und er muß sterben, wenn ich ihm keinen neuen Schlaf mitbringe.«

»Und warum sollte ich ihn dir geben?«

»Weil ich sehr lange gewandert bin, meine Füße sind wund, und ich bin erschöpft, und dennoch habe ich dich, als ich dich schlafen sah, nicht geweckt, sondern ich habe geduldig gewartet.«

»Dann soll es geschehen«, sagte Kulala, »dort auf dem Tisch liegen die Teile für einen Menschenschlaf. Jeder Schlaf besteht aus vier Schleiern. Wenn du sie herausfindest, darfst du sie deinem Mann bringen, und er wird seinen Schlaf wiedergewinnen. Aber gib gut acht, daß du die richtigen Schleier wählst, denn sonst wird dein Schicksal fürchterlich sein.«

»Ich habe keine Angst«, sagte Oda.

Also führte Kulala sie zu einem großen Stein, auf dem die Schleier ausgebreitet lagen.

»Hier sind zwei weiße Schleier«, sagte er. »Der eine ist der Schleier des Schweigens, der andere der der nächtlichen Geräusche. Wähle.«

Oda betrachtete die beiden Schleier, und sie sahen beide gleich aus. Aber da flog einen Fliege über die Schleier. Über dem ersten summte sie, doch als sie über den zweiten flog, gab sie keinen Laut von sich. Oda nahm den zweiten und legte ihn um ihren Kopf.

»Erraten«, sagte Kulala. »Nun sieh diese beiden bunten Schleier an. Der eine ist der Schleier der Träume, der andere der der Nachtgespenster. Wenn du den falschen wählst, werden alle Dämonen und Incubi über dich herfallen und dich töten.«

Oda betrachtete sie und fand keinen Unterschied. Also nahm sie eine kleine Spinne und setzte sie zwischen die beiden Schleier. Da schoß aus dem einen eine gräßliche Echse mit drei Köpfen und verschlang die Spinne. Oda nahm den anderen.

»Du bist scharfsinnig, Frau vom Fluß«, sagte Kulala. »Hier sind nun zwei schwarze Schleier. Der eine ist der Schleier der Dunkelheit, der andere der des flammenden Lichts. Der eine bringt den Schlaf, der andere macht blind.«

Oda betrachtete sie. Dann nahm sie zwei Tropfen von einem Blatt und ließ sie auf die Schleier fallen. Der eine verdampfte sofort in der Flammenhitze. Oda nahm den anderen Schleier.

»Gut, Frau vom Fluß«, sagte Kulala. »Aber jetzt wartet die schwerste Prüfung auf dich. Hier sind zwei rote Schleier. Der eine ist der Schleier des Schlafs, der gemeinsam mit den drei anderen deinen und deines Mannes Nächten den Frieden wiedergeben wird. Der andere ist der Schleier des ewigen Schlafs, der Tod. Wenn du ihn berührst, wirst du sterben.«

Diesmal zögerte Oda nicht, sondern wählte sofort. Es war tatsächlich der Schleier des Schlafs. Sie legte ihn um ihren Kopf und schlief sofort ein. Als sie wieder erwachte, sah Kulala sie lächelnd an und reichte ihr eine Tasse mit heißem Hakarà.

»Du hast mich erstaunt, Frau vom Fluß. Durch welchen Zauber hast du den Schleier des Schlafs, den geheimnisvollsten aller Schleier, erkannt?«

»Es war kein Zauber«, sagte die Frau. »Ich habe so viele Jahre lang im Fluß die Wäsche gewaschen, ich weiß, woran man sie erkennt. Der Schleier des Schlafs war fadenscheinig, denn er wird so oft gebraucht, in so vielen Nächten. Der Schleier des Todes war weniger abgenutzt, denn ihn braucht man nur einmal.«

Kulala lächelte und ließ sie auf einem Atemhauch bis vor die Schwelle ihrer Hütte fliegen. Oda legte ihrem Mann die vier Schleier um den Kopf, und er konnte endlich wieder schlafen und war gerettet.

Die Erzählung des jungen Mannes mit der Tolle

Raststätte Horror

(Ein warmer, sauberer, erleuchteter Ort)

I read the news today, oh boy
about a lucky man who made
the grade...
Lennon-McCartney

Ein Fiat 1300 fährt des Nachts eine Autobahn entlang, die von der Maloche ans Meer führt und umgekehrt.

Im Auto sind:

Der Vater, der Nerven hat.

Die Mutter, die müde ist.

Der Sohn, der Durst hat.

Die Tochter, die mal muß.

Sie sind auf dem Rückweg von einem Dreitagetrip ans Meer das Hotel lag nicht direkt am Meer es gab viele Mücken die Koteletts waren zäh.

Die Mutter sagt, wenn du eine Raststätte siehst, halt sofort an.

Der Vater sagt, aber nicht bei der nächsten, ich halte bei der übernächsten.

Der Sohn sagt, ich hab' aber sofort Durst.

Der Vater sagt, ich hab' gesagt, bei der übernächsten, hier in diesem Fiat wird gemacht, was ich sage. Die Tochter will auch etwas sagen, aber die Mutter bremst sie aus, sonst kriegt der's fertig und hält erst bei der überübernächsten und so weiter.

Der Mond hängt am Himmel wie ein Landungssteg ins Große Geheimnis, dicke Transeuropa-Laster ziehen vorbei, beladen mit Tiefkühlkost, radioaktivem Müll und traurigen Schweinen.

Jetzt überholt ein TIR-Laster den Fiat, und der Vater sagt, ganz Sportsmann: »Krepieren soll der!«

Einen Kilometer weiter vorn ist ein Unfallort mit Autozylindern, Benzin auf der Straße, Windschutzscheibentopasen, Feuerwehr, Polizei und zahlreichen blutüberströmten Gaffern.

»Papa, halt doch mal an«, sagt hoffnungsvoll der Sohn. »Vielleicht gibt's auch Tote.«

»Nicht anhalten«, sagt die Mutter. »Mir wird schlecht.«

Der Vater überlegt, wie er es allen unrecht machen kann. Er fährt erst dran vorbei, einen Augenblick später bremst er und fährt wieder an. Dann weiß er Bescheid:

Man sollte nicht Auto fahren um die Zeit, wenn man das nicht gewöhnt ist, ich bin das gewöhnt, ich kann eine Situation einen Augenblick vorher erkennen, ich brauche bloß von hinten in ein Auto zu gucken, wer fährt, wenn's eine Frau ist, wenn's ein Mann mit einem Hut ist, wenn's ein NSU-Prinz ist, wenn das Kennzeichen einen ausländischen Ausflügler verrät, wenn es aus Neapel kommt, wenn der Fahrer direkt über dem Lenkrad klemmt, wenn es gelb ist, wenn eine Frau fährt, dann heißt das, die können nicht Auto fahren.

Schweigen. Dann fängt der Sohn an, von einer Frau mit einem Hut zu faseln, die einen gelben NSU-Prinz mit neapolitanischem Kennzeichen fährt. Gern würde er darüber diskutieren, aber seinem Mund entringt sich nur ein klägliches: »Ich hab' Durst.«

»Verkneifen!«

»Und ich mach' mich voll!«

»Auch verkneifen!«

»Seid still, Papa hält ja gleich...«

»Wer sagt das denn?«

Raststätte 3 000 m.

Halten, halten, und hinterher jammert ihr, daß wir so spät nach Hause kommen. Könnt ihr's euch nicht noch zwei-, dreihundert Kilometer verkneifen?

Raststätte 2 000 m.

Vor dem Fiat 1300 paradiert jetzt ein fetter LKW-Arsch voll Runkelrüben. Was glaubt der eigentlich, daß er der König der Straße ist? Den häng' ich ab, und dann fängt der sich aber eine Hupserenade ein.

»Liebling«, sagt die Gattin, »bei diesem Tempo brauchst du zehn Kilometer, bevor du ihn abgehängt hast, und dann ist die Raststätte vorbei.«

»Den putz' ich weg«, sagt der Vater.

»Gib Stoff, Papa«, sagt der Nachwuchs.

Sie sind jetzt neben dem Monster, holen weiter auf, sind in der Höhe der Fahrerkabine, die Fahrer tauschen Blicke ewigen Hasses, der im LKW beschleunigt, der Vater rammt seinen Fuß ins Gaspedal.

Zwei Uhr nachts.

1. ein Fiat 1300 und ein Rüben-Laster riskieren 2. auf der Autobahn des Schicksals 3. bei hundertzwanzig in der Stunde ihre Zukunft.

Verliert der LKW-Fahrer, wird die Nacht höchst gefährlich.

Verliert der Vater, wird er sich den Respekt seiner Familie bewahren können?

Die Gunst einer leichten Steigung nutzend, gewinnt der Vater wertvolle Zentimeter an Boden und zieht an ihm vorbei, kann also die Raststätte sehen, schwenkt nach rechts, schneidet dem LKW den Weg ab, bremst, schleudert, rast mit voller Kraft auf den Parkplatz, streift dabei ein paar Zapfsäulen, bremst wieder, schleudert wieder und kommt zwanzig Zentimeter vor den Fenstern der Raststätte zum Stehen.

Die Reifen qualmen. Der Sohn hat den Kopf unten und die Beine oben. Die Tochter klemmt in der Gepäckablage fest, die Mutter liegt quer vor der Windschutzscheibe und hat einen Absatz eingebüßt, der Vater ist in Ekstase.

»Tolles Bremsmanöver«, sagt die Mutter.

»Hab' ich nur euretwegen gemacht, ihr wolltet ja unbedingt...«

Dieser Lügner! Gemacht hat er es, damit ihn der LKW nie wieder überholen kann und er das Rennen gewonnen hat. In Ewigkeit!

So stehen die vier auf dem Parkplatz, im Mondlicht ist sonst niemand, niemand außer ihnen, nur das Flackern eines Neonschilds und das Rauschen in der Ferne vorbeifahrender

LKWs, o Schönheit nächtlicher Autobahnrastplätze, jener tropischen Inseln in einem Meer aus verdammten Benzopydrinen, zitternden Anlassern, lauernden Raubkatzen im Tank.

In Leuchtintervallen verschlingt sie die Raststätte, die sie stolz und zu allem entschlossen betreten haben. Vier Pistoleros in Shorts und mit verschieden schattierten Verbrennungen an Armen und Beinen: Erdbeerfarbe der Vater, Amarena die Mutter, Lachs der Sohn, Mortadella die Tochter.

Sie sehen sich um und nehmen Witterung auf. Getränke Brötchen Schokolade Kinder-MGs für die angrenzende Region typische Torten Tiefkühlschinken Tittenmagazine Videokassetten Papierwindelboxen weiche Bonbons harte Bonbons Pandori Panpepati Pandolci Panasonic und ein monströser weißer Provolone-Käse.

Ins Labyrinth des Wohlstands sind sie eingetreten, ohne Angst, denn sie besitzen den Faden, den Zauberfaden des Geldes, und schon ist der Vater, das Portemonnaie im Anschlag wie einen Colt, auf dem Weg zur Kasse, an der eine blondierte, gelbstichige kleine Kassiererin sitzt.

»Was wollt ihr haben?« sagt der Vater.

»Gola«, sagt der Sohn.

»Gola«, sagt die Tochter.

»Gaffee«, sagt die Mutter.

Mattigkeit macht Wanderern belegte Zungen.

»Zwei Gola zwei Gaffee einen davon Haaaaag.«

»Sonst nichts?« lockt die Kassiererin.

Der Vater schenkt ihr einen Blick der Marke Nehmen-Sie-sich-in-acht-wenn-ich-will-kaufe-ich-den-ganzen-Laden-hier. Dann dirigiert er mit gebieterischer Geste alle an den Tresen. Der Barman ist ein mißratener Orang-Utan mit einem Porno-Magazin unterm Tresen, na ja, die ganze Nacht da allein, das heißt, womöglich treibt er's mit der Kassiererin, guck, was 'n Horror, diese wabbeligen Sandwiche bettlägerigen Brötchen toten Torten belegten Matschbrote. Ist das alles trostlos. Hinter dem Tresen dudelt düstere, beunruhigende Musik. Der Text lautet:

Ein Bett im Kornfeld, das ist immer frei
und es ist Somme-he-her, ja, was ist schon dabei...

Zum Klang dieses Stücks konsumieren sie, dann steigen sie hinab in die weißen Katakomben der Toiletten. Stille große Räume nur für sie. Sie pinkeln. Sie waschen sich, trocknen sich unter dem Münz-Schirokko. Mustern sich in übermäßigen Spiegeln. Doch, ein bißchen Farbe haben sie bekommen. Sie recken sich, waschen sich noch einmal, trocknen sich noch einmal. Sie würden glatt noch einmal pinkeln, wenn sie könnten.

»Fahren wir«, sagt der Vater.

»Laß uns doch noch 'n bißchen bleiben... ist so schön hier...«

Aber draußen warten neue Abenteuer. Neue Überholmanöver, TIRs, Brummis, Kleinlaster, Caravans, Campermobile. Und dann noch einmal Kaffee, Spiegel, Rast. Und dann...

Sie kehren zurück ins Zauberlabyrinth, zu den Videokassetten Windeln Kochschinken Japansandalen Autozubehörteilen Kühltaschen und dem einen monströsen weißen Provolone. Im Gänsemarsch folgen sie den Schildern mit dem Versprechen »Ausgang«. Vorbei an Spielsachen Eßsachen Tampax Kräckern Alfs E. T.s Videokassetten Sonderangeboten und einem monströsen weißen Provolone. Durch appetitanregende Korridore, um gesalzene Biegungen und süße Kurven. Und nach der ganzen Wanderschaft stehen sie wie von Zauberhand geführt vor der Kasse, wo die Blondine düster neongrün auf sie starrt und sagt: »Wollen Sie etwa gehen, ohne was zu kaufen?«

Nun guck sich einer diese freche Ziege an, denkt der Vater leicht beunruhigt, wo hat die denn den Knopf zum Abstellen, und tatsächlich will der geschwächte Sohn ein Baiser und die ermattete Tochter das Insektenmensch-Spiel und die heisere Mutter ein Tischdeckchen, und kein Ausgang kommt in Sicht, und sie irren durch das Labyrinth, umgeben von dräuenden Mettwürsten und Japansandalen und Krümeltorten, bis sie schließlich verlegen stehenbleiben.

Da aber, ganz plötzlich, wird ein Schatten auf der Wand länger und hallen schwere Schritte: Im Labyrinth erscheint der Orang-Utan vom Tresen mit einem Bratenmesser in der Hand. Er raunzt: »Sagen Sie mal, bilden Sie sich etwa ein, Sie kommen hier mit zwei Cola und zwei Kaffee davon?«

Die vier wollen fliehen, der Verfolgung entkommen, und der Provolone fällt ihnen vor die Füße und rollt riesengroß durch die Gegend und reißt sie zu Boden. Sie rappeln sich hoch und laufen weiter, aber genau vor ihnen türmt sich eine furchterregende Mauer aus Videokassetten Teddybären Windeln Frisbees Keksen Autozubehörteilen Insektenmenschen und einem monströsen gelben Paddelboot.

Sie sitzen in der Falle: Mit Riesenschritten kommt der Orang-Utan vom Tresen näher, grinsend und zähnefletschend.

Und niemand wird die Schreie hören im tosenden Rauschen der LKWs, die unaufhaltsam weiterdonnern.

Und wer wird das Autowrack bemerken, hinten neben dem Rasen?

Und den kaputten Koffer mit den wenigen Socken zwei Sandschippchen einem Comic einem Strohhut einem Insektenspray einem Rasierwasser?

Und wer lauscht der Qual des Mondes, der Moritat der Grillen und dem Quieken der Schweine im LKW auf dem Weg zu ihrem Schicksal?

Die Erzählung des Flohs des schwarzen Hundes

Kurzgeschichte

Bei solcher Hitze –
dreiunddreißig Grad –
war keine Menschenseele auf
dem Boulevard Bourdon …
Gustave Flaubert

Es war einmal ein Mann, der schaffte es nie, die Dinge, die er anfing, zu Ende zu bringen. Er sah ein, daß es so nicht weitergehen konnte. Und so stand er eines Morgens auf und sprach: »Ich habe eine Entscheidung getroffen: Von nun an werde ich alles, was ich anfan …«

Die Erzählung des dritten Mannes mit Hut

Der Pornosamstag im Splendor

> And he'll die without a wimper
> like every hero's dream.
> Just an angel with a bullet
> and Cagney on the screen.
> Tom Waits

Ich bin auch aus Sompazzo, einem kleinen Dorf, das früher mal noch kleiner gewesen ist. Ich war jung, und die Zeiten waren andere. Damals galten bei uns im Dorf Werbekalender beim Herrenfriseur und in Autowerkstätten als Gipfel des Sündhaften. Ein paar Kalender waren richtig berühmt, zum Beispiel der von der Reifenfabrik Fazioli, in dem Miss Januar einen Bikini aus Schneeketten anhatte und Miss Juli zum Braunwerden mit Bremsflüssigkeit eingeölt war. Wir Jungen gingen schichtweise Kalendergucken in der Werkstatt, und die Stimmung war andächtig wie im Louvre. Einmal, als ein Vertreter aus Rom dieses berühmte Foto von Marilyn nackt auf dem Samt mitgebracht hatte, hat die Gegend sechshundert Arbeitsstunden eingebüßt, und Marilyn mußte gevierteilt werden, damit die Nachfrage befriedigt werden konnte.

So lebte ich dahin, bis die erste wirklich moderne, aufgeschlossene Einrichtung in Sompazzo eröffnet wurde, das Splendor-Kino.

Von außen machte es nicht viel her: Der Eingang sah aus wie bei einer Zahnarztpraxis, die Kasse war ein Küchentisch, und es gab auch einen ständigen Barbetrieb, nämlich so: Wenn man eine Bestellung ins Fenster der Bar gegenüber rief, dann warfen sie einem ein Bier rüber. Aber das Kinoinnere, ein Werk des Ingenieurs Portogalli, zeugte von erlesenem Geschmack. Neben den Sitzen in einem edlen Froschgrün und dem marmorierten Fußboden war die Decke von besonderer Schönheit. Der Ingenieur hatte, nachdem ihm Berichte von »Rotlichtkinos« zu Ohren gekommen waren, achtundzwanzig riesige purpurrote Kugellampen oben aufgehängt, eine neben die andere und in einem Muster, das die DNS-Kette nachbilden sollte. Von diesen Kugeln funktionierten allerdings nie mehr als drei gleichzeitig, und, was noch schlimmer war, bei fast jeder Vorstellung knallte eine durch und rieselte in die Zuschauerreihen, worauf der Platzanweiser schrie: »Achtung, der Appel«, und alles unter die Sitze flüchtete. Die Kugel sauste herunter, explodierte, und der Film konnte weitergehen.

»Platzanweiser« haben wir zu ihm gesagt. In Wirklichkeit hatte der Kinobesitzer, der wußte, daß jedes ordentliche Kino einen Platzanweiser braucht, seinen zwölfjährigen Sohn als Zorro ausstaffiert. Zorro half den Leuten, ihren Platz zu finden, und bat sie, die Schuhe anzubehalten, wenigstens während der ersten Spielhälfte.

Die ersten Splendor-Programme waren bunt gemischt, sie sollten jedermann zufriedenstellen. Das erste Plakat war vollständig handgemalt und bot, wenn ich mich recht erinnere, folgendes:

SONNTAG	*Kurze Begegnung* mit Trevor Hoffahrt und Celia Dschonnsen. Amerikanischer Liebesfilm für die ganze Familie
MONTAG	*Verzweifelte Mission* mit Gary Cooper Krieg, Bomben, Action für alle, die immer noch nicht genug haben
DIENSTAG	*Die sieben Samurai* Für Leute ab einem bestimmten Bildungsniveau
MITTWOCH	Ruhetag
DONNERSTAG	*Bambi* von Walt Disney Eine zarte Fabel für Groß und Klein.
FREITAG	*Maciste gegen den Minotaurus* mit Maciste. Für alle.

SAMSTAG *Verbotene Spiele der Töchter aus gutem Haus* von Adults Only
Für Jugendliche unter 16 Jahren verboten.

Das Auftauchen eines solchen Plakats rief viele sehr verschiedenartige Kommentare hervor. Die Dorfbigotterie befand, nunmehr sei Sompazzo endgültig eine Zweigstelle von Sodom geworden, was nach Meinung der meisten von uns in der Provinz Parma liegen mußte. Die Besitzerin der Bar und Opinion-Leaderin der Frauen, Rita alias Ritona, wandte ein: »Entweder aus gutem Haus oder verbotene Spiele«, sie sei wirklich kein Moralapostel, aber »wir wollen doch genau bleiben«.

Viele wollten wissen, wer Adults Only sei, und der Kinobesitzer erklärte, das sei ein auf Pornos spezialisierter amerikanischer Regisseur und dessen Name stehe auf vielen Filmdosen.

Peter, der Vertreter, stritt sich mit dem Ingenieur über englische Namen, vor allem darüber, ob man Gary Cooper ausspricht wie Kohper oder wie Kuhper.

»Du Ignorant«, sagte der Ingenieur, »weißt du nicht, daß ein Doppel-O immer wie U gesprochen wird?«

»Ah ja?« antwortete Peter. »Sagst du auch Kuhperative oder Kooperative?«

Damit hatte er gewonnen.

Der Einstand mit der amerikanischen Schnulze war ein Bombenerfolg, aber da auch sämtliche halbtauben alten Omas aus dem Dorf gekommen waren, stand immer mal wieder jemand auf und sagte: »Ich hab' gar nicht verstanden, was haben die gesagt? Spulen Sie das noch mal zurück.« Und der Vorführer mußte die Szene wiederholen. Auf diese Weise geriet die *Kurze Begegnung* fünfeinhalb Stunden lang.

Auch bei der *Verzweifelten Mission* gab es ein paar Probleme. Ihr müßt dazu wissen, daß man damals kein Flugzeug auf einer Leinwand zeigen konnte, ohne daß es alle vom Himmel holen wollten, mit dem Mund. Die berühmtesten Kino-

Krachmacher jener Zeit waren die Miti-Brüder, sie kriegten jedes Geräusch zustande, vom Mähdrescher bis zur Maulwurfsgrille. Kaum also erschien auf der Leinwand das japanische Geschwader, brach im Saal eine Gegenoffensive los, die die Decke zum Beben und vier Kugellampen zum Platzen brachte.

Flaschen und Schuhe flogen durch den Saal, und als Admiral Yamamoto ins Bild kam, stand in der letzten Reihe der ehemalige Partisan Bigattone auf und schoß eine Salve auf die Leinwand ab. Als sie aus dem Kino kamen, hörte jeder, der wissen wollte, wie der Film ausgegangen war, die einstimmige Antwort: »Keine Ahnung, aber wir haben gewonnen.«

Im Dienstag-Film saß ein gemischtes Publikum. Sowohl die Intellektuellen der Gegend als auch Schlachter und Händler. Es war nämlich das Gerücht umgegangen, der Film heiße »Die sieben Salamai« und handele von Leben, Liebe und Tod in der schmutzigen Welt der Wurstwaren.

Als Bigattone schon wieder Japaner sah, jammerte er, wieso ihm kein Mensch gesagt habe, daß er seine Flinte mitbringen solle. Am Anfang war der Saal klar gespalten. Aus den Reihen der Schlachter hagelte es Maulfürze wie rasselnde Säbel, aus denen der Intellektuellen grollte es: »Ruhe!« Aber dann eroberte der Film nach und nach alle. Das Ende war, daß das ganze Publikum aufstand, die Sitze verdrehte und Toshiro Mifune anfeuerte. In der Folge wurde die Gegend zwei Monate lang von einer japanischen Welle heimgesucht. Jedesmal, wenn man hundert Gramm Mortadella kaufen wollte, legten die Salamiverkäufer mit Geschrei Schwertnummern hin. Einer, Maramotti, änderte sogar seinen Namen in Maramoto um und zwang seine Frau, den Kartoffelbrei mit Stäbchen zu essen.

Ruhetag war ebenfalls ein Hit, denn dreißig Leute kauften eine Karte und legten sich im Kino schlafen.

Bambi brachte am Donnerstag sechzig Zuschauer und dreihundert verkaufte Eiswaffeln.

Maciste am Freitag war ausverkauft. Einer war sogar in Maciste-Montur gekommen, also ohne Hemd. Wir dagegen haben geschwitzt wie die Tiere, denn damals wurde noch richtig mitgemischt, und jedesmal, wenn Maciste seine Keule schwang, brüllte der ganze Saal: »Mach ihn platt«, und wenn er einen Felsbrocken schleuderte, sprang der halbe Saal auf, blähte den Hals und riß aus lauter Solidarität ebenfalls etwas hoch, die einen ihren Kinositz, die anderen ihre Gattin. Zur Pause waren einige fix und fertig vor Rückenschmerzen, dabei stand die Begegnung mit dem Minotaurus erst noch bevor.

Die zweite Spielhälfte begann mit einem Bauchtanz, den die südamerikanische Ballerina Chelo Alonso, eine in unserer Gegend sehr beliebte Diva, durchführte. Untermalt wurde diese Szene von donnernden Begeisterungsstürmen und Imitationsversuchen seitens der anwesenden Damen, welche jedoch dank ihrer verglichen mit der Diva viel reichlicheren Leibesfülle lediglich ein paar Zuschauer durch Arschschwenker schachmatt setzten.

Während der wichtigsten Szene, wo Maciste in die Höhle des Minotaurus tritt, war keine Fliege zu hören. Als jedoch das Monstrum erschien, machte sich eine gewisse Enttäuschung breit. Die einen fanden, es sehe aus wie die Kuh von Alfred, die anderen, wie Alfred persönlich. Vor allem war man sich über die Art und Weise, es aus dem Weg zu räumen, nicht ganz einig. Ein paar empfahlen Desinfektionsmittel, andere einen dicken Angelhaken mit Mais als Köder. Als Maciste das Monstrum mittels seiner Keule erledigte, gab es ein langes Pfeifkonzert, denn so bringt man keine Bestie um.

Der Film endete damit, daß Maciste auf seinem Pferd davonritt und den berühmten Satz sagte: »Wo immer ein Starker einen Schwachen mit Füßen tritt, da ist mein Platz.« Er erbrachte zehn Minuten Applaus und einen Kommentar von Bigattone: »Da hast du aber noch Kilometer vor dir, Maciste.«

Und dann kam der Schicksalstag: Der Pornosamstag, nach welchem die Geschichte unseres Dorfes umgeschrieben werden mußte. Bereits nachmittags um zwei Uhr schlichen gut fünfzig Männer in der Umgebung des Kinos herum, in dem die *Verbotenen Spiele der Töchter aus gutem Haus* gegeben werden sollten.

Ein paar hatten ihren Schal bis unter die Nase gezogen, obwohl es schon Mitte Mai war. Etwa die Hälfte wurde von den Gattinnen eingefangen und nach Hause geschafft. Neun andere verließ der Mut, und als sie endlich an der Kasse standen, überlegten sie es sich anders und sagten: »Sie haben nicht zufällig Erwin gesehen? Ich sollte ihn hier vorm Kino treffen«, und ergriffen die Flucht. Deshalb wurde Erwin Baruzzi, als er als erster ins Kino kam, gefragt, ob er sich eigentlich nicht schäme, so viele Freunde warten zu lassen. Aber nachdem Erwin das Eis gebrochen hatte, strömte eine Schar Kecke und Kühne hinterher: Ich, Bigattone, Hektor, Peter, Talpa, der Klempner, Ingenieur Portogalli, die Miti-Brüder, Spiedino, Opa Celso und ganz zum Schluß Iris, die Zeitungsfrau, mitsamt ihrem Sohn Cäsarchen, weil sie dachte, es laufe immer noch *Bambi*, und niemand sich traute, ihr die Wahrheit zu sagen.

Das Licht ging aus, und von der ersten Szene an, dem berühmten Duett zwischen dem Klempner und dem Dienstmädchen, hagelte es Kommentare. Klempner Talpa schimpfte, sein Kollege habe einen völlig falschen Schraubenschlüssel, aber er wurde zum Schweigen gebracht. Wir standen alle auf und fingen an, unsere Wertschätzung durch hochpotentes Keuchen und Zischen kundzutun. Erwin meckerte, daß der Schauspieler ständig die Schauspieler*in* verdecke, und schrie: »Weg da, laß doch mal sehen!« Opa Celso, der 1936 den letzten nackten Schenkel gesehen hatte und sich nicht einmal mehr erinnern konnte, ob der vielleicht zu einem Truthahn gehört hatte, bekam den Mund nicht mehr zu und die Hände nicht mehr aus den Hosentaschen, und das nicht nur an jenem Samstag, sondern während der folgenden sechzehn Jahre. Peter, der Vertreter, mimte den Lebemann und erzählte, so was gebe es in Rom jeden Abend auf der Straße zu sehen. Die größten Schwierigkeiten hatte natürlich Iris, die pausenlos von Cäsarchen gefragt wurde, ob das hier wirklich *Bambi* war.

»Warum denn nicht?« antwortete die Mama.

»Aber wo ist Bambi denn?«

»Kommt gleich.«

Der Schock ging so tief, daß Cäsarchen noch heute im Alter von vierzig Jahren jedesmal, wenn er mit seiner Frau ins Bett geht, die Tür offen läßt, denn, so sagt er, womöglich kommt Bambi gleich.

So ging die erste Spielhälfte vorbei, das Ende wurde von einem dichten Bierflaschenhagel aus dem Barfenster angezeigt. Kaum hatte die zweite Spielhälfte begonnen, ertönten aus dem Kinoinnern unmenschliches Geschrei und Geklatsche. Ein paar Leute blieben auf der Straße stehen, und Ritona, die Barbesitzerin, befand, nach dem Tohuwabohu da drin müsse das ja wirklich ein toller Film sein. Und ging, gemeinsam mit vier Freundinnen, kurz darauf selbst hinein. Eine Minute später riefen sie schon aus dem Kinofenster den anderen Leuten zu, sie sollten hereinkommen, der Film sei wirklich nicht von dieser Welt. Und so kamen die alten Männer und sogar die alten Frauen und die kleinen Kinder, worauf der Notar und die Schneiderin, beide Christdemokraten, losrannten, um den Priester zu holen.

»Don Calimero«, riefen sie, »Sodom und Gomorrha! Das ganze Dorf guckt sich den pornographischen Film an. Sogar Frauen und Minderjährige sind da drin!«

Don Calimero eilte zum Splendor und hörte mit Entsetzen von drinnen ein Konzert aus Pfiffen, Schreien und Anfeuerungsrufen: »Hopp, hopp, hopp, so schaffst du's und bist topp.«

»Mein Gott, was ist nur aus meiner Gemeinde geworden«, dachte er, lief zurück in die Kirche, nahm das dickste Weihrauchfaß, das er hatte, und schritt zur Räumung des Saals mittels Tränengas.

»Ihr Schmutzfinken, ich muß mich doch sehr wundern über euch! Alles raus hier! Ich dulde in meiner Gemeinde keine solche entwürdigende Zurschaustellung von Gluteus und Femor und ...«

Aber Calimero verstummte abrupt, sobald er auf die Leinwand sah. Erst wurde er grün, dann weiß und schließlich blutstaurot. Ein Ausdruck der Verzückung trat auf sein Gesicht. Dann brüllte er mit aller Luft, die er in der Kehle hatte:

»Vorwärts, Coppiiiiiiii!«

Es war ganz einfach so, daß der Vorführer bei der zweiten Spielhälfte aus Versehen die Wochenschau mit Coppis Sieg beim Giro d'Italia eingelegt hatte. Dreimal ließen wir sie uns vorführen, und sechsmal die Stelle, wo er auf dem Stilfser Joch ankommt.

Der Kommentar am nächsten Tag lautete:

»Coppi ist echt tierisch. Stell dir mal vor, die erste Spielhälfte bumst er eine Stunde am Stück, dann springt er auf sein Rad und macht das Rennen.«

Die Erzählung des kleinen Mädchens

Arthur perplex vor dem verlassenen Haus am Meer

> Menschen sterben nicht,
> sie werden verzaubert.
> João Guimarães Rosa

Der kleine Junge im blauen Anzug war mindestens einen Kilometer den Strand entlanggegangen. Jetzt stand er vor jenem Haus, dessen sämtliche Türen und Fenster verschlossen waren. Marias Spielsachen lagen nicht mehr im Garten. Die Hängematte hing auch nicht mehr zwischen den beiden Bäumen. So ging der kleine Junge zum Meer, das violett und still dalag, und setzte sich hin. Er zeichnete mit einem Stöckchen in den Sand, um nicht ins Grübeln zu geraten. Plötzlich kam das kleine Mädchen hinter einer Badekabine zum Vorschein. Sie stieß einen Schrei aus, der ihn erschrecken sollte.

»Ich hab' dich!«

»Dummerchen«, sagte der kleine Junge zufrieden.

Sie nahm Anlauf, sprang und landete auf den Fersen schlitternd. Er bekam Sand ab.

»Hast schon Angst gehabt, was, General Arthur?«

»Ich hatte dich gesehen...«

»Von wegen gesehen! Du hast um dich geguckt, als wärst du ein bißchen doof. So hast du gemacht, guck mal...«

Und Maria mimte *Arthur perplex vor dem verlassenen Haus am Meer.*

»Kein Wunder, war ja alles zu.«

»Wir reisen ab«, sagte Maria und schnippte Sand mit dem Fuß. »Opa kann nicht mehr... Hierbleiben ist nicht gut, der Arzt sagt, es ist besser, wenn wir ihn nach Hause bringen.«

»Und wann fahrt ihr?«

»Heute abend. Siehst du nicht? Es ist schon alles zu. Die Koffer sind auch schon gepackt.«

»Und die Katzen?«

»Och, die gehen wieder in den Garten der Nachbarin. Die sind schlau.«

Der kleine Junge stand wieder auf, dachte kurz nach und setzte den Kopf auf den Sand, um einen Kopfstand zu machen. Dann ließ er es bleiben.

»Was machst du denn da, General Arthur?«

»Steht das fest, daß ihr schon fahren müßt?« sagte der kleine Junge. Mit seinem sandigen Kopf sah er aus wie eine Schaufensterpuppe.

»Klar müssen wir.«

»Aber der Sommer ist doch noch gar nicht rum. Es gibt noch sechs Tage August, dann September, Oktober.«

»Oktober ist nicht mehr Sommer. Außerdem ist es wegen Opa. Er hat gesagt, er möchte in seinem eigenen Bett sterben.«

»Hier hat er auch sein eigenes Bett«, sagte der kleine Junge.

»In seinem in der Stadt. Er ist sehr müde. Gestern nacht ist ihm schlecht geworden, und ich mußte ihm den Kopf halten, während Mama ihm Tropfen gegeben hat. Er ist ganz dünn, er wiegt gar nichts mehr. Es war, als wenn man einer Katze den Kopf hält.«

Der kleine Junge schien nachzudenken. Er kratzte sich etwas Sand aus den Haaren und sah aufs Meer.

»Dann fahrt ihr also nur wegen deinem Opa.«

»Ja.«

»Und wenn dein Opa wieder gesund wird, bleibt ihr dann hier?«

Der kleine Junge lächelte.

»Ich kann deinen Opa nichtsterben lassen.«

»Quatsch!«

»Ich schwör's. Ich hab' das letztes Jahr bei meinem Opa schon mal gemacht. Er hatte ganz hohes Fieber gekriegt. Der Arzt hat nur den Kopf geschüttelt. Da hat der Opa mich sehen wollen. Er hat meine Hand gehalten. Dann hat er mich, obwohl ich weg wollte, gebeten, ihm ein Glas Wasser zu bringen. Ich hab' nicht richtig aufgepaßt und ihm fast das Glas übergegossen. Er hat gelacht und ist wieder gesund geworden.«

»Wer sagt das?«

»Ich sag' dir das. Am nächsten Tag ist es ihm schon viel besser gegangen. Eine Woche später sind wir mit ihm in die Berge gefahren, und er war kaum aus dem Auto, da wollte er schon wandern gehen. Er hat einen großen Teller voll Kirschen gegessen, gleich am ersten Abend. Und zu Mama hat er gesagt: Siehst du, das war Arthur mit seinem Glas Wasser, was mich wieder gesund gemacht hat.«

»Du bist ja total bekloppt.«

»Laß es uns doch probieren«, sagte der kleine Junge. »Laß es mich mal probieren...«

Das kleine Mädchen sah zum Haus. Das Auto der Eltern stand nicht an der Seite, wo die Garage war. Sie nahm Arthur an der Hand.

»Los, komm«, sagte sie.

Das Haus war dunkel, alle Rolläden geschlossen, und in der Luft lag ein Geruch von Laken und Schrankpapier. Sie mußten leise in den ersten Stock zum Zimmer des Alten gehen, dem einzigen, in dem noch ein Fenster halb offen war. Das Zimmer stand voller Koffer, auch die Hängematte lag aufgerollt da, und in einer Ecke standen Marias Spielsachen in einer Kiste. Der Alte lag im Bett auf so vielen Kissen, daß er fast saß. Er atmete regelmäßig, aber mit einer Art Schnarchen in der Kehle. Er schlief. Allein, wie man nur im Traum ist, wo nichts, was man tut, die Welt verändert.

»Sieht gar nicht so aus, als ob er stirbt«, sagte der kleine Junge.

»Hörst du nicht, wie langsam er atmet?«

Sie lauschten. Der Atem des Alten ging im Rhythmus des Meeresrauschens. Dann bäumte er sich plötzlich auf und hustete ein paarmal sehr heftig. Er schlug die Augen auf und erkannte im Halbdunkel das weiße Hemdchen des kleinen Jungen und das himmelblaue Kleid des kleinen Mädchens.

»General Arthur«, sagte der Alte mit einem dünnen

Stimmchen, »bist du gekommen, um Abschied vom Admiral zu nehmen?«

»Jawollja«, sagte der kleine Junge. Er trat ans Bett und legte eine Hand auf die Decke. Der Alte roch nach nassen Windeln. Er schwitzte und hatte eine Kruste in einem Mundwinkel.

»Für dieses Jahr werden die Manöver ausgesetzt. Aber aufgepaßt... halt den Kahn in gutem Zustand.«

»Jawollja.«

Maria ging an die andere Seite des Bettes und legte dem Alten eine Hand auf den Arm. Seine Haut war schweißnaß und glänzte in der Sonne, die durch die Rolläden fiel.

»Opa, du hast einen goldenen Arm«, sagte Maria.

»Ja. Ich bin ganz aus Gold, ich schwitze Dukatengold aus«, sagte der alte Mann.

»Sag's ihm«, sagte der kleine Junge.

»Was denn?« fragte der alte Mann.

Das kleine Mädchen nahm den kleinen Jungen beiseite und zog ihn in den entferntesten Winkel des Zimmers. Der alte Mann sah sie im Schatten verschwinden.

»Warum soll ich ihm was sagen? Mach es und Schluß...«

»Ich kann ihm doch nicht einfach ein Glas Wasser überschütten, ohne ihm irgendwas zu sagen... Womöglich stirbt er vor lauter Schreck.«

»Ich weiß aber nicht, wie ich es ihm sagen soll.«

»Sag's ihm einfach.«

Das kleine Mädchen ging wieder zu dem Alten. Sie setzte sich vorn auf die Bettkante, die Beine reichten eben bis auf den Boden.

»Wo ist denn General Arthur hin?« fragte der Alte.

»Er ist... ein Glas Wasser für dich holen gegangen.«

»Das ist ja nett... Ich hatte doch gar nicht darum gebeten.«

»Du weißt doch, was für ein Dickkopf der General ist.«

Der kleine Junge kam zurück. In der Hand hatte er einen Bierseidel mit sprudelndem Wasser.

»Du bist wirklich bekloppt, General«, sagte das kleine Mädchen. »Das war das Wasser, das wir auf der Fahrt trinken wollten.«

»Aus dem Hahn kommt keins.«

»Das Wasser ist schon abgestellt«, sagte der Alte. »Aber wozu denn so ein riesiges Glas?«

»Sag's ihm«, sagte der kleine Junge.

»Ich kann das nicht«, sagte das kleine Mädchen. »Sag du's ihm.«

»Also, sagt mal«, sagte der alte Mann und tat, als würde er ungeduldig. »Darf man wohl erfahren, was ihr da hinter meinem Rücken ausbaldowert?«

Das kleine Mädchen verschränkte die Arme und balancierte auf der Ferse des einen und den Zehenspitzen des anderen Fußes.

»Arthur... wollte dir seine Zauberkünste vorführen... Also, er möchte... dir helfen...«

»Ich möchte probieren, Sie nichtsterben zu lassen, Herr Admiral«, sagte der kleine Junge. »Natürlich nur, wenn Sie einverstanden sind.«

Der alte Mann schwieg einen Augenblick lang. Er studierte die Gesichter der beiden Kinder im Halbdunkel.

»Und... wie machst du das?«

»Oh, das ist ganz einfach«, sagte der kleine Junge und kam langsam näher. »Letztes Jahr habe ich... aber nicht mit Absicht... habe ich meinem Opa ein Glas Wasser übergekippt.«

»Und da ist er wieder gesund geworden«, sagte das kleine Mädchen. »Das heißt, es steht nicht fest, daß es Arthur mit seinen Künsten gewesen ist, aber so war es jedenfalls.«

Der alte Mann biß sich auf die Lippen. Eine Fliege surrte über die Bettdecke. Er schloß die Augen und war gar nicht so sicher, ob wirklich die beiden Kinder im Zimmer waren. Er atmete mühsam. Dann schlug er die Augen wieder auf.

»Und mit so einem Glas hast du ihn geheilt?«

»Nein, das war nicht so voll, aber ich wollte sichergehen...«, sagte der kleine Junge.

»Arthur, stell dich nicht so doof an«, sagte das kleine Mädchen, »du mußt es genauso machen wie bei deinem Opa... Hast du dem so einen Bierseidel übergeschüttet?«

»So war es.«

»Gut, gut«, sagte der Alte. »Und... was hattest du an? Welche Zauberformel hast du gesprochen?«

»Ich hatte eine gelbe Jacke an«, sagte der kleine Junge.

»Siehst du, es hat noch was gefehlt«, sagte das kleine Mädchen. Sie musterte die Koffer, klappte einen auf und zog ein gelbes Blüschen heraus.

»Aber das ist was für Frauen«, protestierte der kleine Junge.

»Beim Ritus zählt immer die Farbe«, sagte der alte Mann hustend. »Und was hast du weiter gemacht? Welche Worte hast du gesprochen?«

»Denk sehr gut nach, General Arthur«, sagte das kleine Mädchen. »Spiel hier nicht den Trottel wie üblich.«

»Halt mal das Glas«, sagte der kleine Junge. Die Bluse reichte ihm bis an die Knie. Er preßte die Zeigefinger an seine Schläfen.

»Also, ich bin mit dem Glas auf das Bett geklettert ... und dann habe ich gesagt, trink das aus...«

»Ganz bestimmt?«

»Ganz bestimmt.«

»Von welcher Seite bist du hochgeklettert?« sagte das kleine Mädchen. »Das ist wichtig.«

»Von dieser«, zeigte der kleine Junge. »Auf der anderen Seite war nämlich die Wand.«

»Wir schaffen nicht, das Bett an die Wand zu schieben«, jammerte das kleine Mädchen.

»Ich glaube«, sagte der alte Mann, »das Wichtigste sind die Handbewegungen, die Formel ›trink das aus‹ und vor allem das Mineralwasser.«

»War das Mineralwasser? Mit Sprudel?« fragte das kleine Mädchen und bohrte Arthur einen Finger in die Brust.

»Klar.«

»Dann los.«

Der kleine Junge hielt sorgfältig den Seidel. Er ging um das Bett herum und ließ die Hand nicht vom Kopfende. Dann kletterte er vorsichtig hoch. Der alte Mann hustete, und der kleine Junge konnte gerade noch verhindern, daß wegen der

Hustenstöße schon Wasser verkleckerte. Er fing einen achtungsvollen Blick des kleinen Mädchens auf. Dann hob er dem alten Mann das Glas vors Gesicht und sprach:

»Trink das aus.«

Der alte Mann dankte mit einer Kopfbewegung. Der kleine Junge schüttete Schluck für Schluck den ganzen Glasinhalt auf die Brust des Alten und fing an zu lachen. Er hatte ihn fast vollkommen unter Wasser gesetzt, da traten die Eltern des kleinen Mädchens ins Zimmer. Sie rissen das Fenster auf, und die Sonne erhellte die ganze Szene.

»Seid ihr verrückt geworden? Was macht ihr denn da?« sagte der Vater.

Der Alte wollte etwas sagen, aber der Husten verhinderte es.

General Arthur stellte mit der heitersten Miene das Glas auf den Nachtschrank, genau so, wie er sich erinnerte, es damals gemacht zu haben, ganz dicht an der Kante.

Das kleine Mädchen lief zur Mutter und zog sie am Ärmel.

»Vielleicht kann Opa jetzt nicht sterben«, flüsterte sie.

Finale:
Die Erzählung des Gastes

An dieser Stelle drehten alle in der Bar unterm Meer sich zu mir um und sahen mich an.

»Es war uns eine Freude, Sie bei uns zu haben«, sagte der Alte mit der Gardenie. »Und wir wünschen uns, daß auch Sie unserer Bitte nachkommen: Wer immer in die Bar unterm Meer kommt, muß eine Geschichte erzählen.«

»Aber ich kenne nicht viele Geschichten«, wehrte ich ab.

»Sie sollten eine erzählen, wenn Sie hier wieder raus möchten...«

»Was meinen Sie damit?«

»Sehen Sie, mein Herr«, sagte der Barmann, »es gibt nur einen Weg, um hier wieder hinauszukommen, und der führt nicht durch die Tür, durch die man hereinkommt.«

»Also gibt es noch eine Tür?«

»Nein«, lachte der Koch.

»Aber wenn man durch die Tür, durch die man hereingekommen ist, nicht wieder hinauskommt und wenn es keine andere Tür gibt, dann komme ich nicht wieder hinaus...«

»Es gibt so viele andere Wege«, sagte der schwarze Hund.

»Zum Beispiel«, sagte Priscilla, »könnte man nie hereingekommen sein...«

»Und wenn hier keine Tür ist«, sagte die Blondine im roten Kleid, »dann ist sie vielleicht woanders. Sie brauchten dann nur hinauszugehen und sie zu finden.«

»Oder, am allereinfachsten wäre«, sagte der Matrose, »Sie sind längst gegangen.«

Ich musterte sie einen nach dem anderen. Es sah aus, als erwarteten sie etwas von mir.

»Ich habe verstanden«, sagte ich plötzlich. Und begann zu erzählen:

»Eines Nachts ging ich am Strand des Brigantinischen Meeres spazieren, da, wo die Häuser aussehen wie untergegangene Schiffe, versunken im Nebel...«

Inhalt

Stefano Benni

Komische Krieger

Roman. Aus dem Italienischen von Pieke Biermann.
226 Seiten. Kt.

Stefano Bennis Geschichte um den Mord an dem beliebten Vorstadt-Fußballhelden Leone ist eine grelle Slapstick-Komödie, in der es zugleich um sehr ernste Dinge geht: um Solidarität und Freundschaft in unserer von Fortschritt und Gewalt beherrschten Zukunft.
Das Schlachtfeld der »Komischen Krieger« ist unsere nicht genauer bezeichnete Zukunft, die von Gewalt und Fortschritt beherrscht wird. Dieser Welt sagt Benni den Kampf an, einen rabiaten, komischen Kampf.

»Stefano Benni gelingt es in seinem zweiten Roman ›Komische Krieger‹ höchst eigenwillig durch die Stilmittel des Comics, Märchens, der Fabel und Satire, vor allem aber mit reichlich schwarzhumoriger Phantasie, das undurchdringliche italienische Großstadtgewirr und die sich daraus ergebenden gesellschaftlichen Bedingungen des heutigen Italiens ebenso spielerisch wie satirisch aufzufächern.«

Wiener

Terra!

Roman. Aus dem Italienischen von Pieke Biermann.
430 Seiten. Serie Piper 848

SERIE PIPER

Fruttero & Lucentini

694

»Aber in diesem brüllenden Gelächter ist etwas, bei dem Gea nicht mehr mitmachen kann, was sie nicht mehr hat, an einem geheimnisvollen Punkt dieses Tages verloren haben muß . . . «
Mit dieser Sommergeschichte hat das italienische Autorenduo eine meisterliche kleine Etüde, eine witzige und scharfzüngige Kritik an der italienischen Sommerkultur geschrieben.

1029

Je näher der Start rückt, desto mehr wächst die Spannung. In jenen 90 Sekunden des Palios, wenn die Pferde um den Platz galoppieren, wird sich nicht für das Rennen entscheiden...
»Ein kriminalistisches Bravourstück vom Einbruch des Mythos in den banalen Alltag, vom beunruhigenden Wechselspiel zwischen Schein und Wirklichkeit.« *Welt am Sonntag*

1173

»Fruttero und Lucentini integrieren die Mittel des spannenden und unterhaltenden Genres mit Delikatesse in ein serenes literarisches Erzählstück, das ebenso als romantisch-phantastische Liebesgeschichte konsumierbar ist, wie es als treffende zeitgenössische Variation einer alten Legende oder als leichthändiger Erzählessay über die Unbeständigkeit der Liebe gelesen werden kann.« *FAZ*

PIPER

Accatone
124 Seiten mit 19 Abbildungen auf Tafeln.
Serie Piper 344

Alí mit den blauen Augen
Erzählungen, Gedichte, Fragmente.
120 Seiten. Serie Piper 917

Chaos
Gegen den Terror.
Herausgegeben von Agathe Haag.
208 Seiten. Serie Piper 783

Gramsci's Asche
Gedichte. Italienisch/Deutsch.
Mit einem Nachwort von Michael Marschall von Bieberstein.
192 Seiten. Serie Piper 313

Mamma Roma
118 Seiten. Serie Piper 302

Die Nachtigall der katholischen Kirche
Gedichte. Italienisch/Deutsch.
218 Seiten. Serie Piper 560

La notte brava
99 Seiten. Serie Piper 988

Teorema oder Die nackten Füße
191 Seiten. Serie Piper 200

Vita Violenta
Roman.
444 Seiten. Serie Piper 240